MOBILE LIBRARY

David
Whitehouse

流浪图书馆

[英] 大卫·怀特豪斯 —— 著

刘敏 —— 译

北京联合出版公司
Beijing United Publishing Co.,Ltd

目录 CONTENTS

第一章　　全剧终 ≈ 1

第二章　　机器人计划　第一部分 ≈ 13

第三章　　小公主 ≈ 33

第四章　　女王 ≈ 47

第五章　　不喷火、会呼吸的龙 ≈ 59

第六章　　母亲 ≈ 77

第七章　　食人魔 ≈ 95

第八章　　桥 ≈ 115

第九章　　穴居人 ≈ 133

第十章　　猎人的猎犬 ≈ 149

第十一章　小男孩 ≈ 163

第十二章　猎人 ≈ 177

第十三章　动物园 ≈ 195

第十四章　动物园园长 ≈ 215

第十五章　一家人 ≈ 229

第十六章 鸟 ≈ 245

第十七章 机器人计划 第二部分 ≈ 255

第十八章 儿童故事 第一部分 ≈ 263

第十九章 机器人计划 第三部分 ≈ 269

第二十章 追捕 ≈ 283

第二十一章 全剧终 ≈ 289

第二十二章 儿童故事 第二部分 ≈ 297

第一章

全剧终

双唇，黏湿的双唇，不同于母亲的亲吻。

"我们有麻烦了？"鲍比问。

"不，"瓦尔[1]说，"不会再有了。"

在他们身后，南英格兰的白色悬崖蔓延开去，消失在海天相接处。飞机飞过的轨迹弯弯折折，划破了云层。高坐在移动图书馆的驾驶室里的，是三个逃亡者和他们的那只狗，他们看不到车下的地面，只能看到大海里的浪花在不住地翻腾，仿佛他们正驾驶着小岛，划过海面，去向远方。警车像半弯的月亮一般包围着他们，把他们逼到了悬崖边缘，车灯闪烁，直升机在头顶盘旋。警笛声渐渐停息，他看清了她。在仪表盘昏暗的灯光下，她是如此精致。

阳光浅浅地洒在瓦尔的膝盖上，罗莎把头靠在那里休息。鲍比的肚子咕咕叫了起来。

---

[1] 瓦尔（Val）是瓦莱丽（Valerie）的昵称。——译者注

"你饿了吗？"瓦尔问。

鲍比身体的另一处又发出了咕噜咕噜的声音，不过他心满意足，没有被那冒泡的胃酸或诸如此类的东西困扰。"不。"他回答。

一位名叫吉米·萨玛斯的侦探站在自己的车旁，等待着。他已经疲于追捕，但一想到自己即将成功，便又打起了精神。他清楚地知道其他警察都在等他发号施令，但他不能。这宗调查案十分引人注目，而他在其中位居要职，因而，他的同事都认为他有一个清晰的追捕计划。但是，他们错了。

有时他会觉得自己还太年轻，无法胜任这份工作，不过话说回来，这也正是他比别人更适合这份工作的原因。他的孩子气和干净的脸庞会激起别人的同情心，而在谈判这件事上，同情可是无价之宝。人们一看到他，就会立刻感慨起来，感叹怎么能让这么年轻的小伙子去承担大人的工作。而也就是在这一瞬间，萨玛斯侦探往往可以救下一名人质，或是说服误入歧途的罪犯回头是岸。

疲倦胶着地折磨着他，让他很难集中精力。他努力思考了事情的优先顺序。之前接受训练的时候，他学到的最重要的一点，就是要不断重新估计手头目标的价值，而现在，他已经把这一点铭记于心。他的眼皮一阵抽搐。他现在最关心的就是两个孩子——鲍比·努斯库和罗莎·里德，一个十二岁，一个十三岁——的安全。除此之外，这里还有上百个问题让他绞尽脑汁。

首先，是那个女人，罗莎的母亲，瓦莱丽·里德。她可是随时会把车开下悬崖，天知道她在想什么。如果一个人想要逃脱法网，无论是出于个人的任性还是其他原因（这还有待观察），都会感到巨大的压力。而对初次犯案的绑匪，尤其是一个没有污点记录的单亲母亲来说，可能会更深切地感受到这种焦虑。萨玛斯侦探任何一个错误的举动都可能酿成悲剧。看到新闻工作者们挤在封锁线后蠢蠢欲动，他感到脖颈直冒汗，便不自觉地松了松领口。如果他酿成大错，那场景将会立即出现在电视屏幕上。

当然，除了里德，萨玛斯侦探有理由相信，车里还有一个男人，就藏在移动图书馆的尾部，这个男人不可谓不重要，为了他，自己已经好几个月没睡好觉了。他把扩音器放到了嘴边，但没有按下开关。相反，他开始欣赏海边独有的宁静：俯冲海鸥的叫声，洗刷岩石的海浪。他深吸一口气，试图吸取这份宁静。

移动图书馆其实是一辆半挂卡车，在高速公路上疾驰时会发出牙齿打战般嘎啦嘎啦的响声，着实令人目瞪口呆。它的喷漆原本是豆绿色的，车身非常之长，以至在后视镜中，瓦尔几乎看不到它的尾端，只能看到车身上一部分已经生锈的喷绘。现在，那豆绿色上覆盖的白色乳化漆已成片地剥落，底漆的颜色又显现了出来。同时，"移动图书馆"五个大字也露了出来，曾被遗忘的回忆又重新涌来。

车身一侧写着车重二十吨。几个月之前，大家一起坐在移动图书馆的台阶上，看着喷气飞机在泛红的夏日天空中勾勒出一道道痕迹，那时瓦尔说二十吨差不多就和一头鲸鱼一样重："如果你能捕到一头鲸，并把它甩到称上的话。"罗莎一听就兴奋地大叫起来，因为这让她想起了他们一起读过的一本书——赫尔曼·梅尔维尔的《白鲸》。对她来说，如今海景展现在眼前，就好像书里的故事以一种微小而美丽的方式，通通实现了一样。在书中，亚哈一心寻找海浪拍起的泡沫，只为看到白鲸的脊背跃出海面，或是其呼吸孔喷射的水柱，而其实，亚哈只是疯狂地想满足自己的欲望而已。现在，罗莎的心就像亚哈的心一般，怦怦跳动，她所想象的一切都让这颗心充满欢愉，随时会跳出胸口。她很好奇，如果鲸鱼拍碎了移动图书馆的底盘，并把它拖到海底，那这辆车沉下去究竟要用多长时间呢。她迫不及待地想知道答案。

"我爱你。"鲍比说。瓦尔往后缩了一下，好像她从没有想到这三个字按照这样的顺序排列在一起时，会如此令人心痛。

太阳升起来了，热气逼退了车厢中的寒冷。鲍比的T恤贴在肚皮上，好似覆在伤口上的是一层薄至透明的皮肤，而那苍白皮肤上的伤口，仿佛傻笑的嘴型。伯特在大力地喘息，汗珠聚落在它黑樱桃似的鼻子上，闪闪发亮。

萨玛斯侦探对这只狗的出现感到十分意外，因为之前的案例记录中并没有任何关于它的记载。直到现在，头顶上嗡嗡盘旋的警队直升机发现了它，并通过无线电向他通报了这个信息，他才猛然意识到它的存在。一只狗！怎么可能没有被人发现？即使是像他这样敏锐的侦探，也没有办法在这样紧急的案件中完全掌控如此微小的信息。但这正是他竭尽全力试图避免的那种疏忽大意，因为动物远比绑匪或逃犯更加不可预料。一般而言，动物是很善变的，但据他观察，毛越少的动物就越安全。他不禁想象起这样的场景，就在他全力劝告绑匪释放小孩时，这只疯狗突然撕咬起他的下体。想到眼前的工作，他感到一阵剧烈的偏头痛，像被针刺一般难受。于是，他关了手机，以免女朋友在快要分娩时给他打电话。就在这一瞬间，他感到一丝内疚。但他想：对不起，这时间不对，我还有一件大事要做。

目前，什么事都还没有发生。移动图书馆异常安静地立在悬崖顶端，周围是一辆接一辆的警车。风暴来临前，一切都不安地沉寂着，然而，风暴终会到来。瓦尔从来不会设想太远的事情，对她而言，未来是一幅混淆视听的图画，总是在她快要触碰到时消失不见。但是现在，她终于可以清晰地看到这一切了。这一切是如此美丽，充满爱意，她真真切切地想要得到它，但事情又好像无法再进展下去了。可能这次该消失的，是她自己。

"我们经历了一场冒险，"瓦尔说，好像这场冒险已经结束，"这些都是我们曾经承诺要进行的冒险。"

在鲍比看来，过去发生的一切仿佛一场温馨的电影，都还历历在目。"就像书中描绘的那样。"他说道。

鲍比从后视镜中看到侦探的身影离他们越来越近。他之前在电视新闻中见过这个侦探，不过现在，鲍比注意到他有了些红胡楂儿，好像嘴唇上添了顶铜色的遮阳帽。他的衬衫皱巴巴的，虽然他没空睡觉，但这衬衫倒好像睡出了千奇百怪的姿态。

萨玛斯侦探在脑中整理了一下他所知的有关瓦莱丽·里德的一切，发现他对这个女人的了解比对自己女朋友还要多。这突如其来的新发现不但没有让他难过，反倒让他重拾了自信。也可能吧，仅仅是可能，他的确比警队里的其他人都更有能力处理这件案子。他听到过一些传言，说鉴于这个案子已经拖了很长时间，应该由一位更资深的侦探来接手。他现在想，这简直是一派胡言。

当他走到距移动图书馆仅四米的地方时，瓦尔把身体探出了窗户，以毁灭性的速度击败了他的自信。这速度就好像子弹瞬间穿过威士忌酒桶底部那么快。

"停下，"她说，"乖乖在那儿等着。"他照做了。他用蜡黄的手挡住了眼睛，点起了一支烟。烟头上，烟灰四处飞舞。

"那男的想怎么样？"鲍比问。
"他想跟我谈话。"瓦尔说。
"让他赶紧走开。"
"他只是想确定我们都还好。"
"我们当然还好呀。"鲍比爬过瓦尔的双腿，把嘴对准驾驶座侧窗上的缝隙，大声喊道："我们当然还好呀！"

"我们好着呢！我们好着呢！"罗莎也跟着说，两个小孩子笑作一团。

7

萨玛斯侦探往后退了几步。要不是有风骤起,刮灭了他手中的烟,他应该可以听到那些疲惫的警察都松了一口气。那些警察仍站在警车旁边,枪口对准了移动图书馆的后门,好像那里随时会有危险发生。前一晚,这些警察跟着车影追了一夜,却没有将它围困。前夜漫漫,精疲力竭。

瓦尔用一只胳膊环住鲍比的腰,另一只胳膊搭上罗莎的肩,把他们俩搂在了一起。她把脸埋在他们俩中间,这时,他们都感受到她的脸庞湿润了。鲍比在罗莎的额头上轻轻地亲了一下,罗莎狠狠地咽了一口口水,声音非常大,所有人都听到了。

"你想让我出去告诉他走开吗?"他问,"我会的,我会保护你们的。"

瓦尔摇了摇头。

"我知道你会,"她说,"你是我的小英雄。"她把他抱得更紧了,他们的身体拥在一起,发出咯吱咯吱的响声。但同时,他们也意识到,这可能是最后的拥抱。

"给我讲个故事吧。"他说。

"所有的书都被锁进图书馆了。"她说。

"那就给我编个故事吧,编一个结局温馨的故事。"

"我早就跟你说过,世界上没有结局这回事。"

"那就给我讲一个温馨的故事,然后在快到结尾的时候停下。如果我们可以决定在哪儿停下,那么这个故事一定是温馨的,不是吗?"

她又一次看向了后视镜。

从镜中可以看到,萨玛斯侦探用鞋跟在草地上划了一下,又一下,试图做出下一步的决定。他是该轻轻敲几下窗户呢,还是等瓦尔打开门?很显然,想树立威严,现在可不是时候。尽管戴有警徽的是他,但处于上风的可是她。于是,萨玛斯决定伺机而动,并希望无论谈判以什么方式进行,都不会拖延太长时间。他的同事已经开始怀疑他是不是不知道应该做什么,而他们的怀疑无比正确。他为嫌犯深感遗憾,这种感觉他早已习以为常。也许,这次是因为他快要做父亲了吧。

警队让一个年轻人来处理自己的案子,一般情况下,谈判的另一方是会生气的,但瓦尔并没有。她看了萨玛斯侦探几秒钟,这几秒钟如此之长,以至她在他身上看到了两个人极其相似的地方,那就是恐惧。在那一刻,他们都是恐惧的,可悲地恐惧着,就好像他们只剩下最后一口粮食一般。

在萨玛斯身后,警戒线之外,在绵延而过通往英国的小山上,停着一辆花花绿绿的冰激凌车。刚开始,她还以为那是一辆装饰失误的救护车,停在一排救护车后面。

"谁想吃冰激凌呀?"她问。鲍比和罗莎"嗖"的一下举起了小手,惊醒了伯特。要知道,伯特刚刚进入梦乡,这会儿正睡得香呢。

瓦尔从钱包里抽了一张钱出来,钱包的仿金搭扣略微闪着绿光。她紧紧地攥着钱,然后递给了鲍比。在张开手的瞬间,她手里的钱像花朵般怒放。

"拿着,"她说,"带着罗莎和伯特过去,给我们每人买一支冰激凌。"鲍比缩回到座位上,想到这即将是他们几个月来第一次分开,心有不愿。"你在等什么?"

"你不来?"

"我会留在这里,守着移动图书馆。"

"警察会来抓我们的。"罗莎说。

"警察不会抓你们的,因为警察只抓坏人。对吧,鲍比?"鲍比理解瓦尔说假话的动机,他迟疑了一下,点了点头。罗莎也学着他的样子点了点头,也同样慢了一拍,这模仿堪称完美。鲍比知道,瓦尔有了新计划,尽管他不知道这计划是什么,但是他信任瓦尔。

他穿上帆布鞋,把伯特的颈带系到颈圈上,又将颈带另一端的把手放进了伯特嘴里。尽管与其他上年龄的狗相比,伯特算是比较懒的,但它还是坚持自己走。

"一直往前走,"瓦尔说,"一直往前走,走到冰激凌车前面。别让他们拦住你们。对了,别忘了给我买个大一些的,上面多加点儿巧克力。"

萨玛斯侦探紧了紧松开的领结。现在的情形让他良心不安,而之前的训练从没有告诉过他这该怎么办。这件事过后,他会给这男孩一种什么样的生活?萨玛斯见过鲍比·努斯库的父亲,鲍比出走后,他的眼中没有本该有的空洞,相反,那里充满冷漠。而他自己在帮助别人的过程中,是否也给别人造成了痛苦呢?这个故事不会有温馨的结局,他十分明白这一点。

瓦尔抱住了罗莎,在母亲怀里,罗莎立刻放松了下来,两人一下子变成了一个人,紧紧依偎在一起。她又把手放在鲍比脸上,拉他过来,两人最后一次告别。她闭上眼睛,祈祷计划完美进行。

"我爱你。"她说。而鲍比也从没设想过,这三个字会以这般感觉连接在一起,仿佛有一条神奇的线把它们串了起来。

鲍比爬出驾驶室,清冷的空气涌向他的脚踝。紧接着,罗莎也爬了出来,然后是伯特,他们一个接着一个,跳到了悬崖顶湿漉漉的草地上,而这里距离悬崖只有一步之遥。

此时此刻,侦探简直不敢相信自己的眼睛。从夏末秋初起,他就开始找这两个孩子了,而现在,他们正手挽着手,从容地在他面前信步而过,后面还跟着一只狗。

"您好,"罗莎跟他打招呼,"我是罗莎·里德。你叫什么名字?"

"我叫吉米·萨玛斯。"萨玛斯侦探回应着,侧点了一下头。罗莎停下来,在笔记本上写下他的名字。

在萨玛斯的职业生涯中,他经历过很多不可思议的瞬间,但没有哪一瞬间能比现在更不可思议。这一切更像一个古怪的梦,

_11

而非现实。

鲍比、罗莎和伯特再次出发了,他们经过了警车,经过了男警察,还有女警察。警察们穿着笔挺的蓝色制服,银色的警徽闪闪发光,沉甸甸的黑色腰带亮铮铮地反射着阳光。他们还经过了蠢蠢欲动的记者们,经过了等候命令的救护车,一路向冰激凌车走去。

吉米·萨玛斯走向移动图书馆。

鲍比一直没有转身,直到身后的熊熊烈火烤化冰激凌,流遍他瑟瑟发抖的手指。几英里开外,浓烟已熏黑了天际。

第二章

机器人计划

- 第一部分 -

她的眉毛呈三十八度角，脸上涂了很厚一层大地色粉底。打过粉底后，她的脸就像一张亚光的画布，而那上面永远只绘有一种表情——怀疑。结块的散粉卡在她脖颈处细软的汗毛上，要是她在你面前一闪而过，你瞬间就能发现她没有内耳，而她耳朵里露出的蛋白色，会让你知道她真实的肤色。她的歌喉就像功能失灵的喇叭，与她选择的新粉底色号简直搭配得完美。几乎没有人能准确猜出辛迪的年龄，就像没有人能猜出爬行动物的年龄一样，因为它们身上总有鳞片的遮盖，一成不变。事实上，辛迪大概二十多岁，但你也可能觉得，她的真实年龄远不止二十多岁，这完全取决于光线的亮度。在周六晚上，她看上去最为年轻。

尽管她自称是"赤脚美发师"，人们还是经常来她这里做头发——事实上，这里是鲍比父亲的地盘，鲍比母亲离开后不到三个月，她就搬进来了。她没有接受过正规的训练，但她的技术还算过得去，可以仿造时装杂志照片中明星们的发型。每周，她都会在厨房水池里给自己漂洗头发，渐渐地，头发的损伤已经很难修复了。尽管她的头发都软趴趴地贴在头皮上，但这并没有吓跑潜在的顾客，反而印证了一句话：只要宣传，就有作用。

除了做头发，辛迪还有一个嗜好——聊八卦。鲍比坐在台阶上，听着她和客人聊天。剪子咔嚓咔嚓地响，她们呱啦呱啦地讨论着听说的小道消息，时不时还自己编造一个。对鲍比来说，这都无关紧要，因为他只关心一件事，只一件事，那就是头发。客人的头发被剪断后缓慢地飘落到他母亲的地毯上，一缕接着一缕，棕色的、黑色的以及一碰就断的伪金发，和地毯上的羊毛混在一起，两种从未有过关联的生命交织在一起。之后，在他独自一人的时候，他会用手把头发捡起来，分成两堆放进罐子中。一罐是他母亲的头发，一罐是其他人的。他知道哪些头发是他母亲的，因为她的头发更软也更柔顺，要是他拿着这些头发对着光看，那颜色简直与天使身后的光芒一模一样。收集这些头发需要好几个小时，会使鲍比的手指疼得要命，但是每天晚上，当最后一位客人离开，当辛迪走向葡萄酒铺后（她总是吹嘘自己喝完酒后从不会头疼），他都会更新自己的秘密档案。

他把这些罐子藏在床底下，他是母亲的档案保管员。

丈量这件事，对于鲍比的档案来说，同样是不可或缺的。他认真地把丈量的数据分类，记在笔记本上，字体尽量小到极致，这样即使父亲在卧室地毯下发现了藏着的笔记本，也很难明白里面写了些什么。如果把手臂张开，像螃蟹一样横着走，那么从房间的一面墙开始，他可以用五大步走到另一面墙。楼梯有十一级台阶，厨房地板上有三十八块瓷砖，卧室天花板上的石膏线回旋了四十三道弯，从洗手间到浴室需要走九小步。他卧室的墙纸上有五十七种不同的交通工具，如飞机呀，警车呀，直升机呀，但这些只是他能看到并数到的。在较远的那面墙上，在装满辛迪东西的那几个箱子后面，可能还印有二十种交通工具。

有时候，他会关了灯在屋子里练习来回走。因为父亲看不到他，所以也不可能惩罚他，因此，这是鲍比最能感觉到自我的时候。慢慢地，他的夜间视力越来越好了，即使是在最漆黑的深夜，他也可以迅速找到自己的路，并且不会碰到任何家具。他还设想过，要是家里进了抢劫犯，一定要等他们跌坐在大厅中间的美发椅上后再动手。这时，他就会用理发剪刺穿他们的喉咙。要是血滴凝结在羊毛地毯上，那捡头发这事就变得更困难了。但是不管怎么说，他都会继续捡。越是困难，越能体现那档案在他心中的地位。

地毯的尺寸是五英尺[1]乘三英尺，标签上是这么写的，颜色从红色渐变为黄色，就像一餐正式的早饭前后，盘子的颜色变化。相比之下，其他地毯的颜色就素多了，难怪他母亲这么喜欢那块地毯。

现在，每间房屋都像是没有生命的躯体，躯体上的伤痕是一家三口的回忆。鲍比用一支炭笔为每间屋子都画了幅素描，以前他母亲也曾用这支炭笔给他画过素描。画完后，他把这些图片放在档案的最后，那是一个有关艺术的版块。鲍比知道，这会是母

---

[1] 1英尺约为0.305米。——译者注

亲最为喜爱的一个版块。

壁炉上方的墙壁上有一片黑漆漆的污迹，这是他母亲做饭时弄上的油渍，那次他父亲喝醉了，一时兴起，对着她动手动脚。那片污迹有两个半手掌加起来那么宽。在台阶上面，有一个七英寸的洞，洞上铺的木板极其易碎。有一次，母亲在台阶上跑步时摔倒了，脚直接踩进了洞里，脚踝骨折了。此外，家里还有鲍比母亲用指甲从床头板上抓下的皮草碎屑，以及被布鲁斯摔碎的画架。

有时，鲍比会想，母亲要是能看到自己所做的一切，该多为自己自豪啊。他计划有一天，等她回来以后，他们就一起动手（这次是一起），用档案中记录的这些数字，再次把这屋子装点一番，但是山顶上的那一间先搁着。这样的话，屋子里面就能和原来保持一模一样了。大厅里仍用柠檬绿色的窗帘搭配顺着墙根环绕一圈的巧克力色踢脚线。厨房里，奶油色的地板瓷砖上仍有食物掉落时留下的痕迹。橱柜和冰箱之间仍有三英寸[1]的距离，那里经常可以找到丢失的东西。当他们打开后门，可以看到朵朵白云散落在草坪上。雄鹰在排水管中筑巢，下雪的时候，他会去山顶收集白雪，等它们化作澄澈的水。整个世界都是他们的后花园，就像她保证的一样。

母亲不在的时候，时间过得格外慢，鲍比会跟着表盘上的秒针一圈圈地数时间。母亲不在的时候，除了鲍比自己，这世界上只有一个人知道档案的事。他的名字叫桑尼·克莱，是鲍比最好

---

[1] 1英寸约为2.54厘米。——译者注

的朋友，也是唯一的朋友。同时，他还是鲍比的贴身保镖，这就是为什么他身上总有不同的地方出现瘀青的原因，而且肿块的颜色还会每隔一段时间变一次，有时是罗兰紫，有时是珊瑚红。

暑假第一个星期六的早晨，鲍比敲响了桑尼家的门。周围的一切都在闪闪发光，提醒着鲍比前面还有大把日子可以挥霍，他和桑尼可以天马行空地胡思乱想。激动之情在鲍比身上来回乱窜，挠得他心痒痒。桑尼终于来开门了，鲍比又看到了熟悉的脸庞。

"你好，鲍比。"桑尼说。

"你好，桑尼。"鲍比说。

"你知道今天是什么日子吗？"

"我知道呀，今天是周六。这是你想要的正确答案吗？"

"不完全正确。"桑尼说。

鲍比叹了口气。他用大拇指钩住腰带环，不知所措地往上提了提牛仔裤，说："那还是你告诉我吧。"

"今天是个非常重要的日子，因为今天是我们开始第三阶段的日子。"

鲍比早就对第三阶段忧心忡忡，因为第一阶段和第二阶段已经非常困难了。桑尼不仅骨头断了，还流了很多血，总之，计划进行得并不轻松。但无论如何，他们已经做出了计划，这是一个任务，无法回头。任务完成之后，鲍比·努斯库将再也不会被别人随意拎起，无论是在学校还是在家，再也不会。在暑假结束之前，桑尼将会变成一个半机器人，这样他就能以巨大的力量和极快的速度保护鲍比了，这可是半机器人独有的超能力。

这个计划是桑尼想出来的，尽管他说这主意早就有了，可实际上，它产生于他和鲍比见面后不久。那次，在学校操场上，桑尼走向鲍比，问他懂不懂关于挖隧道的事。

"隧道？"

"没错，隧道。"

"不太了解。"

"那我们可以边走边聊。"

鲍比怀疑桑尼有不可告人的动机。所以，当桑尼把一只大手伸过来时，鲍比立即紧闭双眼，心想要不要赶紧逃跑。过了一会儿，鲍比终于睁开了眼睛，令他惊讶的是，自己这次没有挨打。桑尼只是想要握手，而令鲍比印象深刻的是，桑尼的手竟如此有力。

其实，桑尼已经观察鲍比一个星期了。他看到鲍比在课间休息时一个人畏畏缩缩地绕着操场走，也看到鲍比在想方设法地躲避三个年龄大些的男孩，因为那些人在足球场上追着欺负鲍比。桑尼亲眼看到，在三个男孩中，有一个男孩曾经故意绊倒鲍比，让他沾了一身烂泥，之后又尾随鲍比进了洗手间。鲍比本想在水池中把衣服洗干净，谁想事情却变得更糟了。

桑尼在鲍比身上看到了孤独，而他太明白孤独的滋味了。孤独是处于喧闹的人群中时，你感受到的死寂。孤独是当其他人大笑时，你内心油然而生的痛苦。孤独是你和一个看似可能触碰到的人之间峡谷般的距离。而此时此刻，桑尼感觉到身体中蕴藏着一种能量，蓄势待发。

桑尼的体格要比学校里其他十二岁的孩子大得多，相反，鲍比身材瘦小，腰杆细细的，脸色苍白。看上去，这两个人都需要一个朋友，无论什么身材都可以。所以，自然而然，这个新组合对两人而言都是有好处的。

"跟我来。"桑尼说。鲍比自豪地跟在他身后走向艺术系，还试图与桑尼走出一致的步调。

"你为什么要挖隧道？"鲍比问。他们走到一面砖墙旁，荆棘丛挡住了操场那边的视线。

"因为隧道可以让我们离开这里。你也不想待在这儿，对吧？"

鲍比首先想到的是，如果他们消失了，自己会碰到什么麻烦，他母亲的消失让他不得不思考这一点。不过，瞬间过后，他开始为这个想法感到羞愧，于是用手捂住了嘴，直了直腰板。

"当然。"

"那你看过监狱题材的电影吗？"桑尼的父亲抛下他们母子离开时留下了不计其数的录像带，都是老电影。桑尼晚上不睡觉，疯狂地看电影，学到了不少东西。

"看过呀。"鲍比说，不知道桑尼打着什么主意。

"那你一定和我一样，明白挖隧道是通向外边的唯一办法。"桑尼靠在墙上敲击着砖块，他的指尖沾满了水泥灰。

"但这是艺术系那幢楼的墙，如果你在这面墙上挖隧道，被人发现就完了。"

"不是你想的那样挖隧道。"桑尼说。他趴在地上,手伸向荆棘丛根部,从那里拿出一个盒子,里面是两罐偷来的黑油漆。鲍比看了看地面,感觉它正在远离自己。如果自己真的挖了隧道,那从绞刑架上看向地面,大概和现在的视角差不多。尽管如此,他还是不想抛弃桑尼。他想趴在桑尼背上,振臂高呼。

桑尼在墙上画出了隧道的半圆形轮廓,就像他在《哔哔鸟和大笨狼》中无数次看到的那样,威利狼就是这么干的。鲍比也看过这个动画片,尽管他没有勇气承认,他在心里暗想,希望桑尼不像自己想的那样疯狂。桑尼将一把刷子推到鲍比手里,让他把这个半圆里涂满黑漆。

"我们不能这么干,这一点你应该是清楚的,对吧?"鲍比一边说,一边把油漆随意地泼到墙上。

"你错了。"桑尼说,"就在今天,我就能从这个隧道中逃出学校。"鲍比觉得桑尼真是勇气可嘉,尽管他的勇气用错了地方,但他还是一个值得信任的朋友。而这也正是桑尼想要达到的效果。他知道自己的计划愚蠢至极,但在那一个小时里,鲍比都没有再回头看别人,因为他不必这么做了。而就在这之前,桑尼曾亲眼看见鲍比从操场后的烂泥潭中捡回书包里掉出的东西,战战兢兢。

"一会儿你想去我家吗?"桑尼问。

"去你家?"

"没错。"

"去你家干什么?"

"一起吃晚饭。"

"你父母同意吗?"

"家里只有我和妈妈。"

"哦,这样啊,那好吧。"

"好的。"桑尼说,"太好了。"他卷起鲍比右胳膊上的袖子,然后找了一支最细的笔刷,在鲍比前臂上写下一个地址。突然,他们听到荆棘丛中传来一阵沙沙声,转头一看,是奥茨老师走了过来,他的嘴角满是口水。

"你们两个究竟在干什么?"他大声说道。桑尼一下被吓傻了,转身冲向隧道,结果撞到墙上不省人事。他全身沾满了黑油漆,四仰八叉地躺在地上。没错,隧道让他暂时离开了这里。

鲍比和桑尼整个周末都待在阁楼里看桑尼父亲留下的那些电影。事实上,两人的年龄远远低于录影带盒子上用红色框出的数字,他们为此激动不已。他们一边看电影,一边还吞下了许多巧克力和长长的水果冰棍。

在鲍比的坚持下,桑尼从卧室的储物柜里拿出了自己的玩具,所有的玩具都被塞在一个破破烂烂的鞋盒里。打开鞋盒的时候,桑尼百感交集,既担心又尴尬,拖拖拉拉地不想掀开盖子。然而,鲍比与之前来他家里的那些孩子不一样,他没有议论这些玩具看起来多么老旧,或者为什么有些玩具是用胶布粘起来的。在鲍比手里,那些绿色的塑料兵仿佛活了过来,以至桑尼都忘记了它们缺胳膊少腿这个事实。

鲍比和桑尼都不想承认，他们有多不情愿分开。鲍比慢吞吞地收拾着东西，准备走上回家那段短短的路程。

"我能保护你，对付学校里的那些坏孩子。"桑尼说。

"什么？"

"我能帮你对付他们。"

"不，你不行的。"

"我可以的。我能每天陪你走路上下学，早晨的时候我去你家门口接你，晚上我一路把你送回家。"

"不用了。"鲍比这么说是因为他不想让桑尼见到自己的父亲。"真的不用这样。"他们又一次握了握手。"不过，谢谢你。"

桑尼的妈妈催他赶紧睡觉，但他充耳不闻，那天晚上，他看了《终结者2》。电影中，主角坚不可摧的金属骨架外包裹着人造肌肉，不惜一切代价保护着男孩约翰·康纳。看到这里，桑尼想到了一个主意，并立刻记了下来。为了正确地执行这个计划，桑尼将它分成三个步骤来实施，因为如果不这样的话，他很可能一命呜呼。毕竟，如果仅凭一次手术就要把身体里的所有骨架都换成钢铁，无论如何都太痴心妄想了。

第二天早上，桑尼在隧道旁等鲍比。他发现自己对挖隧道的热情就像对其他事情一样，已经迅速退去了，就好像周末阳光下油漆晒干的速度一样快。对，其他事情也是这样，但昨晚的新主意除外。他知道，无论如何，自己都会把那件事坚持到底，尽管在那件事上他几乎得不到任何帮助。

鲍比来了,桑尼站在树丛旁示意他过去。当鲍比走近时,桑尼发现他的T恤上又沾满了烂泥,鼻涕和眼泪蹭花了他脸颊上的泥土,左鼻孔下有一道血痕,闪闪发亮。

"你怎么在这儿?"鲍比问。他努力让自己站稳,不让双腿再打战。

"我有一个计划,需要你的帮助。"桑尼说。

"什么计划?"

"保护你的计划。"

鲍比张开嘴,他本想说自己并不需要保护,但是,这次他无论如何都开不了口。

他没忍住哭了起来,力量之大,以至他们之间的空气都好像充满了涟漪。桑尼赶紧从树丛后面走出来,来到鲍比身边。"我要变成一个半机器人。"

鲍比本来非常难过,但一听到这话,还是差点儿笑出来。

尽管第一阶段的设想简直是异想天开,但还是像他们计划的那样进行了。桑尼将两把椅子摆在花园中间,右腿架在两把椅子上,脚踝两侧绑了沙袋,用来固定脚的位置。随后,桑尼在身下放了一个睡袋,当作简陋的缓冲垫。最后,鲍比把一条毛巾嘎吱嘎吱地卷紧,塞进桑尼的嘴里,桑尼跟着咬紧了牙关。就像他们之前练习的那样,桑尼冲着鲍比点了三次头,示意他已经准备就绪。看到桑尼第三次点头,鲍比从棚顶一跃而起,跳向桑尼的右腿,咔嚓一声踩断了桑尼小腿上的胫骨和腓骨,干脆利落,整套动作迅速而又准确。空气中"嗖"的一声滑过骨头断裂的声音，树上的鸟儿惊惶地四散而逃。

桑尼假装自己是从屋上摔下来的，落地时没站稳。外科医生告诉桑尼，这是他见过的最彻底的骨折。桑尼对医生表示了感谢，这让手术室里的所有人都感到非常困惑。

桑尼钢铁般的意志帮他挺过了好几个月的痛苦时期，他甚至都没怎么抱怨过身体的疼痛。事情像他们预期的一样，桑尼的小腿上有了一个六英寸长的口子，弯弯曲曲的，泛着血光，那形状有点儿像地图上意大利的轮廓。那道口子下面是一根坚硬的铁棒，无比坚固，牢不可摧。这是他身上首先要被替换的部分，这个任务已经完成。

第二阶段就不像第一阶段那么顺利了。桑尼小臂上的"X"形伤口里渗出了点点血斑，骨头的碎屑在伤口里暗暗游走。尽管他的胳膊里已装上了金属板，但那胳膊还扭曲着，非常脆弱。那大铁锤对鲍比来说太重了，简直有鲍比一半身高那么长，他根本控制不住。这一次，无论是桑尼的妈妈朱尔斯，还是医院的工作人员，都不愿相信桑尼的鬼话，天知道发生了什么。但不管怎么样，桑尼和鲍比已完成了第一阶段和第二阶段的任务。走到这一步，几乎没有什么能阻止他们完成接下来的任务了。

在第三阶段开始前，桑尼说他们一定不能空着肚子工作。鲍比一直饱受饥饿的困扰，听到这话当然高兴极了。在冰箱的最里面，藏着一大块柠檬奶酪蛋糕。他们俩每人切了厚厚一块，狼吞虎咽地吃了下去。鲍比舔了一圈儿牙齿，吃甜品的感觉太让人飘飘然了，这种美好的感觉过了好一阵才散去。鲍比的父亲从不允许家中出现这类食物，甚至不允许鲍比吃泡泡糖。他说，要是鲍比不小心把泡泡糖吞下去，那玩意儿会在肠子里待七年。鲍比想象着自己胸腔里沾满了五颜六色的泡泡糖，这对他来说没什么。当和桑尼在一起的时候，鲍比觉得自己的生活就是五颜六色的。

他们拿了两听可乐，并肩坐在花园前的墙边，头顶是檐槽的边缘。天上开始下起了雨。汽车尾气不住地喷在路面的小水坑里，水面跟着一颤一颤地抖动起来。天空暗得像黑色鸽子的皮肤。车流弯弯曲曲地扭动着，车窗上蒙着一层水汽，又溅上了路面的泥点，好像写上了难以辨认的文字。桑尼舔了舔手掌，把头发捋到头顶。

"要是变成了半机器人，你怎么知道自己是不是还喜欢我呢？"鲍比问。尽管他十分感激桑尼为保护他而做的一切，但是相比在操场上挨揍，他更加害怕失去桑尼这个朋友。

桑尼把舌头顶在门牙后面，红红的舌头在牙缝中间动来动去，就像一条条小虫子。

"它在我的大脑中，永远不会丢失。"他说。

桑尼的母亲撑着一把伞走了过来，雨伞的影子在她的脸上晃动。桑尼的母亲是一个善良、安静的女人，她心里有两件事情放不下：一是她住在几百英里[1]之外的父母正日渐衰老；二是她的

---

[1] 1英里约为1.61千米。——译者注

儿子总是以某种天才而不可思议的方式重伤自己。她的语速很慢，她希望自己的话能多少爬进孩子的耳朵里。

"你在听我说话吗？"

"没错。"桑尼说。

"那我刚才说什么了？"桑尼忸怩着不知道说什么。她用手按住他的头，不过没怎么用力，因为她知道自己的儿子多容易骨折。"我说，离脚手架远点儿。"因为房子要换窗户，所以周围搭起了脚手架，鲍比和桑尼早就开始密谋怎么爬上去了。他们的密谋并不需要言语，只有小孩儿能这么干。当他们把手放在胸前向朱尔斯保证的时候，他们已经开始盘算自己到底能爬多高了。

"桑尼，宝贝，我之所以让你做这些，都是因为我爱你。你知道的，对吗？"

"我知道。"

"不过，除了我让你收拾房间这件事。我让你收拾房间，是因为你的房间实在太乱了，我真的受不了。"

"我知道。"朱尔斯摸了摸桑尼的头发。

"我爱你。"桑尼说。

"我也爱你，宝贝。"她向鲍比道别，转身走向小镇。就像她非常愧疚一样，鲍比内心其实也非常愧疚，所以他小声道了歉，不过她并没有听到。鲍比太了解愧疚的滋味了，大人们常常错认为，犯错后只要心怀愧疚，就可以当作一切都没有发生过。

他们顺着一架溅满水泥的梯子爬到了脚手架的第三层，把上面的碎砖头从旁边扔了下去。砖头落下的时候，他们嘴里吹着口哨模拟炸弹爆炸前的声音，然后怒吼一声，模拟爆炸的声响。从那里看，整个小镇只是一排排无聊的烟囱，被毛毛细雨笼罩着，一片静默，看上去不仅没有任何未来，也没有任何过去。有那么一瞬间，这小镇和镇上的居民一样，都想要逃离这里。从高处望去，桑尼的隧道并不是个坏主意。

桑尼想脱下身上的T恤，但是需要鲍比帮他把T恤从头上扯下来。桑尼弯着腰，像一个不听话的提线木偶。他的左臂还是没有劲儿，因为几天前才刚刚拆了石膏绷带。他们隔着皮肤可以摸到里面的金属，那金属块又冷又硬，但这可是来之不易的成功。桑尼身上湿乎乎的，闪闪发光。他身上已经有一部分像机器人了，那部分很轻盈却也很有用，蓬勃地推动着青春的朝气。

"第三阶段，启动！"桑尼一边说，一边退到脚手架第三层平台最里面。鲍比双膝跪地，胃里一阵恶心。第三阶段是半机器人计划的最后一个部分，需要将金属板植入桑尼的头骨中。如果他们再多等一会儿，小男孩们特有的冒险精神可能就消失了。没有危险，就不叫童年。

桑尼开始摩拳擦掌，他渐渐鼓足了信心，感觉这事就像洗个热水澡那么简单，于是他开始向鲍比的方向冲刺。他的双臂在身体两边张开，就像一对翅膀。就在这时，鲍比看到他紧紧咬住牙关，肌肉鼓了起来，于是鲍比知道，他其实想改变主意了。

"计划暂停！暂停！"桑尼一边喊一边用鞋跟摩擦着木板，想刹住脚步。但木板的表面太光滑了，他根本没有足够的时间停稳。鲍比抓住了他的脚踝，用肩膀抵住了他的膝盖，没想到却把他的腿一下甩到了左边，似乎要加足马力把他甩出去。在桑尼从脚手架边缘飞出去的瞬间，他失重了，动作华丽地失重了。一瞬间，空气仿佛凝固了，鸣鸟叽叽喳喳地嘲笑着一个想要起飞的男孩。他在空中翻了几个跟头，然后头冲下跌了下去，就在那几秒钟里，他说："我会永远保护你，鲍比·努斯库。"

桑尼的头磕在了脚手架上突出的一截又长又尖的金属管上，有一瞬间他停住了，然后又从那里直接摔向九英尺开外的地面。他感觉自己着地的那一侧身体好像被拳击手重重地打了一拳，痛到反胃。深红色的鲜血渗进了石板的缝隙中。从上面看，血迹好像形成了一片阴森恐怖的死亡迷宫，而迷宫正中央就是桑尼，仿佛他是整个迷宫最后的谜底。鲍比整个胃部的神经都在膨胀，充斥了整个内脏，马上就要把他仅存的勇气挤破了。

这时候，鲍比感到一阵头晕目眩的恶心，那种酿成大错后立刻会感到的恶心。错误，就存在于那些我们想攥紧未来的瞬间，我们太过用力，弄巧成拙，把未来握得支离破碎。我们知道必须及时用这些碎片修补一个新的未来，但它永远无法修复得完好如初。这一刻，鲍比意识到，被他攥破的碎片太多了，太碎了，可能无法弥补了。

朱尔斯回到家时，看到鲍比正抱着头破血流的桑尼。她一阵恐慌，一把将鲍比推到地上，她什么都看不到了，眼中只有她的儿子，他的头在她手中缓缓移动。

"他摔下来了。"鲍比说。"这是场意外。"但此时此刻，朱尔斯仿佛听不到鲍比的声音，她的音调频率好像发生了变化，如同一头鲸在呼唤丢失的幼崽。

"叫救护车！"她尖叫道。"叫救护车！"鲍比赶紧翻开她的手包，找到家门钥匙，冲进房间开始打电话。

救护车把桑尼和朱尔斯带走了，只剩下鲍比一个人呆坐在地上的一摊血迹之中。雨水落下来，红色的血和周围的泥土混在一起，变成了灰色。

鲍比在那里等了一整晚，第二天早晨朱尔斯才回来，一个人。她脸上挂着重重的黑眼圈，眼泪在睫毛上打转。鲍比双手抱着她的腰，伏在她身上啜泣。他握着她的手，做好了心理准备，可能他的朋友已经不在人世了。

"他醒了一会儿。"她盯着墙说道。

"一会儿？"

"醒的时间还挺长，让他有机会告诉我，这完全是个意外，这不是你的错。"鲍比瘫倒在她脚下。"来。"她说，"我开车送你回家。"

整段路上，鲍比都在哭泣，脚下堆了一团团被眼泪浸湿的纸巾。当车停在鲍比家外面时，他说了一句话，这句话他只在桑尼放的电影中听到过。

"我为您的不幸感到十分抱歉。"朱尔斯捏住鲍比的耳垂，轻轻地揉搓着，好像能从后面变出一枚硬币来。

"鲍比，亲爱的，"她说，"我觉得你可能没有理解我的意思。桑尼还活着，我的意思是，他现在不太好，不过他还活着。"尽管她在哭泣，但她试图笑出声来，车厢里充满了笑声。"现在看起来，我的孩子是无坚不摧了。"

桑尼之前从没有住过这么长时间的医院。终于，鲍比得到了探病的许可。考虑到鲍比在的时候，桑尼总是在与死神搏斗，所以，自然而然地，朱尔斯觉得鲍比是个凶兆。但她知道，如果儿子见到鲍比，一定会非常开心。所以，在桑尼恢复得差不多的时候，她在鲍比家的门上留了一张纸条。

这不是鲍比第一次去医院看桑尼了，所以，他轻车熟路地就找到了儿童病房。要去那里，就要穿过医院后面的走廊，还要经过太平间和厨房。这两间屋子中的某一间总会散发出一些味道，像是在煮青菜汤，又像是老人皮肤的味道。鲍比把外套拉链高高拉起，紧紧地裹住自己的小脸，这样别人就只能看到他的眼睛了。他悄悄地溜进了清洁车后的那排病房。

鲍比在左边的第三间病房里找到了桑尼，他本能地呆住了。不知为什么，他突然意识到桑尼看起来和以前不一样了，不知哪里起了一些变化。他还是有两只眼睛，只不过眼睛肿了起来，四周满是瘀青，眼珠在瘀青中心向外瞥着；他还是有一只鼻子，不过破了；他还是有一张嘴，不过少了五颗牙。他的个头儿看上去还是比病房里的其他孩子大。从绷带上可以看出来，他的头上有处轻微的凹陷，但这并不足以解释为什么鲍比觉得他身上明显发生了变化。至于究竟发生了什么变化，鲍比也不知道。

"你好呀。"桑尼跟他打招呼。桑尼的声音更低沉了，他口腔里湿乎乎的，说不清话，脸松松垮垮的，好像挂在脑袋上一样。鲍比这才意识到桑尼以前的笑容有多灿烂，不过现在桑尼没法那样大笑了。

桑尼递给鲍比一颗葡萄——很明显，他的胳膊和手还能动——但是鲍比觉得拿走一整颗太不礼貌了，所以他只掰了一半，把另一半还了回去，放在桑尼的舌头上。那一半从桑尼嘴里掉了出来，掉到了床底下。桑尼嘴中发出了一阵笑声，伴随这笑声的是胸腔内的一阵撕痛，但他的脸上没有任何表情。不过，鲍比好像能读懂桑尼的心思。桑尼脸部的肌肉不能再动了，因为神经元的断裂导致控制肌肉运动的神经通路中断了。鲍比想把手伸进自己的身体里，取出桑尼缺少的器官，把它们递给桑尼，就这么血淋淋的、趁它们还鲜活跳动的时候。

"对不起。"鲍比说。

"别傻了。"桑尼说，"现在这样最好了。你见过哪个半机器人走到哪儿都笑哈哈的？"

"我不认识其他的半机器人，除了你。"

"相信我吧。半机器人是没有感情的，就像终结者一样，这就是为什么他们能把敌人吓得心里打战。"鲍比摸着亚麻床单，觉得这床单摸起来比想象中更粗糙，他希望这床单不要让桑尼觉得不舒服。

"鲍比，"桑尼继续说道，"我有了钢铁之身，现在，我完整了。再也没有人能伤害你了。"

第三章

小公主

桑尼不在身边的痛苦就像牙疼一样真实。白天的时候，鲍比一个人待在卧室，用剥墙皮打发时间。后来，他开始一根一根地拆窗帘上的线，不过最后，无聊还是渗透了屋子里的每一个角落。他甚至能从自己藏起来的饼干和苹果中尝到无聊的滋味。他感觉每吸进一口气，都能感受到肺部的无聊。鲍比睡着了，一夜无梦。

布鲁斯和辛迪对他完全视而不见。偶尔，鲍比会听到笑声，他会溜进客厅，想知道什么事情让他们这么开心，但他们从不会与鲍比分享。然而，最令鲍比不知所措的并不是他们不说话，而是鲍比的父亲总会在睡前和他说晚安。一天中可以交流的事情有很多，为什么布鲁斯一定要选择在一天结束的时候，进行这样一次无法回复的交流呢？事实上，这正是布鲁斯想要的结果。

到了晚上，布鲁斯和辛迪很快就会入睡，这时鲍比就会开始他的档案记录。他会看看垃圾箱里有些什么，好知道父亲晚餐的内容。自从鲍比的母亲离开后，布鲁斯的烹饪习惯就发生了改变,具体的变化甚至可以用一张图表画出来。鲍比用了大量的时间来整理档案,在那些时候,只有窗外的月亮知道他在干什么。他把上帝想象成一个独眼巨人,那轮明月就是上帝的眼罩。

当鲍比把所有档案都整理完毕后,他会坐在母亲的地毯上,关上声音,关上灯,看一会儿电视。这时候,电视机五颜六色的光亮会以各种各样的形状映在四周的墙上。他看到过一则新闻,有十四辆警车包围了乡间一户破旧的农舍。远处的城市闪闪发亮,看起来像是一群人在跳康茄舞。那个农民绷紧下巴,努力不让自己哭出来,他的嘴唇颤抖着,好像他只能用脸的下半部来感受周围的一切。不过,通常,男人确实是这样的。他看起来忧心忡忡,不知道干草堆里藏着什么东西。这时,屏幕下方出现一行字幕:搜捕仍在继续……

鲍比打开卫生间的灯,发现马桶座上有几摊尿迹,在灯光下闪着亮光,像是几粒青蛙卵。父亲躺在地板上睡着了,口水一条条地流到了瓷砖上面。

这时,布鲁斯醒了,盯着鲍比看了好一会儿,终于看清了他是谁。他的本能反应是太丢人了,鲍比让他觉得自己蒙受了奇耻大辱。而鲍比,这种羞辱的见证者,此刻正畏缩在洗衣篓后面。

"你觉得偷偷摸摸地过来,到我这个老家伙旁边,很有意思,嗯?"

"不是的。"

"是要监视我?"布鲁斯一边说,一边站了起来。

"不是的,我发誓不是这样的。"鲍比哆哆嗦嗦地说。布鲁斯开始用大拇指在腰带扣上摸索，鲍比趁机赶紧逃了出去。他穿过厨房，跑上台阶，在那里，他闻不到坏啤酒的味道了。

在那周剩下的几天里，没人想要化解父子之间的冷暴力，这冰冷的距离像监狱的围墙一样真实。有时，布鲁斯确实想跟鲍比说事情，而鲍比听到后，总会"嗖"的一声跳起来，好像脚底长了水疱一般。没过多久，鲍比发现自己完全睡不着了，无论是白天还是晚上。睡意终究还是会来，只不过来得太晚，像一个迟到的宴会客人，毫无歉意。

在一个死气沉沉的周一早上，鲍比吃了麦片盒里剩下的一小撮米黄色的碎渣，之后上了小山顶。他放眼四望，发现邻居们的房子刚好围出一块盆地，而他家所在的那条街正好就在盆地正中央。在小镇周边的郊区，柔软的草地形成斜坡，此刻正好给眼前的景色围上一个边环。整个小镇看起来像坐落在一座死火山上，而镇上的居民好似都以食用脚下温热的火山熔岩为生。

鲍比来到了池塘边，以前他常常和母亲一起来这里，看看是不是到了青蛙遍地的季节。不过，今天他显然没这个运气。一潭死水上漂着一层厚厚的水藻，像海绵蛋糕一样，不时还冒着水泡，发出刺鼻的气味。

街角便利店的店主是一位头发灰白的老太太，她正在装饰精心挑选出的巧克力，把带红宝石色包装纸的巧克力垒成了金字塔形状。鲍比走上前去，大力恭维她的品位，夸赞她竟可以将巧克力摆出如此引人注目的造型。鲍比希望可以搭讪成功，那样的话，她兴许能让他在店里多待一会儿，或是给他一份整理货架的活计。

"我可能真的是年纪大了，"老太太说，同时认真地给金字塔顶加上了一块比利时巧克力作为装饰，"但是我还没有老糊涂。"

"不好意思，您的意思是？"鲍比问道。老太太转过身来，面对着他。她身上的香水有股玫瑰味，通常只有很年轻的女士才会选择这种香调。鲍比惊奇地发现，这香味其实还挺好闻的。

"你想跟我闲聊，来吸引我的注意力，然后就会有几个年龄大一点儿的男孩冲进来，把我所有的东西都偷光。"

"不，并不是这样的……"

"我在这附近见过他们。"老太太打开门，将指示牌翻到"关门"的一面，"出去。你这个年龄的孩子应该待在家里，和父母待在一起。"鲍比一听这话，简直想朝她的窗户扔一块砖头。不过他知道，自己是不会这么做的。

他走到公园的栅栏前，在齐膝高的地方发现一个小洞，于是他眯起一只眼睛朝里面张望，想知道公园里有没有人。结果，他看到了学校里那三个年龄大一些的男孩——大凯文、小凯文和两人的大哥阿米尔·金戴尔。他们正用什么东西在木桩上一下一下地刻字，刻的是名字的首字母。尽管他们离鲍比还有一段距离，但鲍比一下就认出了他们，不是通过他们的长相，而是通过他们刻字的样子，通过一种深刻烙印在其言行中的东西——吊儿郎当，无法无天。鲍比知道，如果自己穿过公园，他们一定会抓住自己，困住自己的胳膊，在他后脑勺上狠狠地来几下，再把他书包里的东西都扔进泥潭。鲍比闭上眼睛祈祷，要是桑尼现在在这里就好了，他可以用他那力大无穷的半机器手臂把栅栏砸个稀巴烂，再用他的肩炮把那几个坏蛋炸成碎片。鲍比一边假想，一边颤颤巍巍地走回主路。

下午过去了一半，他也快无事可做了，想了半天，只想到一个还没去过的地方。从他家往旁边数五扇门，在拐角那里有一小片灌木丛，六步宽，四步长。它不是前花园，也不是后花园，而是一处在小镇规划中被遗忘的、无人看管的地方。

野草和野花夹杂在一丛丛凤尾草中间，耀眼的樱桃红肆虐地侵占着绿色和棕色的领地。花瓣随风摇摆，如蝴蝶飞舞。一只蜜蜂在水仙花中间来来回回地做媒，一只虎斑猫在追逐散落空中的芭蕾雪花莲种子。鲍比在一摊湿湿的烂泥堆旁坐着，泥水来自上方悬挂着的一盆吊兰，鲍比正用手指搅着烂泥玩儿。

身后传来一阵橡胶车轮滚动的声音，鲍比转身一看，是一个小女孩，正骑着一辆红色的三轮车朝这边过来。不过，这辆三轮车不是蹒跚学步的小毛孩骑的那种，它像是专为那个女孩定制的，因为车轮像啤酒桶一样粗。它有一种说不出的威严，就像一匹忠实的铁马。女孩在自言自语，她的小脸圆嘟嘟的，嘴唇周围有一点儿皲裂。她的头发是金黄色的，就像新收割的麦仁的颜色，整个发型像一只碗，刘海短短的，正好把眼睛露出来。她的身高刚过五英尺，不过据鲍比猜想，尽管她穿的衣服颜色鲜艳，上面还印有自己早就不再关注的卡通图案，但她可能比自己大一岁。她的小肚子鼓鼓的，她正张着一只手按着自己的肚子，好让身上那套运动服的下边不要卷起来。衣服压平了以后,上面露出一只褪色的张牙舞爪的卡通海星。

鲍比把自己藏在一处高一些的草丛里,希望不要被发现。他现在需要伪装起来,就像他和桑尼玩打仗游戏时那样,身上最好来点儿烂泥的颜色,再来点儿树叶子。头顶上树叶的影子打在他脸上留下一道道光影,就像灰白色的油漆。这下正好,他和树皮完全融为一体了。他现在就像大自然中的动物,被大地托在掌心之中。

三轮车停了下来,小女孩直勾勾地看着他,好像他们两个认识一样。他尴尬极了,迅速跳了出来,好像从没有想过要藏起来一样。

"你叫什么名字?"小女孩发问了。

鲍比不想这么说,但这女孩说话时确实有一点儿像托马斯·艾伦。托马斯是鲍比班上的一个男孩,他总会让人想起小镇另一边德普斯区学校里的特殊儿童。他说话时总会卷起舌头,舌尖顶着下唇,说话速度异常慢,发音听起来极为愚蠢。

"鲍比。"他回答道。

"那你姓什么?"

"努斯库。"鲍比踩到一块石头上,踮着脚尖,摇摇晃晃地想要保持平衡。他回头偷偷向小山那边看了看,没有人。就在刚才,他突然想到,要是学校的人看见他正在和小女孩说话,那就完了。因为他们会取笑他,欺负他,在桑尼完全恢复半机器人的能力之前,他都必须一个人面对这些。于是他想,自己必须马上离开这个小女孩。

鲍比之前从没有过如此强烈的自我意识，而刚才的想法让他羞愧不已：如果母亲回来了，发现自己不像她所教育的那样友善、包容，反而成了相反的样子，那会怎么样呢？

小女孩拉了拉运动服下边的松紧带，然后又松开，短裤上面的小肚皮上露出了一圈儿松紧带留下的痕迹。

"我叫罗莎·里德，"她说，"你想和我玩儿吗？"她从三轮车上下来，手里抓着一支黑色毡尖笔，像运动员递接力棒一样，递给了鲍比。"你想玩儿吗？"她又问了一遍。他不说话，手指正在卷一截长长的草叶。

"玩儿什么？"鲍比开口了。他发现那支毡尖笔被咬过了，塑料外壳上印着一串长长的牙印。"你干吗给我笔？"

"写你的名字。"罗莎把手伸进三轮车前面拴着的车筐，拿出一个卷皮儿的笔记本，上面是歪歪扭扭的字迹，重复写着"罗莎·里德罗莎·里德罗莎·里德"，有几处写得并不连贯。

"为什么要给你写？"

"我要收集名字。"

"但是你只有一个名字呀。"

"鲍比·努斯库，"她摇摇头，"有时候你还挺逗的。"鲍比拿过笔记本写下自己的名字，然后以最快的速度递还给她。他想，最重要的是，不要和她有任何接触，不要碰到她，不要和她同时接触一件东西。他迅速把重心从左脚转移到右脚，同时开始大量分泌唾液，就好像自己的偏见竟令他恶心得几乎要呕吐。

"现在,"他说,"你有两个名字了。"

"你在这儿等一下。"她说。过了一会儿,她走向街角的那幢房子,从花园里取来一个破损不堪的篮球。鲍比完全没想到她住在那儿,没想到她竟然如此普通,和自己住在一条街上。他刚刚还在害怕,怕被别人看到他们在一起,而现在,他为自己刚刚那个无知的想法感到无比尴尬,因而更加嫌弃自己了。他想把那种感觉吞咽下去,就像吞下一块恶心的肉。

他们坐在马路牙子上把球传过来又传过去。尽管罗莎手指短,动作慢,看起来笨手笨脚的,但他们还是迅速找到了玩游戏的方法。每次罗莎没接到球,鲍比都会模仿她把球弄掉的样子,她看到就会哈哈大笑,直笑得肚子疼。鲍比没有忘记留心朝这边走来的人,还好,没有人走过来。

罗莎也模仿了鲍比,但她的动作很笨拙,这让鲍比觉得她身体里仿佛住着一个小人,踩着踏板拉着线,在控制她的一举一动。他们俩玩儿的每一种游戏最后都会变成一种模仿游戏,鲍比做一个动作,罗莎跟着做一个,但是她的肢体不太协调。他举起胳膊,她也跟着举起胳膊;他把球扔给她,她又把球扔回给他。这个游戏里没有竞争,它就像一场奇怪的没有声音的模仿秀,他们就像一朵花上的两片花瓣,互相嬉戏、打闹,只有微风才能将他们分离开一秒。

鲍比玩儿得太开心了,这是他去医院看望桑尼后,第一次把桑尼抛诸脑后,他甚至忘记了别人可能会发现他和罗莎在一起。有那么几个短暂又温暖的瞬间,他忘记了刚刚萌发的自我意识,玩得无比开心。和桑尼一起度过的时间让他知道，这就是友谊。友谊就像一把钥匙，可以打开灵魂的锁。

黄昏下，一丝凉意袭来，鲍比身上起满了鸡皮疙瘩。远处不知什么地方传来一阵笑声，那笑声在空中盘旋，又渐渐变弱，消失，像是毫无价值的想法就这样被否决了。鲍比一阵恐慌。

"罗莎，"鲍比突然说，"我要走了。"

"怎么啦？"她一边问，一边用手转着球。

"我就是要走了。你也得走了，你得回家了。"

"为什么呀？"

"赶紧回家！"他轻轻地推了她一把，想把她转向家的方向，但罗莎比他想象的要壮实，倔得一动不动。"求你了。"鲍比说。

"到底为什么呀？"

鲍比又听到笑声了，这次他听得很清楚，笑声是从不远处传来的。他们来了，他们一定会看到自己和罗莎在一起的。这一切还是来了。这一次，鲍比抓住了罗莎的肩膀。

"罗莎，你必须得走，现在就走！"

罗莎从口袋里拿出笔和纸，开始歪歪扭扭地在上面写"罗莎·里德鲍比·努斯库"。

"我才不呢！"她生气地说，"我还要继续玩儿。"

在夕阳的剪影中，鲍比看到公园里的那三个男孩正向小山这边走来。

"对不起了。"鲍比说。

太晚了，已经没时间逃跑了。鲍比没有办法，只得赶紧钻进树丛，把罗莎一个人留在了原地。他把头塞进两腿中间，使出最大的力气用胳膊紧紧地抱住膝盖，屏住气不敢呼吸。

他们来了，但是没有看到鲍比。

"你们好呀，我叫罗莎·里德。你们叫什么呀？"阿米尔开始重复她的话，就好像录音机的半速回放，凯文兄弟听了哈哈大笑。鲍比听到笑声，想冲出去帮罗莎一把，但他太害怕了，根本挪不动步子。那些人对着罗莎一阵嘲弄，但是她好像什么都没听懂。他们的笑声渐渐变小，成了窃窃私语，然后他们的声音重叠在了一起。

他听到罗莎的笔和本子掉到了地上。

他听到罗莎的鞋底来回刮擦着地面。

他听到罗莎在号啕大哭，那哭声像惊人的风暴。

鲍比能做的只有听着，恐慌着，预想着最坏的结局。她惊声尖叫，又突然失声，好像有人用手捂住了她的嘴。她的腿突然不再踢腾，好像有人把她拎了起来，又重重地摔在了泥滩里。

泥滩中一直有搅动的声音。

她在试图向鲍比伸手，好几次都蹭到了树丛，引起一阵晃动。

鲍比此刻感到了深深的羞耻。那感觉就像内心的黑暗涌了上来，鬼鬼祟祟地匍匐前进，挣扎着想重见天日。这时，在一米开外，那个他羞愧得不敢面对的女孩，此时此刻终于感到了恐惧。

直到听到他们都走远了，嘲讽的笑声消失了，鲍比才哆哆嗦嗦地站了起来。四周一片安静，只能听见乌鸦的啼叫声。

罗莎躺在泥滩里，那几个男孩把她的肩膀和胳膊狠狠地按在里面，留下了一个人形轮廓。她的嘴里、鼻子里和耳朵里都灌满了泥水，眼睛里流出两行古怪的红泪，流过了沾在脸上的泥浆。鲍比把她拉起来，让她坐在地上，然后开始用手指清理她呼吸道里的烂泥。之后，他脱下毛衣，帮她清理耳道和鼻腔里的泥水。突然，罗莎号啕大哭。她的两个眼珠里布满了红血丝，双眼呆滞，不知在想什么，思维好像飘向了另一个世界。

"罗莎，我对不住你。"鲍比说。

他用尽全身力气才扶她站起来，这时，她头发和衣服上挂着的土块一下都滚到了地上。他把她的胳膊搭在自己的脖子上，她的哭声太大了，以至他们还没走到她家门口，已经有人打开了门。

开门的是一个女人。她皮肤苍白，眼眸和头发黑亮，像是吉卜赛版的麦当娜。罗莎冲过去抱住她，她们一下就抱头痛哭起来，泥水沾满了她们的脸庞。

几小时前，罗莎央求妈妈让她出去玩，因为实在拗不过女儿，万般无奈之下，她只得答应。就是这么一个简单的、瞬间做出的决定，就是这千千万万决定中的一个，让她立刻就后悔了，而且会后悔一辈子。合时宜的母性是需要一生去追寻的东西，而不合时宜的母性只要一秒钟就会控制你的头脑。

一大片乌云吞没了太阳。女人直勾勾地瞪着鲍比，用一种无比强势的语气开始了问询。她的眼神太过愤怒，以至鲍比都能看到她眼球的颜色，是那种湿蛇皮的青紫色。

"这一切是怎么回事？"她开始了。

"有几个男孩过来了,"鲍比开始解释,"他们把她按倒,在她嘴里、耳朵和鼻孔里塞满了烂泥。"女人立刻转身走进屋里,出来的时候手里拿着一瓶水。罗莎这时候还是不能顺畅地呼吸,她把头仰起来,让妈妈把水灌进她嘴里,然后又用水冲洗了脸。冲洗完后,罗莎拿着瓶子,她妈妈朝鲍比走了过来。她用手按着鲍比的后脑勺,强迫他迎向自己的目光。在她头顶上,乌云遮住了太阳,形成一个暗沉沉的光圈。

"那几个男孩,"她问,"是你的朋友吗?"

"不,不是。"他回答道,但是羞愧好像拴住了他的舌头,让他说起话来软绵绵的,像是在撒谎。她的手按得更用力了,说道:"我不知道你说的是哪几个男孩。我并没有看见他们。"

"你最好老实点儿。是不是你干的?"她指了一下罗莎。鲍比摇摇头。两行泪从女人的脸上滑落,鲍比急得像热锅上的蚂蚁。

"真的不是。"

"要是你干的,我就杀了你。"

鲍比哆哆嗦嗦地说:"我当时吓傻了,就藏了起来。对不起。"

"要是上帝允许,我会打断你身上的每一根骨头……"

"不要!"罗莎大喊一声。她妈妈放开了鲍比。罗莎紧攥的拳头松开了,脏兮兮的手里面是一张纸,上面写着他们两个的名字。她妈妈接过那张纸,大声地念了出来。

"鲍比·努斯库。"

"他就是鲍比·努斯库,"罗莎指着他说,"鲍比·努斯库是我的朋友。"

鲍比裤子上的尿渍现在虽轻了一些，但仍能看清楚。他的胆怯和尿渍一样，板结在裤子上，罗莎的妈妈看到了这一切。他羞愧至极，以最快的速度跑了出去。当他跑回自己家时，屋子里空无一人。

第四章

女　王

鲍比打开厨房洗手池下面的柜子，拿出一瓶漂白剂，但是他力气不够大，没能拧开上面的儿童锁。不仅如此，那个波纹面的瓶盖还划伤了他的手掌。他生气极了，一把抓起旁边最近的一个瓶子倒出液体来，用最粗糙的刷子拼命地刷洗裤子上的尿渍。当他父亲和辛迪庆祝完周年纪念日，从当地的中国餐馆回来时，一进屋就闻到了鲍比身上的柠檬味，立刻发现他用了辛迪那瓶给高端客户留的最贵的洗发水，不仅如此，他还毁了她最好的指甲刷。辛迪勃然大怒，脖子上青筋暴起，五官都聚到了一起。她跟布鲁斯说，鲍比应该被揍一顿，不过布鲁斯刚伸手，鲍比就闪开了，然后以最快的速度逃了出去。

那天整个晚上，鲍比在卧室里疯狂地收集东西，为他母亲的回来做准备。他母亲已经离开一段时间了，他不确定具体是多长时间，但有一点他可以确定，那就是母亲不久就会回来。当然，她一定会回来的，因为她从没有令鲍比失望过。

他床垫底下的衬套里面藏着一把手术刀，那是他从父亲的工具腰带上拿来的。他曾用这把手术刀从辛迪的每条裙子上都割了一小块布料下来。鲍比想，如果有一天辛迪逃跑了，并且改名换姓，使自己无法复仇，那么他现在这样做将会有助于桑尼的追捕。只要这些碎布片能与辛迪裙子上的破洞吻合，桑尼就能确认她的真实身份。之后，鲍比会立即将她就地正法。他要在辛迪的脚边生起一圈熊熊燃烧的烈火，烧焦她的骨架，烧毁她的身体，让她的衣服里只剩下一堆灰烬。可能那时，辛迪会意识到自己留着那易燃的头发有多么愚蠢。

鲍比之前从没有这么愤怒过。母亲总是跟他说，生气就是浪费自己的精力，与其为别人生气，不如去爱别人。现在，愤怒在他身体中流动，使他全身的血液都沸腾了起来，鲍比却感觉良好。他想在身体上划一个口子，让血液喷涌而出，在屋子中划出一道红色的弧线，然后亲眼看着自己的血液在冰冷的窗格上冷却下来。现在，他在窗格中看着自己的影子，太阳穴上暴起一团青筋，就像父亲那样。但他不想同父亲一样，现在不想，永远不想。鲍比很好奇，一个人的双腿要有多强壮，才能承担起胸腔中那郁结的沉甸甸的愤懑？

衣橱后面有个生锈的饼干盒，里面放着几张老旧的全家福。趁着刀片还锋利，鲍比用手术刀把所有照片上父亲的脸都抠了下来。

鲍比悄无声息地把这些新的档案样本藏进一个空麦片盒里，还为这些档案一一编上号码。然后，他关了灯，在黑暗中等待大家入睡。没过多久，他就听到了他们入睡的前奏。家里的床又老

_49

又旧，伴随着他父亲和辛迪短暂无比、毫无激情的房事发出断断续续的吱嘎声。之后，鼾声传来，他想：周年纪念日快乐。

他悄声下了楼，打开电视机。电视新闻上，一架直升机追着汽车尾灯穿过几片田野。之前警察包围过的那间农舍再次陷入黑暗之中，与都市恼人的灯红酒绿相比，显得异常清冷、孤寂。鲍比调出电视字幕，好知道上面的男人在说些什么——字幕显示那个侦探叫吉米·萨玛斯。那侦探是个年轻人，鲍比觉得他太年轻了，无法承担这个对于警队来说明显非常重要的任务。在他以前看到的新闻上，滔滔不绝的人都会有一张像斗牛犬一样的脸，要么是双下巴的政治家，要么是耷拉着脸的工会高官。而这个侦探看上去像刚毕业没多久，现在颇为尴尬地站在那儿，不过他也可能是厌烦雨天，所以才露出那样的神情。不管怎样，他试图让每一个坐在家里的观众都放心，"尽管现在嫌犯位置不明，但是无疑，搜捕将会继续"。

鸟啼破晓。鲍比想，如果能忘记昨天发生的事情，在歌声中醒来，该是件多么美妙的事情啊。

丝丝小雨落下，在天地之间拉了一张蛛网般精致的幔帐，道路上倒映出深蓝色的天空，鲍比在街上闲逛着。路边是挖了一半的花床，还有空荡荡的墓坑，旁边立着一座雕塑，划痕满满，锈迹斑斑，仿佛这座死气沉沉的城市的墓碑。他已经这样溜达很久了，如果你问他要去哪里，他的双腿也许并不知道目的地，但是心会为他指明方向，带他去思慕已久的地方。前一晚，他辗转反侧，做梦都想去那个地方。

"鲍比·努斯库。"女人张口叫他。鲍比喜欢她叫自己的方式。他父亲叫他时，声音很短促，像是用舌头把几个字砍断了。她叫自己时，可不是这样的。

"你好。"鲍比回应道，眼睛盯着自己的鞋子。他发现裤子上的尿渍已经被雨水彻底冲洗干净，所以他开心极了。

"你在这儿干什么？全身上下都湿透了。"她一边说，一边用白皙的小拇指钩起他额头上的刘海，那卷卷的刘海早已湿成一缕一缕的。"你这样会生病的。"

"我没事。"

"关于那天发生的事情，我报了警。警察过来找罗莎做笔录，但我不知道怎么找到你。"

鲍比用脚趾蹭了蹭小腿肚，说："我有事跟你说。"

"那样的话，你还是进屋来吧。"鲍比听了犹豫不决。"我能看出来，罗莎想见你。我叫瓦莱丽，瓦莱丽·里德，不过你可以叫我瓦尔，别人都这么叫我。"

瓦尔把一条柔软的红毛巾搭在鲍比的肩上，让他坐在厨房的桌子旁边等一会儿。她用茶壶烧着水，让蒸气冲着自己的脸吹了一阵，又在一个马克杯里倒了一勺巧克力粉，然后把热水倒进了巧克力粉里。

罗莎从浴室走到楼下，刚刚瓦尔在浴室给她洗了澡。

"你好呀，鲍比·努斯库。"罗莎说。鲍比没想到，罗莎看见自己坐在这里会这么开心。她拉着鲍比的手，而鲍比注意到，罗

_51

莎的指甲盖泛着医院床单一般的白光，鲍比从没有看到过像她这么干净的人。不过，相比之下，她耳朵里干掉的泥土看起来就格外明显了。瓦尔打开一袋棉花糖，鲍比拿了一颗，享受起它在舌尖滋滋消融的感觉。

"你想跟我说什么事？"

"我有个朋友，"鲍比开口了，"他是个半机器人。"

"半机器人？"瓦尔笑了，"真是个有用的朋友啊。"

"他现在还在建造阶段，不过，一旦他完成建造，我就让他替你杀了那些男孩。"

"我不觉得应该杀掉谁，鲍比。"

"那我们怎么阻止他们再做出同样的事？"

"鲍比，"瓦尔说，"我非常感谢你这么想要照顾罗莎，为罗莎报仇，但是请相信我，还有很多很多其他方式，可以帮我们达到这个目的。"

一只狗摇摇晃晃地走进了房间，它的毛又短又秃，身上都是一圈一圈的肥肉。它眼里布满了红血丝，眼皮低低地垂着。它一走动起来，皮下露出的肉就会跟着反射出一道一道的光。它嘴里衔着瓦尔的旧腕表，它总喜欢咬着玩，坏掉的皮表带从它嘴两边耷拉下来。

"你好呀，伯特。"罗莎跟它打招呼。它呜咽一声，趴到了地板上。很久之前它就意识到，还能活多久已经不取决于自己的意愿了。瓦尔从它嘴里夺过手表，放了一块饼干在它嘴边。它侧躺着，用舌头把饼干卷起来吃掉，地板的油布上留下了半圈儿闪闪发光的口水，还有一些饼干屑。

"警察什么都不会做的，"鲍比说，"他们来你的屋子里转一圈儿，然后就走了。"

"你怎么知道的？"

"我亲眼看见了。"瓦尔站了起来，椅腿在地板上向后摩擦时发出了刺耳的声音，伯特被吓跑了。

"你饿吗？"她问。

"对。"

"那我给你们做些吃的吧。"

罗莎和鲍比开始看卡通片。过了一会儿，他们想玩躲猫猫，但最后还是放弃了，因为无论鲍比扮演的是躲藏的人还是追寻的人，罗莎都想把那个角色抢过去，所以游戏根本没办法进行下去。鲍比发现罗莎在一个本子上写了十七遍他们的名字，他的名字在她的旁边。那些字母大小不一，而且从来没有写到最后一行，它们歪歪扭扭地挤在一起，好像有一条无形的绳索把它们都拴住了，让它们动弹不得。

瓦尔叫他们下楼吃饭。他们一下楼，就看见桌上摆了一顿丰盛的饭菜：微微泛红的三文鱼，鸡蛋大小的新鲜土豆围着一小团快要融化的黄油，还有一种鲍比之前从来没有见过的奇怪的绿色嫩茎。瓦尔解释说，这种嫩茎叫芦笋，吃下去会让他的小便闻起来很奇怪，罗莎听了哈哈大笑。

"瓦尔·里德，"罗莎说，"你有时候还挺逗的。"

"你确定你父母不会到处找你吗？"瓦尔问鲍比，嘴角上还挂着盐粒。

"没错。"鲍比说,同时把一块柠檬三文鱼放到了舌头下面。

"我想你说得不对。你应该给他们打个电话。"

"我爸爸不在家。"

"那你妈妈呢?"

"我们不知道她在哪里。"

瓦尔的嘴张成了"O"形,她的嘴唇颤抖着,"O"形越来越大,然后又慢慢变小。她不知道的是,鲍比的心跳也在跟着她嘴形的变化频率变化。

"我家有冰激凌。"

"我爸爸不让我吃冰激凌。"

"不,"瓦尔说,"他说得不对。你想吃多少冰激凌,就吃多少冰激凌,想什么时候吃,就什么时候吃。"

罗莎、瓦尔和鲍比在沙发上吃起了冰激凌,他们还看了迪士尼电影,没一会儿罗莎就睡着了。对鲍比来说,时间过得太快了,不过他开心极了。

瓦尔起身离开屋子,让伯特到花园里去。鲍比从窗户中向外看去,发现天已经黑了,他的气息在窗户玻璃上形成一片雾气。他在窗格上的影子被分成了三份,互相追逐着彼此。瓦尔回来了,关掉了电视机。屋里安静极了,只有一些还没有完全关闭的电器发出嗡嗡的声音,比如烤面包机或电灯泡。电器的指示灯像是一只红色的眼睛,浅浅地眯着,仿佛在等待被人叫醒。

瓦尔看上去就像是手工做成的一样,鲍比想。她窄窄的鼻梁发着光,鼻头弯弯的,下巴是利索的方形。

"今天看了太多电视了。"瓦尔说,"我们的眼睛搞不好会从脑袋里掉出来。"

"真的会这样吗?"鲍比问。

"不,不会的,至少我觉得不会。"

"我不知道会不会,因为我一般不看电视。"

"你不看电视?这还挺奇怪的。现在这年头,我觉得孩子们都会一直看电视。"

"我不这样。"

"那你喜欢做什么?读书吗?"

"我父亲的书不多。"

"哦。"瓦尔看了一眼女儿,她现在睡得正香呢。"你应该回家了,"瓦尔说,"天不早了。"

"没关系的。"鲍比说。

"家人没有规定你回家的时间?"

"没有。"

"那你现在想做什么呢?"

"我们聊天吧。"

"聊天?"

"对呀。"

"聊什么?"

"女士优先。"鲍比说,"你来选吧。"

瓦尔不知道,这么信任一个小孩子是好还是坏。一方面,鲍比可以给予她的建议是非常有限的,但另一方面,她得到的慰藉则是非常深刻的。瓦尔已经好久没有与人进行过有意义的谈话了。事实上,已经有三周了,她没有与任何人进行过有目的的谈话,除了罗莎。偶尔,在说话的时候,她会对自己的声音感到陌生。她记不住自己的电话号码,因为互换号码对她来说几乎没有什么意义。她上学时的朋友已经四散了,尽管罗莎的出生又使他们慢慢聚到了一起,但是他们无法接受罗莎的残疾,也不习惯聚在一起时总要额外照顾罗莎的需求。瓦尔宁愿他们从来不是朋友,这样的话,还多多少少能说得过去。

前些日子,她想去看医生。对她来说,医生的手是冷冰冰的,他们的寒暄也是如此,仔细听起来没有任何实际内容。但是,她有时甚至想装病去看医生,只为了让自己与世隔绝的身躯感受那丝丝的寒意,然后与对方聊聊天气的变化。

但这次,和这个男孩坐在这里,似乎让瓦尔看到了真实的生活,而她之前似乎从没有真正体会过生活的滋味。瓦尔和罗莎有自己的生活,而这次,瓦尔有机会看到其他人是怎样生活的,这让她好奇极了,话也渐渐多了起来。没过多长时间,瓦尔就告诉了鲍比很多关于自己的事情,而在这之前,她很少有机会跟别人说这些。鲍比的陪伴给她带来了温暖,就像一夜美梦后枕头在肌肤上留下的印记,久久不去。

尽管鲍比很喜欢和瓦尔待在一起,但他莫名地有一种很奇怪的感觉。瓦尔好像在盯着他看,在研究他的脸庞,而他很难与瓦尔有长时间的眼神接触。鲍比穿外套的时候终于明白自己为什么感觉奇怪了,因为瓦尔一直在盯着他看。

"我能问你一个问题吗?"鲍比说。

"可以,"瓦尔说,"你可以问任何问题。"鲍比顿了一下,在脑子里思考如何措辞。他检查了每个字的排列顺序,以及它们的语调。他希望这些字在他嘴里是什么意思,她听起来也会是同样的意思。他再次检查了一遍,以确保它们听起来没有丝毫的差错。"你保证自己不会生气?"

"你不说的话,我没法知道会不会生气呀。"

"我就是想问……"

"快说吧。"

鲍比咽了一下口水:"罗莎到底得了什么病?"

瓦尔想了一会儿。他们俩就这么沉默地坐了一分多钟。鲍比希望这些话都被一根线系在一起,粘在喉头,这样他就可以一下把它们都卷回来了。

"没什么病。"瓦尔说。然后,她握住了他的手。

瓦尔从楼梯下的鞋柜中取出了鲍比的鞋子。这双鞋已经严重磨损,它的鞋码提醒了瓦尔,鲍比是多么年少,而他看起来却是那么成熟。

"我有一个想法,"瓦尔说,"明天你来和我一起工作吧。"

她从罗莎的笔记本上撕下一页空白的纸,迅速在上面写下几个字,鲍比伸长脖子看过去。当瓦尔越过罗莎将纸递给鲍比的时候，纸页因罗莎熟睡的气息抖动了一下。

鲍比看了一眼那张纸，他看到"移动图书馆"几个字，旁边是一行地址。那是他从没有去过的地方。

第五章

不喷火、会呼吸的龙

鲍比的父亲和辛迪大吵了一架。鲍比觉得邻居们一定都听到了,因为他还没进家门,就已经听到两人的吵架声了。这一次声音实在太大了,以至鲍比悄悄溜进门又跑回房间,整个过程都没有被发现。

鲍比不时听到一阵阵摔门的声音,每次听到,他都以为吵架终于结束了,然而并不是这样。在短暂的寂静之后,争吵又更加猛烈地爆发了。终于,声音越来越大,辛迪失声尖叫起来,布鲁斯匆匆忙忙地离家而去。鲍比从楼上的窗户里看到父亲离开家门,爬进他的厢式货车,顺着路开远了。布鲁斯和辛迪的吵架总是以这样的方式结束,鲍比注意到尽管他们吵架的时间越来越短,辛迪的眼圈却越来越黑。

半小时之后,辛迪的三个朋友来了。她们一直熬到了很晚,喝着酒,吧嗒吧嗒地抽着烟,以一种过于隆重的方式庆祝着周六之夜。烟气像蛇一般顺着楼梯蜿蜒而行,充斥着角落和天花板,也漫到了鲍比的卧室,它从门缝底下穿过,直扑到鲍比的脸上。

此时此刻,鲍比就像一个仔细聆听远方马蹄声的印第安首领,他趴在地板上,耳朵使劲儿地贴着地毯。他咳嗽了四次,每次都会把脸埋进胳膊里,以免别人听到他的咳嗽声。

辛迪的朋友们刚刚离开,鲍比趁着父亲还没有回来赶紧跑下楼,为他的档案收集样品。更准确地说,收集这些样品是为了完善档案中一个类似日记的版块。在那里,鲍比将母亲离开后发生的事情都巨细无遗地记录了下来。只要有可能,他会记录下每一个来家里的人叫什么名字,并在旁边简要画出那些人的脸部和身形速写,除此之外,还会简要地描述他们的穿着。不仅如此,鲍比还会记录睡觉的时间,也会从垃圾桶中翻出收据和银行账单,认真保存。那天晚上,鲍比找到了几样"珍品",有残留着白色油腻物的化妆镜,有沾着睫毛的睫毛膏刷子,还有一盒巧克力棒,只有一根吃了一半,剩下的都化在了外面。鲍比知道,母亲一定想知道自己离开后,家里都发生了什么事情,所以他收集的物证越多,母亲就越高兴。

吉·努斯库亲手粉刷了家里的天花板,亲手为地板铺上地毯,所以,对鲍比来说,整幢房子就是他的母亲。墙体是她的胸腔,房间中的一切就是她的心脏。鲍比想,除非自己的心脏停止跳动,否则他会让母亲的心脏一直跳动着。

尽管鲍比整夜都在整理档案,但是直到父亲回来,他都毫无倦意。鲍比一直藏在被子里,而布鲁斯又一次在浴室冰冷的地板上睡得不省人事。当清晨的阳光照进卧室时,鲍比仍旧非常清醒,因为他太兴奋了,完全没有睡意。几周以来,第一次,他终于有想去的地方了，而当他到那里的时候，将会有朋友在等着他。

星期天一大早，露珠像迪斯科灯球一样照亮了青草。之前，鲍比并没有经常来德普斯区。宽敞的车辆整齐地列在街道旁，崭新的房屋拔地而起，好像被周围生气勃勃的花床簇拥着。白色的大理石狮子守卫在建筑物两旁，木头梁柱做旧的表面微微开裂。某处传来了喷泉快速的流水声，鲍比想象，那里应该是姹紫嫣红的花园。今天，甚至头顶的云朵都呈现出最好的状态，泛着珠光，蓬蓬松松，安安静静，像是画家用镇静的笔法绘出的引人入胜的水彩画。鲍比想，德普斯区的人应该不会吃巧克力棒吃到一半，让另一半都化掉。

他先发现了伯特，然后是罗莎，瓦尔跟在他们后面。罗莎给了鲍比一个结实的熊抱，鲍比试图不让别人看出，这个大拥抱其实给他带来了一阵剧痛。瓦尔从手包里解下一串叮当作响的钥匙，将门打开了。

"我很高兴你来了。"瓦尔说，"我之前不确定你会不会来。"

"我也很高兴你来了。"罗莎说。鲍比笑了。他们一个接一个地从门缝中挤了进去。

移动图书馆是鲍比见过的最大的车辆。他数了数，后面的车厢下足足有十六个轮子，车轴上还储有一些备胎，以备不时之需。前面的驾驶室看上去像是在微笑，还露出了银色的牙齿。两条排气管缠绕着指向天空，像是大魔王的两只角。

"你是图书管理员吗？"鲍比问瓦尔。

"哦，"瓦尔说，"我希望是。"

他们走到大车后面，瓦尔把钥匙插进锁孔，转动钥匙，然后让罗莎按下开关。伴随着一声沉闷的巨响，一扇巨大的铁门转眼变成了一段台阶，一直伸展到他们的脚下。

图书馆里，书架上整齐地摆放着一排排书本，从地板一直排到天花板，布满了车厢三侧。鲍比从来没有见过这么多书，甚至都没有想象过竟然可以有这么多书。车厢中间立着一根柱子，周围是几排小一些的书架，从前面看整个车厢像是一座小迷宫，一直延伸到车厢后部。整个车厢都铺着亮眼的紫红色纤维地毯，只有车厢后部的一小块区域铺了厚厚的羊毛地毯。鲍比觉得，那个地方同样充满了神秘的禁忌感。他已经被这里深深吸引了，完全不想离开。

罗莎坐下来，把书包里的东西都倒了出来。她拿起一支笔，把笔盖放在嘴里，然后卷起舌头，把舌尖塞进了笔盖。她开始在笔记本上一遍又一遍地写他们的名字——罗莎·里德，瓦尔·里德，鲍比·努斯库。

瓦尔在柜台后面的橱柜里找到了清洁剂，它的外瓶是荧光色的，直立在地面上，像是等待被点燃的烟花。她一边等着桶里接满半桶热水，一边擦洗两个小一些的书架，架子顶端和边缘都被擦得闪闪发亮。这两个书架的类别是"科幻小说"和"自传"。桶里的水刚凉下来，瓦尔就在里面加了少量漂白剂，然后开始拖洗台阶，而鲍比就在旁边一直看着。她把拖布拧干，拖把的长度刚好能够到"历史"书架架顶的拐角，那里已经结了厚厚一层蜘蛛网。然后，她开始打扫洗手间。

"有时候，"瓦尔自顾自地说，"我怕生活只是几个洗手间之间的旅程罢了。"

瓦尔用吸尘器把地板打扫干净后，邀请罗莎和鲍比在入口处外面的顶棚下坐下。他们坐在几把破旧的帆布折叠椅上，开始分享瓦尔早上刚做好的三明治。弹性满满的黑麦面包片里夹有培根、生菜和番茄，用手捏一下，三明治压缩后还会恢复原样，看上去诱人极了。鲍比早已饥肠辘辘，很快就吃完了三明治。罗莎扔了一些面包皮给伯特，伯特嚼都没嚼，直接一口吞了下去。

"打扫完了吗？"鲍比问。

"打扫不会有结束的时候。"瓦尔说，"你一边打扫，别人一边也在把东西弄脏。鲍比，总有一些人的手脏极了。"

"我不会弄脏任何东西的。"

"我知道。"瓦尔说着笑了起来。

"瓦尔，"罗莎一边说一边把头靠在瓦尔的胸前，好像在偷听她胸腔里的窃窃私语，"图书馆要去哪里呀？"

鲍比很享受地观察着瓦尔和罗莎这对母女，很明显，她们经常会有这样的问答，那是一种他永远不愿打断的对话，因为这就是她们一起生活的方式。看着罗莎如此放松地斜倚在瓦尔的膝盖上，闭着眼睛，鲍比推测，罗莎应该每周都会问这个问题，尽管她已经对答案的每个字都了如指掌。

"嗯，现在这个图书馆既干净又整洁，有人会在周一早上过来，把车开到另一个地方，这样附近的人就可以到图书馆来，用借书卡借一些书回去。之后每天，车都会被开到不同的地方。到了周五，它又会被开回这里，这样我们就能在周日早上过来打扫了。这件事会一直进行下去，除非管理的人认为这样太费钱，要我们马上停止。"瓦尔用手轻轻地在罗莎的头发上做了个剪断的手势，又顺势将手停在罗莎的背上。"并非所有的图书馆都像我们的一样，在一辆大卡车上。世界各地都有移动图书馆，而在一些国家，它们用动物代替卡车。"

"都有些什么动物呀？"

"嗯……在非洲的肯尼亚，全年都非常炎热，人们用的是骆驼，即'骆驼图书馆服务'。他们有十二只骆驼，那些骆驼全都又大又壮，可以把非常沉的袋子背在驼峰上。这些骆驼大概能背七千本书，它们会把书送到沙漠中，送到每一个小村庄里，每一个人手上。"罗莎一边听，一边把左手的手指放在右手的手心上把玩。"你们能想象吗，每只骆驼都有巨大的舌头，会对着书本流口水！"瓦尔把舌头使劲伸出去，像骆驼一样到处拍打它，罗莎看了哈哈大笑。伯特此时正缩在卡车后轮的轮轴底下，舔着爪子上最后几滴露珠。"同样是在非洲，在津巴布韦，天气也非常炎热，人们会把图书装在小推车里，让驴子拖着小推车到处走。驴子的体形一定要非常大，这样驴子才够强壮，才能够拉动大量图书。你们知道还有什么东西强壮得足够担任这项任务吗？"

"什么呀？"

"鸣——"一架飞机飞驰而过，消失在旋涡状的云朵里，那声音正好盖过了罗莎咯咯的笑声。"在挪威，那里一年四季都比较寒冷，人们会把小推车装在船上，一艘船上装一辆小推车，这样就能把书送往住在小岛上的老人手中了。而在泰国,那里终年高温多雨,丛林密布,人们会用大象来运送图书,把书送到远处树屋里的人那里。"瓦尔用手捏住鼻子,胳膊围成一个圈,做出象鼻的样子,然后鼓起腮帮,发出小号般的象鸣。"你们喜欢哪种?我喜欢用大象运输的那种,因为无论书架上的书有多高,象鼻子都可以够得到。"

"大象的那种!"罗莎说完跑下台阶,找到一个最大的水坑,一下子跳了进去。一瞬间水花四溅,把她裤子上膝盖以下的部分都浸湿了。

"我喜欢你的图书馆。"鲍比说。刚刚有一瞬间,瓦尔几乎忘记了他的存在。

"谢谢你过来。如果你愿意,可以带一些书回去。"鲍比并不习惯收礼物这件事,刚刚那一瞬间,他的本能反应是,要不要付钱。要知道,父亲从不让他拿钱。

"为什么要把书带回去?"

"当然是带回去阅读啦。只要你下周把他们带回来就好。"

"我能就这么把书带走?"

"只要你承诺不弄丢它们,或是把它们撕成碎片。"鲍比家里的书早就被父亲藏进阁楼里了,据父亲说,那些书让家里看起来一团糟。那些书里,除了一本修车手册和一本从宾馆拿回来的由基甸会出版的《圣经》,剩下的大多数都是鲍比还在牙牙学语的时候母亲给他买的绘本。母亲告诉鲍比,这些书非常珍贵。直到现在,鲍比一闻到书页的味道,还是能想起母亲的声音;一听到精装书的书脊发出的轻微咯吱声，还能想起自己的小脸靠在母亲胸前时感受到的温热。

"我发誓，我一定会把它们带回来，这个誓言比其他所有誓言加起来都要严肃！"鲍比在胸前画了一个"十"字，并向瓦尔展示他的手指已通通展开，不然会给这个誓言带来厄运。

"每本书里都有一些关于生活的线索，"瓦尔说，"故事就是这样连起来的。你读书时，书里的故事就活了，所以书里发生的故事也会发生在你的身上。"

"我可不觉得书里的事有可能发生在我的生活中。"鲍比说。

"你错啦，"瓦尔说，"你只是还没有察觉到而已。"

天上下起了雨，瓦尔示意罗莎赶紧回来。罗莎抱起伯特向图书馆走来，伯特的身体软塌塌地陷在罗莎的胳膊里。鲍比将折叠椅稍稍朝瓦尔那边挪了挪，这样他们的腿就会时不时地碰到一起了。

"有一个新朋友总归是好的。"鲍比这么说，瓦尔也表示同意，尽管她已经开始怀疑"好"这个字是不是不足以形容鲍比的到来给自己的生活带来的改变。

尽管鲍比没有借书卡，瓦尔还是允许他借走了四本书。他承诺一定会好好保管这些书，而他也确实这么做了，他把书藏到了一个没有人会发现的地方——衣橱后面，就在装有他母亲东西的箱子旁边，和他的档案放在一起。

他借来的几本书里，有一本是特德·休斯的《铁巨人》，讲述的是一个小男孩和一个巨大的机器人成为朋友的故事。鲍比觉得这本书简直就是他生活的写照，他就是那个小男孩，而桑尼就是那个机器人。他整夜都在读这本书，一遍又一遍地读，同时还在想，怎么才能把这本书分享给桑尼看。他推算了一下，到现在这个阶段，桑尼应该能在五秒钟之内用双眼完成对书本的扫描，之后就可以永远记住书本的内容了。

鲍比整日沉迷于读书，甚至都没有及时更新他的档案。他忘了数空瓶子的个数，忘了记录一天中听到过几次摔门的声音，而当女人们来剪头发时，他甚至都忘了记下她们的名字，或者她们想模仿哪个明星的发型。

他想钻进书里体验一段奇幻的旅程，但是他的故事似乎早已被设置好了，甚至都没有什么必要去读它。

鲍比醒来的时候，天空像新生儿的皮肤一样粉嫩，他觉得耐心等待父亲出门上班简直是一种折磨。布鲁斯总是迟到，然后匆匆忙忙地把黑咖啡灌进嘴里，这会让他胃口大开，之后狼吞虎咽地吃下早餐。鲍比注意到，他父亲的眼窝周围已经生了雀斑，是他脸颊的那种黄褐色。鲍比想，要是母亲回来时认不出来这个男人，那该有多可笑啊。

父亲刚走，鲍比就径直走向瓦尔和罗莎家。瓦尔做了早餐，里面总有鲍比之前从没有尝试过的食物，像是菠菜、水波蛋，还有会在指尖融化的白奶酪。

"你今天有什么计划呀？"瓦尔问。

"不知道，"鲍比说，"有什么建议吗？"

"我们去公园好吗？"瓦尔说。鲍比摇了摇头。"你不喜欢公园吗？"瓦尔问。

"我有多喜欢这里，我就有多不喜欢公园。"

每一周，瓦尔都会让罗莎在移动图书馆中挑选一本书。自从罗莎发现了一本带精美插画的刘易斯·卡罗尔的《爱丽丝漫游仙境》，她就一直把它紧紧攥在胸前。书的封面上，在片片飘落的金色树叶中，有一只咧嘴笑的柴郡猫，它的每颗牙齿上都用漂亮的书法字体写了一个字母，连起来就是女主角的名字。过了几秒钟，鲍比才反应过来，罗莎不仅是想给自己展示这本书，还想让他接过书去，打开来读给她听。

"我不能给你读这个。"鲍比说。

"为什么？"罗莎问。

"我就是不能。"

"为什么？"

"因为……"无论他想到什么借口，自己总是一下就把它否定了，就像一个小孩刚刚捡起皮球，就又把它踢远了。罗莎把书夹在鲍比双膝中间，翻到了第一页。鲍比想向瓦尔求救，不过此时她已脱掉了拖鞋，正双手放在脑后，悠闲地靠在椅子上休息。罗莎一看，立马模仿起母亲来，搞得大家哈哈大笑。鲍比叹了一口气，吃完最后一片吐司面包，大声地读起书来。爱丽丝在河岸上觉得无聊极了，就追赶着携带时钟的白兔先生钻进了兔子洞，在一间有很多扇门的房间里迷了路。

"你来给它们配音。"罗莎说。瓦尔从鲍比手中拿过书来。

"好了，罗莎。"瓦尔说，"让这个可怜的小男孩休息一会儿吧。"

伯特被他们的声音吵到了，摇摇晃晃地经过他们，走进了客厅里的小窝。瓦尔的皮表带已经被伯特咬得不成样子了，表带从它嘴里掉出来，像是一条恐怖的舌头。

"钻进窝里去！"罗莎大喊一声，然后抓起鲍比的手，跟着伯特进了小窝。要知道，这个小窝是她和母亲花了一整个晚上才完全改造好的。距地面几英尺高的地方，是几张床单和毯子搭起的天花板，用翻转过来的沙发垫和枕头支撑起来，而这些枕头是从楼上的床上拿下来的。整个空间像是一个地下墓穴，鲍比跟着罗莎爬了进去，想象它是无穷延伸的迷宫。瓦尔听到他们那里传来阵阵笑声，不知道是什么事情如此有趣。

"瓦尔。"罗莎叫了一声，把头从两个沙发垫中抬起，要知道，这沙发垫可是小窝的墙壁。瓦尔坐在台阶上，暗自欣赏起她们的劳动成果。

"怎么了？"

"能不能让鲍比·努斯库过来，和我们一起住在这里？"鲍比听了呆若木鸡。瓦尔看到鲍比的背部在床单下拱起又落下。

"噢。我想，他的父亲一定想知道他在哪里。"

"不会的。"鲍比说。

"你怎么知道？"

"有一次，我一整晚都没回家，因为那次，我以为自己亲手害死了我的朋友桑尼。"

"一整晚？"鲍比能看出来，瓦尔觉得自己在夸大其词。

"没错。我坐在桑尼家门口的台阶上,一直到早晨,桑尼的妈妈回来,我才离开。"

"没人找你?"

"一个人都没有。"鲍比说。瓦尔看看小窝,她知道自己也想和他们待在那里。她觉得自己就像爱丽丝一样,肚子里满是写有"吃我"的蛋糕,吃下蛋糕后,她越变越大,几乎进不了门了。

鲍比走到小窝的另一头,在壁炉旁边,他把小窝的入口弄宽了点儿,这样瓦尔就能轻易爬进去了。

"也许不是你说的那样。"瓦尔说。

"进来吧。"鲍比说。瓦尔趴下身去,小心翼翼地从地毯上挪向鲍比。每前进一英寸,她就仿佛年轻了一岁。"再进来点儿。"鲍比说,瓦尔照做了。她想起了自己还是小女孩的时候,那时她和父亲在阁楼上玩耍,父亲把她藏在毯子和枕头下面,她咯咯笑个不停,几乎喘不过气来。罗莎牵起她的手,把她拉到了小窝中央,瓦尔终于知道他们之前为什么笑了——伯特正舔着牙上的表带漆,活脱脱像一只咧嘴大笑的柴郡猫。

天气炎热的时候,他们会在花园柔软的青草坪上铺开一张毯子,在上面野餐;要是下雨,他们就待在室内,轮流大声地朗读。

鲍比教会了瓦尔如何只用头就让球停在空中,瓦尔也让鲍比了解了一些新鲜而充满智慧的事物,一些他从来没有听说过的事物,比如心理学和社会学知识,以及人体内部和外部是如何运转的。瓦尔还向鲍比讲述了人们的一些经历,并告诉他这些经历会对人产生什么样的影响。

"我什么经历都没有,"鲍比说,"因为我年龄还小。"

"你这可是说错了,"瓦尔说,"经历和年龄没多大关系。"

"你为什么知道这么多呀?你在做清洁工之前,是不是大学教授?"瓦尔听后笑了,这微笑拨动了鲍比的心弦。

"我希望是,或者类似的工作也可以。不过,事实上,我是在有教科书的地方打扫。打扫完以后,我会把书带回去读。我觉得,这算是自己教自己的教授吧,不过我真的只是一名清洁工。"

"嗯,就像你说的,这个世界总是需要清洁工,因为总有人把东西弄脏。"

瓦尔听了这话想笑,不过她把笑声压在了喉咙里。罗莎把食物悬在伯特鼻子前,不过它似乎一丁点儿兴趣都没有,那转来转去的食物让它昏昏欲睡。

天气好的时候,他们会去镇上逛逛。每次鲍比看到学校里的同学,都会自豪地走在罗莎旁边,下巴冲着天空高高扬起。人生第一次,鲍比感受到了自豪和自信。当你有一个好朋友的时候,这两种情感总会交织着从灵魂中升起。

有一次,他看到辛迪正和另一个女人边喝咖啡边吃巧克力蛋糕,而那女人的发型看起来丝毫不像她想要模仿的电影明星。她的前臂上有一个暗绿色的刺青,已经糊成一团。走过她们身边时,鲍比试图藏在瓦尔蓬起的裙摆后面,走得非常慢。尽管他觉得自己隐蔽成功了,但两人的步调突然错拍,她们还是看见了他。

辛迪脑中闪过两个想法。第一,鲍比为什么会和住在街尾的那个女人在一起，旁边还有她残疾的女儿？辛迪本想给布鲁斯打电话，但想到不能在工作时打扰他，便作罢了。第二，自己应该继续把蛋糕吃完，因为它实在是太好吃了。

夏天快要结束的时候，瓦尔接到一个消息，她最担心的事情终究还是发生了。一个她没有见过的男人寄来一封信，信里简单写了几句话，说移动图书馆将要关门了。尽管人们组织了一场小规模的、掷地有声的反抗活动，但是资金支持停止了，人们要勒紧裤腰带生活，这时节省开支大于一切。因为再也没有足够的资金支持它开向四方，所以，移动图书馆会在清理之后停到一个地方，之后关门大吉。瓦尔写了一封投诉信，但没有人回应她。

瓦尔一接到这个消息，最先想到的并不是自己没有收入来源了。这一点令她自己都颇为惊讶。当然，钱很重要——如果没有清洁工这份收入，她必须马上找到一个新方法，来补贴自己微薄的津贴。虽然国家给了她一份津贴，作为照顾罗莎的补助，但这显然不够。如果她无法找到一份不影响她照顾罗莎的工作，那她可能就要考虑搬到一个更小一些的住处，比如只有一间卧室的公寓。在来移动图书馆工作之前，她们就住在那样的地方。但关于这种事情的忧虑并不是她彻夜失眠的原因。她整夜没睡，躺在床上细细回想她所拥有的珍贵回忆。大多数回忆都是关于过去六周内，他们在移动图书馆里经历的点点滴滴，这段时间比她生命中其余任何时刻都值得品味。他们一起读了许多故事，他们一起做了许多探索，他们一起庆贺英雄的胜利，一起盼望恶棍得到应有的报应。这些都好像是他们亲身经历的故事，一些他们从未在自己身上发现的东西，在书页的纸墨上一一呈现了出来。

时间还早，八哥在啼叫。图书馆就要关门了，他们将会失去很多东西，瓦尔觉得这一切都太过突然了，不可理喻。再没有任何一个地方，可以让瓦尔、罗莎和鲍比像现在这样，安安心心地待在一起了。瓦尔深知这一点，所以，虽然这一切还没有结束，但瓦尔已经开始怀念了。彼此的陪伴会创造出更新、更有意义的东西，某种远大于三人力量之和的东西。瓦尔确定，此时此刻，她那女儿——那个她了解得比自己都要深的人——在旁边的房间里也担忧着同样的问题，无法入睡。

鲍比在这件事上感受到了更为深刻的痛苦。他不想让夏天结束，但这个消息听起来就像夏天的丧钟。他曾梦想把自己关在移动图书馆里，把门拴上，这样他就能在黑暗中感知一切了。那里面没有窗户，但又好像有千万扇窗户，在每一个书架上，在每一本书中。

尽管移动图书馆为鲍比打开了无穷的想象力，但他还是无法想象，如果自己在另一个地方，和另一些人在一起，会过怎样的生活。一想到这种事情，鲍比的骨头就会疼痛不止。这种感觉就好像生了病一般，甚至还是会丧命的绝症。如果他回到学校后桑尼还没有回来，那鲍比确定，自己肯定完蛋了。

"我不想回学校。"夜深了，鲍比和瓦尔坐在移动图书馆的台阶上，他这么说道，"我想让你在图书馆里教我和罗莎，这样你可以做一名老师，我也不用去其他地方了，简直是两全其美。"

瓦尔的妆容精致，不同的部位化着不同颜色的妆——粉红色的腮红、淡蓝色的眼影、大红色的唇膏——就像一只奇珍异鸟艳丽的腹部，在他头顶回旋。

"你必须回学校。"瓦尔说道，言语中透露出明显的不悦，"我们不可能一直过暑假。"但是，鲍比确信是可以的，他相信在某本他还没有读过的书中，写有这样的生活。

第六章

母 亲

在照片上，你只有非常仔细地观察鲍比的母亲，才能发现她的肚子已微微隆起，藏在夏天的花裙子下面。有一天，那个鼓起的肚子中将会生出鲍比的弟弟或者妹妹。照片里，她搂着鲍比，脚边的行李箱里装满了他们夏天的衣服。

当鲍比从瓦尔和罗莎的家回到自己卧室时，他通常会感到孤单和怀念。拍照的时候，鲍比年龄太小了，以至他现在已经记不太清那时到底发生了什么。那时自己大概只有三四岁吧，鲍比想。但是，看着那张照片，他会慢慢地走进那时的回忆，每一件事都那么真实，却又好像没有什么是真实的。鲍比躺在地上，将照片举到脸前，脚边是温热的暖气片，他好像还能感觉到母亲的手在轻轻托住他的臀部，还能感受到母亲亲吻他时舌尖甜甜的薄荷香。他不知道母亲究竟有没有吃薄荷，但那味道美妙极了。

这是新学年第一个学期的第一个清晨。鲍比把照片放进了书包的前口袋里，一同被放进去的还有一缕他母亲的头发，已经被他用线整齐地缠好,还有两支断了的铅笔和一块被咬断的巧克力饼干,饼干本来已经融化了,现在又凝固在了一起。今天,他将在桑尼变成半机器人后,第一次见到桑尼——朱尔斯·克莱可能无法阻止她儿子伤害自己,但有一件事是她必须坚持的,那就是桑尼必须每天到学校上课。鲍比想,见到他后,自己一定要向他告状,告诉他阿米尔和凯文兄弟对他的新朋友罗莎做了些什么。这样的话,他一定能报仇,而且再也不用担心走过操场时会受到欺侮了。尽管鲍比现在很紧张,但他已经迫不及待了。鲍比从父亲的工具箱里拿了一把扳手和一把钳子,还有一把袖珍螺丝刀,以免桑尼需要紧急修理。要是他父亲发现了这一切,一定会很生气,但那时他已经有了一个功能完整的半机器人保镖了,可以把他父亲的头骨击碎,让他的骨头碎成一片沙子。

鲍比直到最后一秒才离开家去学校,走进校门的时候,他感觉自己好像跟在一队游荡者的最后面。人潮在操场周围涌动,那里有一个大急坡,人群走下来的时候好像在以各种各样的姿势潜到水底。新校服的颜色非常鲜艳,不同颜色之间形成了鲜明的对比。鲍比穿的是去年的旧校服,校服的领子卡住了他的脖子,裤子紧紧地裹在大腿上。那些他熟悉的脸庞都被晒成了深深的古铜色,他们时不时地张望一下远处的网球场,新来的学生总会自然而然地聚集在那里。这所学校总呈现给学生一种不祥之感,这种感觉来源于学校里的建筑。每次鲍比抬头看这些建筑时,他的胃都会感到一阵剧痛。

鲍比走到荆棘丛后艺术系那幢楼旁,想看看桑尼在不在那里。现在，那幢砖块建筑的墙面上只留下淡淡的灰色印记，一片模糊。以往他和桑尼都是在这里见面的，但今天桑尼没有出现，倒是有两个年龄大些的学生在漫不经心地亲吻着彼此，甚至校园的钟声也没能打断他们。

奥茨老师因常年过度沉溺于甜食和威士忌，身材已走样得厉害。他头顶和两侧的头发都贴在头上，上嘴唇很薄，不知为什么噘成了一个直角，上面总是沾有牙膏沫。此刻，他正拿着花名册站在鲍比面前，身体前倾，好像要布道一般。

"佩妮·亚伯拉罕。"他开始点名。佩妮的手"嗖"的一声举向空中。过了一个暑假，她变了不少，身材开始变得凹凸有致。奥茨老师定了定神才继续点名，因为单单是佩妮这个举手的动作就突显了她身体延长的曲线，这是她开始向女人变化的象征，让他有点儿无法集中注意力。

"托马斯·艾伦。"托马斯·艾伦整个夏天一点儿也没变，他懒洋洋地举起了手。

奥茨老师点完了花名册上所有的名字，却没有点到"桑尼·克莱"。

"桑尼·克莱，"鲍比说，"你没点桑尼·克莱的名字。"以前桑尼总是坐在鲍比前面，但现在那个椅子是空的，鲍比故意不去看那个空位子。

"鲍比，坐下！"奥茨老师说。他把花名册扔进了他的抽屉里，砰的一声关上了抽屉。托马斯·艾伦小声地嘟囔了一下。

"但是你落了一个学生的名字,你没点桑尼·克莱的名字,怎么能算是完整的点名呢?"鲍比听见身后的同学开始窃窃私语,他的名字被别人在嘴里随意地传来传去。鲍比变得有些慌乱,他已无法清楚地思考问题。整间教室里没有一个人知道,鲍比这样是因为他害怕自己失去了保护者。

"我跟你说了,坐下,鲍比。要是有一天你成为老师,就轮到你站在全班学生面前了,说什么都可以。不过,不是今天。"

"桑尼只是变成了半机器人,这并不代表他不再属于我们班了。"其他学生开始窃笑。

"你到底在说什么啊?"

"桑尼现在已经变成一个半机器人了,所以他一回来就会把你们的骨头全都砸成粉末!"这话一出,班里的每个人都倒吸了一口冷气,鲍比觉得身边的空气都在围着他旋转。他一脚踢翻课桌,廉价的木头裂成了碎片,尖头的碎片散落在泛光的地板上。佩妮·亚伯拉罕失声尖叫起来,叫声比几个月前更吓人了。奥茨老师拎起鲍比的胳膊,拖着他走出了教室。他们来到了走廊上,教室门刚合上,班里的同学就哄堂大笑起来,笑声大到连玻璃都瑟瑟发颤。

奥茨老师一把把鲍比推到了墙上,鲍比能感觉到他因关节炎而扭曲的手充满了愤怒,在微微发抖。

"我希望你能冷静下来。"奥茨老师说,尽管他自己都没办法冷静。惊涛骇浪即将到来,尖酸刻薄的话正涌聚在他嘴边。

"去你妈的!"鲍比冲他大喊了一声。现在,他很确定自己惹了大麻烦,情况不能更糟了。然而,在奥茨老师四十年的教学生涯中,他遭受过各种各样的不敬,现在他已经不太在乎这些言语了。他像一辆速度缓慢的灵车一样,自顾自地前进,任由别人说出各种亵渎的话,并且让那些话像鲜花一样,悬挂在灵车两侧。没有人知道起初他是一位多上进的老师,连他自己也都快忘记这一点了。

在上午剩余的时间里,鲍比一直坐在校长室外不停地抄写数学课本上的方程。奥茨老师带着庞德老师经过时,他们在鲍比旁边低声交谈了一会儿,然后把鲍比叫进了办公室。过了一个夏天,庞德老师桌子上的一盆植物已经干死了,香烟的烟雾染灰了百叶窗,办公室里的每样东西都呈现出一种令人不适的死气沉沉的黄色。

庞德老师仔细地批阅着面前的一沓试卷,时不时地用一支很粗的红色钢笔在上面圈圈点点。尽管她很严厉,但是大家都说她是一个很善良的女人,所以鲍比对她也就没那么害怕了,特别是当她用温柔轻快的语调跟他说话时。

"家里都还好吧,鲍比?"庞德老师问。

"都挺好的。"鲍比说。

"我是想对你说,我们都知道你一直过得不容易,现在新学期开始了,我很关心你现在的状态。"庞德老师示意奥茨老师坐下,奥茨婉拒了她的好意,让自己挤在门和档案柜之间狭小的空间里。和小孩对话已经很难了,和一个小孩以及一个处于上级地位的女人对话，对他来说简直是难上加难。此时此刻，他想和酒吧里那群一起玩儿飞镖的伙计们来上一支很冲的烟，想和他们排着队去喝啤酒，甚至想念他们的屁味带给彼此的奇怪的慰藉。他之前并不悲观，但现在就连鲍比都可以从他眼睛里看到这种悲观，这眼神鲍比在他父亲那里经常见到。

鲍比和他母亲之前从来没有一起出去旅行过。有一次，鲍比的母亲给他看一张明信片，上面是一片大海，鲍比却没有看出来那是海水，还以为是在炽热的阳光下烈烤的一大片蓝色水晶。

"这是什么呀？"鲍比指着一条长长的蜿蜒的白色带状物问道。

"白垩，"她回答道，"白垩的崖面。"

鲍比坐在床上看着母亲打包行李。她把衣物叠成整齐的正方形，然后像垒一座塔一样，把衣物一件一件地垒了起来。渐渐地，一座座的小塔变成了一根根柱子，无论从哪面看，都是衣物叠成的整齐的方柱。同样材质的衣物被放到了一起，最底层是羊毛，最上层是丝绸，中间用棉质衣物做了结实的填充。之后，她按照这个顺序把衣物重新摆在了箱子里。摆完以后，她让鲍比在箱子盖上跳了几下，这样绑带的带子和搭扣就连到了一起。她把绑带拉紧，将搭扣紧紧地扣住，总算完成了行李的打包。这会儿，她终于有工夫向鲍比解释他们到了目的地会看到什么。

"巨大的悬崖，"她说，"我们国家真正的边界。"

"什么叫真正的边界？结束的地方吗？"

"对，结束的地方，再也没有了。就像我们翻完了一本故事书，没有更多页了。"

"如果我们从国家中掉了出去怎么办？我们能再爬回来吗？"

"没有人会从一个国家中掉出去，这不可能。"

"那要是国家的边界一直移动，它就会移到你的脚边让你掉出去呀！"

"要真像你说的那样，你至少得站在同一个地方，几百万年都不能动。"

"我们总是会动的呀，不是吗？"

"对呀，宝贝，"她说，"人总是要前进的。"她把卧室门关上，用最严肃的眼神盯着鲍比，一字一句地说道："现在，我要你认真听我讲话。"

"嗯。"

"我的意思是，一定要很认真。"

"好吧。"

"我们到了目的地以后，要做一件很特别的事情。"

"什么呀？"

"我们要逃走——"她把鲍比从打包好的箱子上抱下来，抱在臂弯里，说，"——我们一起，只有你和我。"

"去哪儿呢？"

"这不重要。我们要远走高飞。"

"怎样才能远走高飞呢？"

"我们到了沙滩以后……"

"悬崖边的沙滩吗?"

"对,悬崖边的沙滩,到了那儿以后,我会让你爸爸出去买冰激凌,然后我们就远走高飞,就这样,走到很远很远的地方,走到天边。"鲍比一边听,一边玩着箱子上亮闪闪的搭扣。

"他不会喜欢的。"

"对,我知道他不会喜欢的。"

吉·努斯库听了这话偷偷地笑了,她的笑容如此柔美,像是荡漾的水波。她把头发(她的头发很长,像丝绸一般,鲍比从那时起就对这如丝的长发深深着迷)别在耳后,站在那里,向下看着自己的双脚。她已经很久没有穿过高跟鞋了,鲍比的父亲不喜欢她穿高跟鞋,因为这让她显得太高,但其实她只是高过鲍比的父亲而已。吉把一双最高的高跟鞋包在破旧的沙滩毛巾里,藏进一个沙滩袋中。

"你只需要做一件事,就是保守秘密。"她说。

"关于高跟鞋的秘密吗?"

"嗯……对,关于我的高跟鞋的秘密。不过,还有一个秘密你也要保守,就是我们的逃跑计划,不能让你爸爸知道这事儿。"鲍比点了点头。

"好的。"

"你能发誓吗?"

"我发誓,这个誓言比其他所有誓言加起来都要严肃!"

"好孩子。"她把鲍比从床上抱下来,放在了地板上。鲍比紧紧地黏在母亲身上,胳膊抱着她的腿,头靠在她微微隆起的肚子上。远远看去,这简直就是母爱最完美的写照,印证着母亲和儿子间完美无瑕的亲情。

"你也发誓,不会抛下我一个人离开吗?"鲍比问。

"就像我一直教你的那样,永远不能伤害别人,永远不能欺骗别人,所以,当然了,我不会骗你的。"

"但是我们要欺骗爸爸了。"

吉叹了一口气:"不,我们只是没有告诉他所有的事情。这和欺骗是不一样的。"

"那你发誓。"

"我发誓,这个誓言比其他所有誓言加起来都要严肃。现在你该睡觉了,明天早上我们要出发,开始一次很长很长的旅行。"

布鲁斯回家时,全身上下沾满了油漆。他以粉刷别人的房子为生,但是在他自己家里,很多墙壁还是光秃秃的毛坯墙,那里的空气总是很阴冷,鲍比每次走到那里,总有一种不知所措的感觉,浑身起鸡皮疙瘩。他的父亲话不多,偶尔有几句话,也是一些关于他这份孤独的职业的琐事。

鲍比的父亲极其喜欢薄荷烈酒,每次工作的时候,他总要在工具腰带的口袋里放一瓶酒。他喜欢这酒上头的劲儿,觉得它就是酒精中的大白鲨。他的整个成年生涯都在涂漆、装饰,所以他把酒当作一种武器,来对抗职业生涯中的麻烦。带给他麻烦的不仅有平日打交道的油漆、油墨和尘土,甚至还有他在粉刷花匠阳光房的踢脚板时遇到的肆意乱爬的水蜡虫。在挤掉样貌恐怖的水疱前，他会先用薄荷烈酒给脚后跟皲裂的皮肤消毒。如果嘴上长了水疱一直下不去，像只小考拉一样趴在他的上嘴唇，他就会把薄荷烈酒当作杀菌剂，把它揉进水疱里。有一次，他左手的小拇指夹在了折叠梯的金属合页里，被夹断了，他甚至也把薄荷烈酒泼在泛着血光的伤口上。他到医院的时候，把他的指头放在了一个倒满薄荷烈酒的烧杯里。实际上，医生并不赞成他这种做法，因为这种酒虽然可以勉强用作伤口的杀菌剂，但同时也会破坏伤口中原本的细胞组织，杀死皮肤细胞。医生们到现在还记得，他是自己开车到急诊室的。

鲍比的父亲最喜欢薄荷烈酒的原因在于，尽管它非常烈——或许正是因为这一点——制造商还是要在酒里加一种物质，避免人们喝得太多。这种物质叫作苯甲地那铵，据说是一种最苦的化学物质。人类一般接受不了这么苦的味道，所以它一般被用在动物驱虫剂里或者防止人们咬指甲的东西里，就像瓦尔给罗莎指甲上涂的那种东西一样。如果没有苯甲地那铵，人们即使知道薄荷烈酒可能会致盲甚至致命，也仍然不能控制自己不去喝它。这是一种多神奇的东西啊，你明明知道它可能会带来很大的危害，却仍然不能控制对它的喜爱。布鲁斯很认同薄荷烈酒的这一特性，同时他在心底希望别人也是这么看待他的。

"我早就跟你说过了，出去旅游就是浪费时间。"布鲁斯说，"沙滩上会非常冷，上面还布满了狗屎，每一处景点都会挤满了游客，你甚至连朵云都别想看见。"他又指了指鲍比，说："无论他去哪一个商店，看见哪一样东西，他都会想要买下来。然后，我们就要在大风中把一个哭闹的小孩拖到海边。我并不觉得这是去度假。"

"正是因为这些，我才觉得这像是度假。"鲍比的母亲说。

一直到第二天早上，他们都没有再说话。他们把箱子搬到了车上，鲍比的母亲试图用她特有的温柔语气让布鲁斯高兴一点儿。她和鲍比靠在汽车的引擎盖上，让布鲁斯给他们照了一张相。照相的时候，她把鲍比搂在了怀里，过了好一会儿，闪光灯的余光才散去。鲍比甚至能感受到母亲肚子里的胎动。尽管母亲的身形一天天地在变化，鲍比仍然觉得这身形是如此完美。

布鲁斯同意打开车载收音机，但是车里的空调坏了，所以他们打开了窗户。风声在他们耳边呼啸，他们听不到车里的音乐。鲍比自娱自乐，从父亲的车椅背后撕下一片一片的塑料皮，把它们卷成小球，一层一层地垒成金字塔的形状。要是这些小球一不小心重心不稳，就会都倒在他手里。母亲教过他，要是她和父亲吵架，他可以在心里数数，这样他数数的声音就会大过父母的吵架声。所以，鲍比开始数数，数那些小球，数仪表盘上的按键，数散布在挡风玻璃上的小虫子的尸体。

两个小时后，他们把车停在了高速公路服务站的停车场中。布鲁斯起身下车，砰的一声把车门甩在了身后，走到远处点燃了一支烟，烟雾在空中飘成了美丽的形状。他抽完烟后又走向了旅馆里的酒吧，这里一般接待的都是独自出差的商人，或者想在这里临时休息一晚的货车司机，这样他们就不用继续面对那每时每刻都会看到的、无休止向后移动的路面了。布鲁斯点了一杯波特酒，于是酒保从布满尘灰的顶层酒架上拿了一瓶下来。布鲁斯其实很少喝这种酒,但他那一刻就是突然想喝了,像是一个必须兑现的诺言。

鲍比的母亲打开后边的侧门,给鲍比解开安全带,把他带到了一个很小型的儿童游乐区。她把硬币投进电动汽车里,瞬间,汽车的灯光开始闪动,同时响起了聒噪的声音。鲍比坐在汽车里,系着安全带,开了一圈儿又一圈儿。吉在旁边看着他,她一直在使劲咬着嘴上的死皮。她不希望自己在鲍比面前表现出伤心,而鲍比也知道这一点,所以以前每当母亲让他回屋的时候,鲍比都会以最快的速度静悄悄地回屋去。

鲍比和母亲回到车前的时候,布鲁斯已经在那里等他们了。他看起来非常气愤,很不镇定,不停地搓着小手指上的假肢。

"快点儿。"他用一种低沉、近乎咆哮的语气说道。吉把鲍比放到了汽车后座上,亲了他一下。

双唇,柔软的双唇,像新摘下的樱桃。

布鲁斯转过身看着他们。吉不由自主地加快了速度,仿佛布鲁斯可以操控她行动的速度。她试图系好安全带,却没能把安全带扣进插扣里,它又弹了回去。她只好赶紧在后座的乘客座位上坐好,同时脱掉了自己的大衣。

车开动了,鲍比的父亲用手指在方向盘上打着节奏。他先是用五个指头打节奏,然后是四个,节奏奇怪,总是突然停下来。刚开始声音很轻柔,以至几乎听不到手指敲击塑料的声音,但随后声音突然大了起来,越来越大。鲍比的母亲把戒指从手指上摘下来,又把手镯从手腕上摘下来,然后把这些东西通通递给了鲍比。

"给你，"她对鲍比说，"数数这些。"鲍比听话地数了起来。一二三四五六七。一二三四五六七。一二三四五六七。每次数到七，他就会以最快的速度重新数一遍，只有在呼吸的瞬间才会稍微停一下，因为只有这样，他才听不到狭小空间里父亲的咆哮声和母亲的哭泣声。

然而，他全都听到了。他听到了金属碰撞和破碎的声音，他的头撞穿了挡风玻璃，他的身子落在了前面的车上。他听得一清二楚。

他们的三明治掉了一地。还有他们的袜子，四十二只，有些团在一起，有些孤单地散落一边。同样，他们的内衣也掉了一地，二十一套，有不同的款式和尺寸。

他记得那时他还在庆幸这些内衣没有被弄脏，记得那时他觉得自己一点儿事儿都没有，一点儿也没受伤，除了有一点儿眩晕，但那也一下就过去了。他还记得，那时他就知道他们只有三个人了，不会有弟弟或者妹妹诞生了。只有他们三个，在一片废墟中，在那条道路上。

"妈妈。"鲍比喊道。

鲍比的下嘴唇颤抖起来。庞德老师示意奥茨老师离开办公室，奥茨松了一口气，转身出去并带上了门，却又回头透过玻璃窗瞪了鲍比一眼。

"你想让我把你父亲叫来吗？"庞德老师问。

"为什么？"鲍比问。

"你要是愿意,今天下午你可以不来上课。明天再过来,重新开始。"

"你能叫别人过来吗?"

"一个亲戚?"

"一个朋友。"

"鲍比,他们需要有你父亲的授权。"鲍比盯着她的鞋子,不说话。庞德老师的鞋子是亮黑色的,很小,像是洋娃娃的鞋子,但又不那么好看,像是士兵穿的鞋。

"那还是算啦,"鲍比说,"我就和你待在一起。"

庞德老师让鲍比在剩下的时间里待在她办公室外面的角落,鲍比发现那里是监视学校操场的绝佳场所。他心想,此时要是有父亲的双筒望远镜就好了,那个望远镜父亲只用过一次,他当时想看看透过镜片看电视时屏幕离自己有多远,不过那次他用反了。

学校的操场是一条狭窄的水泥走廊,四面都是高耸的围墙。此时学生们都挤在通往大礼堂的主干道上,大礼堂就像学校巨大的心脏,学生们一般都在那里集会。

鲍比脑中早有那片区域的地图了,操场上一共有三百八十四级台阶,远处的校门上课时间都是关着的,但是那门只有两个鲍比那么高,所以不用太费力就可以翻过去。操场两侧有十二扇门,理论上随时都可能有老师出来,不过实际上,老师们更愿待在教师休息室喝苦涩的黑咖啡。

庞德老师离开办公室以后,鲍比把自己的东西都装进了一个塑料袋,然后从行政楼的侧门溜了出去。现在已经到午餐时间了，操场上非常拥挤。他背贴着墙，下蹲到很低的位置，拖着脚走向了下水道。他的计划是躲过全校所有人的视线，沿着学校围墙走到对面，然后冲到篮球场旁边的灌木丛里，这样他就能直接跑到校门那里而不被发现了。可是，当他来到下水道旁边时，发现那里塞满了树叶和烂泥，所以他在那里花的时间比预计的长了一些。不过，一直到他抵达篮球场为止，都没有人注意到他。他在篮球场边松了一口气，紧了紧鞋带。

等到了校门那里，鲍比发现门上有三个身影在攀爬，正冲他的方向过来。尽管鲍比离他们还有一些距离，但他立刻就认出那些男孩就是阿米尔、大凯文和小凯文。鲍比立刻意识到，自己的身体已经不听使唤了。他本想转过身逃跑，却发现自己以一种尴尬的蹲姿僵在了那里。三人的笑声听起来格外刺耳，鲍比觉得自己仿佛缩小了，心脏跳出了胸腔。他只好闭上眼睛，把胳膊挡在脸前。温热的尿滴印在了他的裤子上，在滑到大腿根时已变凉了。三个男孩越走越近，尿液渗透了鲍比的裤子。鲍比此刻想，如果这一切都发生在书中的故事里，接下来将会怎么样呢。

半机器人桑尼来了，他的双眼发射出红热镭射光，一下就把大门劈成了两半，然后他尖叫一声，方圆几里的动物听到后四处逃散。他装有钢筋的脚踏碎了石头，在地上留下厚重的脚印。随着他一声令下，所有的电力都聚集到他巨大的金属发动机内，钛制的大炮开始重新组装，变成了吱吱作响的电动枪筒，旋转，点击，发射！那些人的血肉、皮肤和头发散发着烧焦的味道，随后化为粉末。在他们焦黑的胸腔中，像灯笼一样灼热的红心仍在跳动着。一只金属胳膊搂住了鲍比的肩膀，高能的头灯为他在烟雾中照亮了一条路。

当鲍比睁开眼睛时，那些人，那些曾经存在过的人都已经走了。他从灌木丛中拔下一株酸模草叶，想用它擦干净自己的裤裆，但作用不大。过了好一阵，他的双手才停止颤抖，于是他开始爬门。不过，校门上的钉子挂住了他的衬衫，在上面划了一道口子。

路上的叶刺刺痛了鲍比的肋骨。当他走到桑尼家那条街的拐角时，发现桑尼母亲的汽车并没有停在外面。他走过去在门上敲了三下，然后藏到了房子的拐角处。没人应门。他又试了一次，这次敲得更响了，因为他怕桑尼的整个头部已经换成了金属制品，但是听力还没有调到正确的频率。依旧没人应门。于是，他从篱笆上那个秘密的小洞钻了进去，跑进了桑尼家的后花园。那里的青草比他上次看到时高了很多，毛茸茸的青草像地毯一样，已经长到了他的脚踝处。

他试着跑向了后门，但那里也是锁着的。厨房在整幢房子的后部，窗户上遮着塑料布，他撩开一个角，想看看里面是什么情况。厨房里光秃秃的，不仅没有食物，什么东西都没有了。桌子没有了，椅子没有了，甚至连洗碗池也没有了。之前摆着烤箱的地方，现在只剩下一圈儿油迹。

鲍比从窗洞里爬了进去，向客厅走去。地毯上有一块干净的正方形，是曾经放置扶椅的印记，还有一处干净的地方，上面以前摆着电视机。墙上一块块的空白是他们曾经挂照片的地方，在那些照片里，桑尼还笑得很自然，朱尔斯还能保护自己的孩子，保护他不会在这冗长的炎炎夏日受到伤害。

鲍比回到了花园中，在小棚屋的一边拼命地挖土，想找到那块在一堆石头中一眼就能看到的黑亮的石块，那是他们歃血为盟的见证。石块下面是一个曾用来装去过皮的圣女果的小罐子，尽管桑尼已经洗过了，罐子边上还是有紫色的残余果浆。鲍比清理了瓶子上的泥土，里面有一个小塑料袋，塑料袋里有一张小纸片，上面写着：

  亲爱的鲍比·努斯库，他们把我带走了。来找我吧，这样我就可以保护你了。桑尼。

纸片最下面写着一行地址。他走了。鲍比躺倒在草坪上，气息阻在胸腔里，痛苦不已。

以往，鲍比常常听人们谈论起希望——通常是老师来谈论这事。人们总会觉得，只有在绝望的时候，才能体会到希望的力量，但鲍比不这么认为。比如，他很确信，他母亲一定会回来，而这就是希望。希望是一个不变量，是灵魂中的一盏长明灯，这盏灯从不会闪烁，也永不会熄灭。人们可能无法意识到这一点，但每天每日，他们还是用这盏灯的火焰温暖着双手。正是希望，让人们有力量从床上爬起来，离开家去工作。在人的整个一生中，希望都充当着不可或缺的角色，但现在，鲍比觉得自己没有希望了。

第七章

食人魔

打扫一下装饰品，擦一下窗台，瓦尔尽力通过这样的方式来打发一天的时间。罗莎也是这样，她在用自己的方式打发时间。她完全忽视了瓦尔给她布置的家庭作业，在笔记本上一遍又一遍地写鲍比的名字，直到白纸都被黑色的字体填满了。母女二人都没有很明显地意识到，她们实际上非常想念鲍比·努斯库。但是，两人都非常清楚，有一种模糊的渴望感让她们异常低落，而这种感觉明显不是饥饿。它是思念的伪装，人们通常不会明显地意识到自己是在思念某个人，这样就不会被思念这种感觉折磨到疯狂不已了。

当鲍比敲门的时候，瓦尔很是惊讶，但是这惊讶丝毫掩饰不了她的开心。她甚至都没问鲍比这时候为什么没在学校。瓦尔把鲍比请进了屋，她看到了他裤子上酸模草叶留下的绿色痕迹。鲍比哭了，她抱住他，用手上下抚摩着他的背部，安慰着他。

"桑尼被带走了，因为他是一个半机器人，他们怕控制不住他。"鲍比说。

"带到哪儿了？"瓦尔问。鲍比给她看了那个地址。"我的天呢，这是英格兰的南岸。"

"那里有多远？"

"我们的位置在英格兰的正中央。那儿距离我们非常远，"瓦尔说，"真的非常远。"

瓦尔沏好茶，做好黄油饼干，留下鲍比和罗莎一起看电视。她利用这一点儿工夫上楼准备了满满一浴缸热水和泡泡。

鲍比的父亲不让他泡澡，他说加热那么多水太费钱了。对鲍比来说，这是一个很大的遗憾，因为浴室是他在家中最喜欢的房间，尽管那里的每一样东西都有一定程度的损坏。抽风机的风叶坏了，浴室的湿气让油布的边角卷了起来，百叶窗每一片板条的边角也都不再规整，墙上也是湿迹斑斑的。打开水龙头，管道会从内到外发出刺耳的响声。淋浴器洋气的喷嘴给了人很大的期待，但它一直令人失望，水流大小一直不尽如人意。浴室的每一个地方都是有缺陷的，但是它们一直都是这样的，所以这间浴室会让鲍比想起他的母亲，以及他坐在马桶上看她画眼线的时光。虽然母亲走了，但这一切都不曾改变。

有时布鲁斯回家时身上满是油漆，他会让门大敞着，泡一个澡，而这时鲍比就会耐心地等在门口，等他洗完。当布鲁斯洗完澡站起来的时候，水温微热，浴缸中满是泥土。水汽会混着油漆从他脸颊上滑下来，滑到脖子上，滑过胸前，滑过他鼓囊囊的肚子。只有当布鲁斯弯腰前探或是向前挺出他的腹股沟时，他才能看到自己的生殖器，它扭曲粗糙，褶皱凹凸不平，看上去就像他那根失去的小指。

父亲洗完澡擦身子的时候，鲍比会脱下衣服，爬到浴缸里面。因为这不会带来额外的花费，所以布鲁斯是允许他这么做的。鲍比会戴上他的泳镜，屏住呼吸，把脑袋潜入水中收集档案的样本。那里有脚指甲的碎片和袜子上的绒毛，还有水泡软化后褪下的皮。鲍比想，有一天，如果科学足够发达了，他可以用这些东西再造一个父亲出来。不过，他早已打定主意，就算这一天到来了，他也不会这么做。

在瓦尔家洗澡比在自己家惬意多了。泡泡越蓬越多，从浴缸两边溢了出来，热气从下到上扑满了鲍比全身。蒸气从他嘴里钻了进去，使他不得不张开嘴大口地呼吸。他躺下身去，让热水浸过自己的身体，和自己融为一体，就像面包丁融在热汤中一样。瓦尔坐在浴缸边上，手中拿着一块肥皂，在鲍比的脚后跟那里打着圈，让鲍比直痒痒。

"感觉好点儿了吗？"瓦尔问。

"好多啦。"鲍比一说话，泡沫做的胡须就被吹到了两边。瓦尔用草莓味的洗发水给他洗了头发。这香味让伯特好奇极了，它跑过来停在了浴室门口。瓦尔在一个塑料壶里装满水，缓慢地从鲍比头上往下冲，水流混着洗发水像小瀑布一样倾在他的背上，瓦尔又顺着水流用手指给鲍比的背部做了按摩。鲍比用泡沫做了一个生日蛋糕，吹蜡烛的瞬间蛋糕也被吹破了。洗完澡，瓦尔递给鲍比一条毛巾,是米黄色的,像棉花糖一样柔软。

瓦尔走后,鲍比站在屋子中央,让水滴落在地板上,好弄干身子。他那条有尿迹的裤子被放在了角落里,周围是玫瑰色的法兰绒毛巾、精油和柔顺剂,以及带有花朵图案的床单和闻起来十分香甜的浴盐。鲍比知道瓦尔的家里少些什么了,少的是脏水和澡盆里的死皮,还有让这里的花香更明显的臭味。最重要的是,少了一个男人。

鲍比找到瓦尔时她正在床边坐着,他对瓦尔物品的稀少程度感到惊讶。床头板的钩子上有一件内衣,床上放了一个打开的箱子,一侧竖着,一侧平放着,里面装着她所有的衣物。他觉得整个房间就像开瓶器一样,精致且功能良好。鲍比上前抱住了瓦尔,两人的身形都如此完美无瑕。

伯特的叫声让鲍比回过神来,不过,瓦尔似乎不为所动。于是,那叫声变成了吼叫,随后又变成时而低沉时而洪亮的吠声。罗莎开始在楼梯边喊瓦尔的名字,瓦尔这下才惊醒过来。楼下有人在敲前门,那力度,或速度,或二者皆有,让鲍比的心一下提到了嗓子眼儿,几乎要从嘴里跳出来了。

瓦尔起身整了整她廉价的绸缎晚礼服,鲍比跟着她走下楼去。门把手刚停止抖动,一阵敲门声就又响了起来。

"请问是哪位?"瓦尔对着树林的方向问道。

"开门!"门外的声音说道。鲍比一听到这个声音,吓得浑身不能动弹。

瓦尔似乎还神游在刚才的美好情境中,没有回过神来。她把锁链搭在门锁上,把门拉开了几英寸的缝隙。阳光从门缝中猛冲进来,照亮了门内和门外两个世界。鲍比觉得这两个世界截然不同,不同得让人无法理解。

"我儿子呢?!"布鲁斯·努斯库问道。

"你儿子?"

"我儿子!"

鲍比的父亲反手将一只大手钩在门链上,一把将锁闩从门框上拽了下来,粗鲁地推开了门,一下就看到大家都站在他面前。"你!"他开始质问鲍比,"你愿意告诉我,为什么校长给我打电话,说你逃学了吗?"鲍比不敢看他的父亲,因为他不愿承认这一切都是真实的,他宁愿相信这一切只是一个无法摆脱的梦魇,而他现在还在楼上熟睡着,躺在瓦尔的怀中。但是,鲍比不得不面对现实,所以他只得盯着父亲头顶上方,那里的灯光照着父亲光秃秃的头顶,顺着头骨投下有趣的阴影。鲍比想,干脆冲上去砰的一声把门关住,但是布鲁斯所剩的几根手指还扶在门上。鲍比发现,当报复机会真的来临时,他反而不想利用这样的机会了。

"对不起,我不是故意的。"

"你这么做有什么好处?"

"没什么好处。"

"那不完了,真他妈什么好处都没有。"

"努斯库先生,"瓦尔说,"请您说话文明一点儿,这里不只有您儿子,还有别的孩子。"布鲁斯从她肩上瞥过去,发现罗莎正盘腿坐在地板上，双臂紧紧地抱着鲍比的膝盖。他走进屋，挡住了外面的光。鲍比之前曾在移动图书馆借过一本关于天文学的童书，里面讲在古人的观念里，日食意味着重要事件的结束。

"我女朋友说，她在小镇里看见你和我儿子在一起。"布鲁斯对瓦尔说。

"我带他去逛街了。"瓦尔说。

"去买浴衣了？"他一边说，一边朝鲍比那边点了一下头，鲍比现在正裹在浴巾里。

"不，当然不是去买浴衣。"

"那你怎么有兴趣给我儿子洗澡？"

布鲁斯呼吸时发出的气味让瓦尔避之不及。鲍比看到瓦尔的鼻子抖了一下，也猜出了原因。变质的啤酒。烟。最致命的是，两样东西的气味混到了一起。"他身上脏了，我想让他变干净一点儿。"

鲍比的父亲拍着自己的大腿叫他过去，像叫一条狗一样。不过，鲍比没有动，只有左眼下方的肌肉抖动了一下。

"你该回家了，现在。"

"但是，我在这儿待着很舒服。"鲍比说。

"一个想看别人小孩光身子的女人，不会让你觉得舒服的。"

布鲁斯用一只粗糙的大手抓紧鲍比的后颈，想把他拉到门外，但是罗莎紧紧地抱着鲍比的双腿。尽管布鲁斯的力气很大，但他还是抵不过两个人的重量。罗莎开始大口地呼吸，她的支气管中发出响声，伯特一听大叫起来，咬紧牙关，想要保护罗莎。

"努斯库先生，请不要这样。"瓦尔说。

"娘们儿，"他说，"可轮不到你跟我说怎么管教儿子。"

布鲁斯使劲摇晃着鲍比，直到他身上的浴巾掉下来，然后一下把他扛到了肩上。鲍比的光屁股上还沾着些许洗澡水的热气，他父亲气得脸都红了，和鲍比的光屁股一样红。

"你麻烦大了，你麻烦大了！"布鲁斯一边扛着他快速往家走，一边这么说道。一路上，鲍比都能感觉到父亲的愤怒。这个暴脾气是从鲍比的爷爷那里传下来的，而鲍比的爷爷也是受了他父亲的影响，真是子随父性。只有在极个别的情况下，下一代才会自己长出明快的羽翼，替换掉出生时身上覆盖的暗灰色。

当他们到家时，鲍比羞愧不已，布鲁斯筋疲力尽，但他仍扛着鲍比上了楼。

鲍比一直数到了134。数到134的时候，他知道可以放心地睁开眼睛了。他感觉自己已经走了好几英里，但其实他还在父亲放下他的地方，在他屋子里的床上。

床下放着一个篮子，里面装满了她母亲以前用的各种各样的乳液，其中一瓶是珍珠色的，摸起来冰凉凉的，它的功用是软化皮肤，消除皱纹，抵消岁月的痕迹。鲍比非常仔细地读了瓶子上的说明，发现上面没说不能把它用在屁股上，其实他以前这么用过，也没发现有什么副作用。不过，实际上，这可能要归功于他的屁股太有弹性了，而这也解释了为什么在他的屁股上能一眼看出他父亲抽打的痕迹，甚至连皮带上的金属眼都能看得清清楚楚。

被打的地方很快就长出了水泡。穿裤子让鲍比觉得疼痛难忍，所以，他换上了一件母亲的旧睡衣，衣服上仍有母亲淡淡的味道。鲍比想，如果这种味道继续褪去，他对母亲的印象就会变得越来越浅，这下他担心极了，决定重新造出只有他母亲身上才有的香味。

鲍比把一个空玻璃花瓶用作搅拌瓶，然后往里面倒了海蓝色的卷发剂和防干燥的洗发水、护发素，做完以后，他发现这简直就是完美的基础香调。接着，鲍比又加了半管母亲最喜欢的牙膏进去，还有她剩下的香水，但这让薄荷香味太重了，而且水分太多，效果并不是很好。鲍比认为，母亲的皮肤有一种神奇的治愈香味，就像一支万能药膏，他只要闻一下，内心的伤口就全部愈合了，所以他想造出一种完全一样的香味。他又把一支唇膏碾成了精细的膏状，把它加进自己的抗菌精华和治疗口腔溃疡的药膏中，一起倒进了花瓶里。他把鼻子和嘴靠近瓶口，狠狠地吸了一口气，尽管还不够完美，但它已经让鲍比觉得这是自母亲离开以后他离母亲最近的一次了。这让他有点儿飘飘然，觉得自己所有的主意简直都棒极了。

鲍比用胳膊环抱住花瓶的大瓶肚，把里面的东西随意地洒到屋子里的每一处，床上、墙上以及辛迪的各个箱子上。该开始准备欢迎派对了，鲍比想，他想准备得充分一些。

他在母亲的工艺盒里找到了一些旧的缎带，把它们撕成条状挂在了天花板上。有些丝带弹性过大，无法垂向地面，于是他偷偷地抓了一把辛迪的卷发夹，挂在丝带下面，这样丝带就被拉直了。紧接着,他从床上扯下白色的床单,悬挂在远处的墙上,想要做一条横幅。父亲不允许鲍比用钢笔(他因此也就没办法看书),以免他在墙纸上涂画,所以他用辛迪的化妆棉和粉底液,在横幅上写了"欢迎回家"四个字。这几个字看起来有点儿奇怪,和辛迪的脸色一样,都是三文鱼的颜色。

鲍比的母亲离开时并没有带走她的首饰,现在这些首饰大多放在鲍比床下的一个塑料桶中。鲍比摇晃着塑料桶,享受地听着金属撞击时发出的悦耳声响,这让他想起了母亲唱歌时手指在他后背上下抚摩的场景。他把这些戒指摆成一个圈,银戒指在左边,金戒指在右边,然后把手镯放在这个圈的中间,小手镯放在大手镯里面,整个图案看上去像是清风掠过池塘时泛起的朵朵同心涟漪。

鲍比没有乐器,于是他小声地吹起了口哨,吹的是他最喜欢的歌曲,遇到想不起来的部分,他就自己编一些曲调进去。他吹口哨时是向外吹气,不是向里吸气,所以他点蜡烛的时候得停一下,要知道他手里可只有两根火柴。幸运的是,他第一次点蜡烛就成功了,于是他把另一根火柴丢进口袋以备后用。燃烧的硫黄发出刺鼻的味道,这让他又想到了一个报仇雪恨的好点子。以往每当他躺在地毯上不断挨打,直到自己都疲倦不已时,他总想着有一天自己一定可以报仇雪恨。不过,他总是告诉自己,不是挨打让他疲倦,而是计算挨打的次数让他疲倦。他想着想着就在毯子上睡着了,当他醒来时,融化的烛蜡已经穿过地毯,蜿蜒地向着他流了过来。他希望这烛蜡可以滴到他身上,进入他的身体,使他的皮肤厚一点儿。现在他需要身加各种东西，因为这样他的报复计划就可以梦想成真了。

鲍比的父亲让他那周不要回学校。尽管父亲跟他说，这是因为庞德老师已经批准了他的休假，但鲍比知道，这实际是因为父亲需要足够的时间让自己身上的瘀青消失。父亲严肃地警告他，不要离开家半步，所以他决定好好利用这段时间来完善自己的计划。整整七个晚上，他在脑子里不断地演练这个计划，每每幻想到母亲回家时的样子，他就感觉没那么煎熬了。

鲍比沉默地坐在楼梯上，因为他不被允许出现在客厅里。现在，他坐下时屁股仍像被蜜蜂蜇过一样难受。他听见理发剪在咔嚓咔嚓地响，辛迪在向她的客人嚼舌头，讲述住在街角的那个女人是如何脱光他的衣服给他洗澡的。每次她向别人讲这个故事，都要添油加醋一番，让故事变个花样。还没到周五，故事已经面目全非了。

"那个女人和鲍比一起坐在浴缸里，就坐在他后面。"辛迪说。

"你怎么知道？"

"布鲁斯在鲍比背上发现了口红印。"

回学校的那天早晨，鲍比穿好自己的校服，把领带系得紧紧的。临走前，他发现理发椅中坐着一个女人，他之前见过她很多次。她手中拿着一张照片，上面是一位著名的美国女演员。鲍比没有认出那个漂亮的女明星是谁，不过他知道，从侧面看过去，那个拿着照片的女人就像一只牛蛙，即使她的发型被剪成有层次的中长波波头,也掩盖不了这个事实。

"哟,他来了。"当鲍比出现在楼梯下面的那扇门里时,辛迪阴阳怪气地说道。理发椅里的女人摇了摇头。"把他脱个精光,还给他洗澡。"一阵细碎的剪刀声过后,一坨头发落在了鲍比母亲的地毯上。女人说话时唾沫星子横飞。

"哎呀,这还用你跟我说!"她继续道,"我早就听过不止一遍了!我觉得这事儿恶心死了,不能就这么下去。"

"我是自己给自己洗的!"鲍比说。女人听后把脸转了过去,好像鲍比体内的某个腺体刚刚分泌了一些令人恶心的东西。"她是我的朋友,还有,你的头发都落到我母亲的地毯上了!"辛迪把剪刀放在沙发的扶手上,把他轰出了家门。鲍比听见她在为自己的行为向客人道歉,要不是这正好给了他时间,让他可以对父亲的东西做一些手脚,他会恨死这个女人的。

他把父亲的工具腰带绕在胸上,绕了足足两圈儿,又给它打了一个双结,才让它没能掉下来。各式的金属在鲍比胸前叮当作响,让他觉得自己完全可以上战场了。在离开家之前,鲍比拔掉了家里的电话线,除此之外,他还用镊子切断了电缆。

秋天到了,日光尚长,秋风习习。鲍比早早到了学校,那时校门都还没开。大家在操场集合的时候,没人注意到他藏在荆棘丛后面。新来的孩子拖着邋遢的步子,走在厚厚的落叶上。鲍比在脑中预演了一遍他的计划,他相信它一定会成功,就像书中写好的故事一样。

自从鲍比得到瓦尔的允许,可以自由进出移动图书馆以后,他明显感觉自己的思想发生了一些变化。现在，他的世界变得更大了，更宽广了，好像自己白天也在做梦。他读了罗尔德·达尔的《玛蒂尔达》，想知道自己是不是也有某种奇异能力，于是有一天晚上，他盯着一个苹果看了三个小时，试图让它移到床的另一边。当然，他没有成功，但是当他一边嚼着松脆的苹果皮，一边擦下巴上的苹果汁时，他头一次有了一种想法。那就是，只要你认真思考一件事，那这件事总是有可能发生的。这是移动图书馆赠予鲍比的第一件礼物，尽管他还不知道如何让它物尽其用。

灌木丛和大门之间距离二百一十八步，如果鲍比能快速冲过去，再缓个神的话，大概需要四十秒钟。他从帆布背包中拿出辛迪的粉底，把它糊在脸上、脖子上和手上。尽管这不是完美的伪装，但在黏土砖和枯叶的颜色之间，它依然算是一种遮掩。如果其他一切都按计划进行，这样的遮掩会为他多争取几秒时间。

校钟响了，操场上的人越来越少，奥茨老师出来了，他把最后零星的几个人聚集在了一起，好锁上校门。他还检查了网球场周围和车棚后面。他停顿了一秒，感叹又是一天劳累的工作，而就在这一秒钟，他的目光扫到了鲍比站立的地方。他们四目相对。鲍比用手指拨弄着腰带末端松掉的结，想把它弄紧一点儿，而奥茨老师就这么走了，把鲍比一个人留在身后，好像他只是一个背景。

鲍比松了一口气，他在门道旁撒了一泡尿，尿液喷射在脏兮兮的地面上，发出噼里啪啦的声音，随后升起一股蒸气。鲍比最后检查了一遍自己的装备，然后躺在地面上准备行动，同时还想着要避开自己撒的那泡尿。对鲍比而言，现在显而易见的一件事是，没有桑尼在身边，他需要自我保护。他现在感觉自己为罗莎遇袭做的报复计划，简直有一种无法抵挡的英雄诗意。

二十分钟过后，阿米尔和凯文兄弟出现了。他们攀过校门，踱着步子走过校园，懒散的身影像个三头的木耙。鲍比静止不动，等那三个人走过篮球场上的黄漆线，他猛地换成了蹲姿，紧紧地闭着嘴巴，不让自己发出丝毫声响。当他们再次出现在他眼前时，鲍比猛地冲向了他们。不过，他的冲刺速度好像没有自己想象的那么快。

鞋底拍打地面的声音让那三个男孩有所察觉，他们迅速转过身来，面向鲍比。这是怎样一种景象啊。那个他们曾亲眼看到他尿裤子的男孩，现在脸上涂着厚厚的化妆品，行动起来像一个生锈的铁皮人。阿米尔看到鲍比后大声地嘲笑起来，其他两人看阿米尔笑了，也跟着笑了起来。鲍比认出来了，阿米尔就是他们三个之中的老大。他的头发乱七八糟地贴着头皮，表面还有星星点点的血口子，眼前垂着厚重的棕色刘海，甚至可以反射阳光。鲍比减慢了速度，然后在距离他们一米的地方停了下来。

"又见到你了。"阿米尔说。鲍比看着地面，喃喃自语，好像在祈祷一般。他拉了拉自己的毛衫，突然，他胸口上系着的工具腰带松动了，一下滑到了臀部，但是他成功地在腰带滑到地面前抓住了它。三个男孩中体形较大的那个弯下了腰，手撑着膝盖，脸凑到了鲍比面前。他的脸凑得太近了，以至鲍比都能闻到他嘴里的口香糖味。他用右手食指搓了一下鲍比的脸颊，仔细研究着指尖留下的棕色糊状化妆品。

鲍比紧紧地咬着自己的舌头，都快咬出血了。突然，鲍比把手伸进工具腰带的前口袋，拿出一瓶薄荷烈酒。整个计划最关键的一步就是他提前松开了上面的儿童锁，对，这就是做计划的好处。他只用大拇指轻轻一敲，瓶盖立刻就飞了出去。他把酒瓶猛地对准阿米尔·金戴尔的眼睛，一下泼了半瓶酒精过去。

这下所有人都屏气站在了那里，好像在为过去的一瞬间默哀，也包括鲍比。所有人都知道，当他们下一秒呼气的时候，一切都已成定局。阿米尔摔倒在地，抓着自己的脸惊声尖叫起来，鲍比确定，整个学校的人应该都能听见他的叫声。一不做二不休，鲍比把剩下的半瓶酒朝天一甩，酒精在空中划出一条弧线，落进另外两人大张的嘴里。两个人膝盖一软，跪到了地上。

鲍比从口袋里拿出上次剩下的那根火柴，那火柴戴了一顶闪耀的红帽子，就像一个刚报到的士兵。他跪下来，拿着火柴在水泥地面上划了一下。那三个男孩抱头痛哭，他们双眼流着泪，舌头在红肿的嘴唇边不停地乱动。鲍比举着火柴逼近那三个男孩的头顶。阿米尔抓住了鲍比的裤子边，他看不到鲍比手中拿着什么，但是他能感觉到。恐惧，让心灵备受残忍折磨的恐惧。那个男孩用烂泥施加给罗莎的恐惧，现在正出现在他扭曲的表情中。鲍比看到了他的恐惧，看得赏心悦目。

庞德老师以她最快的速度跑了过来。她的小跑就像芭蕾舞一样，好像她的身体从来都不只是为了走路而生的，而她那洋娃娃一样的小鞋,恰好就像是过去她热爱跳舞的证明。她迅速夺过火柴,把火吹灭,又一把拍掉了鲍比手中的空瓶子。那瓶子在地上弹了五次,又旋转了很久才停下,好像表演了一小段弹跳舞。

两名警察过来了,其中一名较为年轻,他站在庞德老师的办公室门口,为表示尊敬,他将警帽拿在手里。其实,他已经感到无聊了,只是不想表现出来而已。较年长的那位警察转过他的椅子面向鲍比,他们俩的腿偶尔会碰一下,警服的静电会随之扫过鲍比的大腿。那位老警察的孩子几年前已经长大成人,所以,处理孩子的事情对他来说极为陌生,也极为不适,尽管他妻子说现在和以前比其实没什么变化。

"孩子,"他开口了,他的鼻孔里冒出一丛黑色的鼻毛,一说话就像杠杆一样摇动起来,"如果你对挽救现在的局面还有一点儿兴趣,我建议咱俩聊聊。"

那个塑料的薄荷烈酒瓶子被放在了桌子边缘,阳光在瓶中发生了折射。庞德老师紧抓着一个香蕉形状的压力球。

"我想替鲍比道歉。"她说。

"我觉得道歉解决不了这个问题。"警察说,"那几个男孩现在还在医院。鲍比犯下的错误是非常严重的。"

庞德老师绕过桌子,停在鲍比身后,双手轻轻地放在鲍比肩上。"鲍比,"她说,"你想不想在外面等一会儿?"

尽管他们谈话的声音已经降到了最低,类似于念悼词的音量,但是屋子太小了,门上还有玻璃板,所以鲍比能听到他们说的每一个字。不但如此，他们说的每一个字都被放大了，好像已经长在了他的脑中。此时此刻，他所想的只是，不远的将来他将被送往另一个地方，这里之外的其他任何一个地方。

"对鲍比这个孩子，我们操了很多心。"庞德老师说，"他在交朋友方面有很多问题，而他唯一的朋友今年夏天转走了。"

"庞德老师，"警察说，"我们正在调查的这件事情性质非常严重，这属于有毒物质的袭击。阿米尔要足够幸运才能保住双眼。"鲍比把耳朵紧紧地贴在墙上，角落里一株植物上的蜘蛛网挂在了他的脸上。

"我非常感谢您所做的一切。"

"那么您应该理解，应该让他父母以最快的速度来学校，这样我们才有可能解决这个事情。"

"我们试过，好像电话有点儿问题。"

"那我们就要去拜访他们了，请您帮忙向我们提供一下地址。您应该有他家的地址吧？"

"我正在努力拿到这个地址……"

鲍比蹲下身去，双手从两侧端起花盆。他先把花盆端到膝盖上放了一下，然后站起来，把花盆举至胸前，这样他的手掌就可以支撑住花盆底部了。这个花盆可是个用陶土烧制的笨重的大家伙。他又一次举起花盆，屏住呼吸，一下把它举到脖子那么高，然后使出剩下的所有力气砰的一声用花盆砸破了门上的玻璃窗格。

鲍比一边跑，一边听到庞德老师在办公室中尖叫起来。他顺着走廊跑到了楼梯口，又顺着楼梯扶手滑了下去。那楼梯扶手被擦得光亮。

鲍比的身上泛着汗光，脖子上的汗珠打湿了他冷色调的衣领。他到罗莎家门口时，瓦尔正站在外面，脸对着前门，没有看到他的到来。鲍比走过去，站到瓦尔身后，想看看她在做什么。瓦尔穿着自己最破旧的衣服，系着一条破旧的围裙，正在用一只硬毛的鞋刷努力搓洗黑色木门上的喷漆。黑色的水混杂着粉色的水流到门底，又顺着小径留下一条迷宫般曲折的痕迹，最后流进了下水道。在喷漆最厚的地方，依然能通过印记看出那里曾沾过一封信，现在印记有些模糊了，而且瓦尔显然不想看到它。有一天早上，瓦尔走到街上去取那周的第三封信，结果发现了门上的这封信。瓦尔还在奇怪，究竟谁会有胆量、有动机把这封信贴在她的门上，还写了那些恶毒的、明显是谎言的东西在上面。她知道，自己完全不是信上所写的那种人，但是她越往下读，越觉得自己就像信上所写的那样肮脏不堪。瓦尔绝望极了，甚至想用刷子洗刷自己，刷到血肉不剩，只剩一副闪光的骨架。可能只有这样，别人才会觉得心满意足吧。她在移动图书馆中读过很多书，但还是没有预料到，人们的语言竟恶毒到如此程度。

"上面写了些什么？"鲍比问。瓦尔看到他大吃一惊，手忙脚乱地碰倒了泛着泡沫的脏水桶，桶里的水流到鲍比脚下，变成了两条充满泡沫的弧线。

"你不能待在这儿。"

"我已经到这儿了。"

"但是你不应该来。"瓦尔向大街的一头望了望,又望了望另一头,说:"快点儿,快进来。"

借着厨房的灯光,鲍比能看到瓦尔脸上有被指尖抓过的痕迹,那里还残留着油漆。刺眼的灯光照亮了瓦尔凹陷的脸颊,她掩面哭泣起来,灯光的阴影晃动着。"大家都在谈论我们。"她说。

"大家是谁?"鲍比问。

"每一个人。他们说的话恶毒极了。"

"但没有人了解过我们啊。"

"没错,这就是问题所在。"

"我们弄干净的东西,别人会一个接一个地弄脏。"瓦尔身边的桌子上,一团团的纸巾像雪球一样堆积起来。鲍比捧起这些纸团,扔进了垃圾桶。"我帮你抓住他们了。"鲍比说。

"抓住谁了?"瓦尔抓住鲍比的胳膊问道。

"那几个男孩子。"

"哪几个男孩子?"

"那几个伤害罗莎的男孩子。"

瓦尔顿了一下:"你对他们做了些什么?"

"我报复了他们,就这样。他们再也不会伤害罗莎了。"鲍比能感觉到自己胸腔里的那颗心此刻就像小鸟一样,振翅欲飞。

"鲍比,"瓦尔啜泣着说,"你走吧。"

"什么?"

"你走吧。你得走了。"

"为什么?"

"快走!"瓦尔砰的一声在洗碗池上捶了一拳,料理台上的茶杯抖了几抖。这一拳让鲍比吓了一跳。瓦尔伸出双臂,用力抱住鲍比,他抽搐了一下,不只是脸部,他全身都在战栗,像有一股电流穿过一样,甚至他的脚趾都感觉到了刺痛。"噢,天哪,"瓦尔说,"我是不是弄疼你了?"

"没有。"鲍比说,但是他的脸因为疼痛又抽搐了一下。

"我弄疼你了,我知道。"瓦尔的黑眼圈肿胀着,从内到外是不同的颜色,就像一种奇怪的水果的横截面。她撩起鲍比的毛衣,解开他的毛衫,看到一片瘀青。这块瘀青比之前更青了,像和畅的天空,从他背部三分之一处一直延伸到腰带上方。瓦尔仔细检查了瘀青处,在上面看到了他父亲左手的掌印。瓦尔解开鲍比的裤子,拉下他的内裤,看到那片瘀青还在向下延伸,在他的屁股上分成了两半。四根指头抽过的指印直到现在还没有完全消散。

第八章

桥

瓦尔打包的方式和鲍比的母亲截然不同。她笨手笨脚地打开一个垃圾袋递给罗莎。

"罗莎,"她说,"把你的衣服都塞到这个袋子里面,能塞多少就塞多少。"鲍比在罗莎的帆布背包里塞满了笔和纸。

"谢谢你,鲍比·努斯库。"罗莎说。瓦尔让他们把橱柜里所有的食物都找出来带上,包括那些他们不认识的,或是特别喜欢吃的东西。鲍比把这些食物都垒起来装在了一个空的运动包里,并特别提醒自己要带上开罐器,之后在四面的口袋里塞满了给伯特吃的罐头。那个咯吱咯吱响的猪排是伯特的咀嚼玩具,尽管伯特对它总是嗤之以鼻,鲍比还是把它放进了口袋里。瓦尔倒空了罗莎放旧玩具的盒子,在里面放上了洗漱用品。他们快收拾完的时候,整个屋子看起来像被洗劫一空一样,不过从某种程度上来说,也确实是这样的。

"我们要去哪儿?"罗莎问。瓦尔停顿了一下,尽管只是非常短暂的停顿。

"我们有自己的移动图书馆,里面还有很多书需要被送出去呢。"

"就像大象和驴子一样吗?"

"没错,就像大象和驴子一样。"

罗莎和鲍比听了,高兴地旋转着跳起舞来。"现在要快点儿了,我们马上就要离开了。"罗莎和鲍比把自己转晕了,差点儿没倒在地板上,正靠着客厅的墙壁休息。

"我们可以顺路去一下我家。"鲍比说。瓦尔紧紧地拉上包上的拉锁,几乎快把拉链头拽下来了。

"不,我们不能。"她说。

"但是我们必须去一下,我得带上我的档案。"

"我觉得你没有理解我的意思,鲍比。如果你父亲发现的话,他是不会让你跟我们走的。"现在虽只是黄昏时分,但是窗外乌云密布,似乎已经进入了黑夜。鲍比拿起一把小厨房刀,刀身细长,刀刃尖锐。

"没问题,"他说,"我有办法。"

布鲁斯的面包车还停在之前的位置,上面写有名字和电话号码的塑料贴纸因为车体边角生锈已经卷了起来。车停的那条街上,路面是拱起的,那辆车就像街上的一个树瘤。车胎上的橡胶磨损得很严重,所以鲍比轻而易举就划破了胎带。这是他在桑尼家的阁楼里看电影时学来的把式。胎带漏气的时候发出了断断续续的呼哧呼哧声。

鲍比抬起信箱的翻盖,把耳朵贴到了信槽上。他听到父亲和辛迪正对着电视机哈哈大笑,锡制的音箱咯吱咯吱地播放着长长的贝斯声。鲍比把厨房刀塞进袜子里,悄无声息地把钥匙塞进了钥匙孔里。

鲍比打开前门的时候格外小心,关门时也没有发出声响,然后蹑手蹑脚地走进了走廊。走廊尽头有一个小木盒,里面安有跳闸开关、电表和控制盘,以前他从不被允许碰这些东西,现在它们突然变得既危险又让人不能抗拒。尽管他并不知道每一个开关分别有什么功用,但他还是抓起了刀柄,刀子在手中的分量让他颇为自得,然后他把刀子举过肩头,像要射箭一般,猛地一下把它插进了木盒中心。瞬间,火光四溅。火光消散后,砰的一声,整幢屋子陷入了无边的黑暗。

从休息室入口到楼梯底端,一共需要走十七小步,中间还要绕过沙发,路线就像一弯新月。鲍比将自己的眼睛调换成夜间模式,开始穿越整间屋子,没有人发现他。布鲁斯和辛迪正在争论到底谁要去找保险丝盒。布鲁斯输了,他猛地站了起来,先碰倒了理发椅,又撞到了电视机,发出巨大的声响。鲍比一度离他父亲非常近,甚至能感觉到他喷出的带有温度的愤怒的口水,它们像雨滴一般溅到了鲍比的脸颊上。布鲁斯跌跌撞撞地前进时,鲍比的手指差一点儿碰到他的衬衫。鲍比的心怦怦跳着,听着父亲把玻璃杯撞碎在脚底,布鲁斯几乎每挪一步都要大叫一声。鲍比发现父亲的声音在颤抖,那是一种特别的、战战兢兢的节奏,他今天早些时候已经听过了。恐惧,他的父亲害怕了。在自己的家里迷路，这是一种多么糟糕、混乱的感受，而他的妻子也许曾经对此深有同感。鲍比希望这恐惧可以将父亲吞噬，并将他永远地改变，就像恐惧对母亲的影响一般。

鲍比为此窃喜了好一会儿，然后摸黑跳上了楼梯，他一次跳两级，身体却丝毫没有摇晃。之后，他走进了卧室，发现之前的气味变淡了。屋里仍然是他母亲的气味，但是有了距离感，那气味仿佛飘浮在风中。他沿着最近的那面墙横跨几步就走到了床头，在那里他摸黑找到了一个大箱子，里面装的是辛迪从没有用过的手袋。他把这些手袋一个一个地拿了出来，然后往空箱子里装他的档案——装有头发的罐子以及他自己做的备注，诸如此类。这是他所有的作品。之后，他把这些东西打包整齐，就像母亲曾经教他的那样。

楼下，布鲁斯仍在试图找保险丝盒。他的膝盖撞到了咖啡桌上，当他把脚趾探向摇椅时，又重重地摔倒在地。

"我什么都看不到！"他大叫道，丝毫没有察觉到他的儿子正从他身边经过。

鲍比在屋子里跨了十三步，到达了对面的拐角，途中还弯了一下身子来躲避灯罩。他在那里停了一会儿，父亲手忙脚乱，他看得津津有味，之后他悄悄地潜到父亲身后，离他的耳朵只有一英寸远。

"嘿！"鲍比大叫一声。

此时布鲁斯什么都看不见，惊恐万分，一下跌向地板，又不小心碰到了书架，随即惊叫起来。鲍比母亲的照片曾摆放在那个书架上最显眼的位置。布鲁斯跌向地板时，辛迪的理发剪直接扎进了他的大腿,那声响就像一块瓜被切裂开来。鲍比跨过趴在地上的父亲,神不知鬼不觉地离开了家。布鲁斯的尖叫响彻夜空。

瓦尔、罗莎和鲍比从花园里找来一辆凹陷的独轮手推车,把箱子、盒子都装了进去,但无论他们怎么使劲儿推,它一路都在颠簸。罗莎抱着伯特,瓦尔锁了门,他们成功地在没人注意的情况下走到了移动图书馆。他们迅速地把所有东西都摆进了卡车后部。鲍比把小车丢进旁边的一块菜地里,还顺手偷了几个沾满泥土的土豆和一把胡萝卜。

鲍比从来没有进入过移动图书馆前部,这次着实为它的巨大感到吃惊。驾驶室里甚至还有一张床,就安置在后座上面,鲍比伸开两只手也无法同时摸到床的两头。瓦尔转动钥匙,发动了引擎,仪表盘中的灯相继亮了起来,看着它们就像在俯视一座远处的城市。座位上的皮套裂开了条条纹路,像是老人手上的皮肤,凹凸不平。驾驶室地面中央伸出一根很粗的银色变速杆,仿佛天鹅弯曲的脖颈。方向盘上的黑色塑料套闪着光泽,瓦尔的手指在上面敲击着,她要把两只手臂同时张开才能转动这个方向盘。后视镜上挂着一根磨损的弹簧绳,下面挂着一只毛茸茸的绿色妖怪,罗莎把它扔给伯特咬着玩。

"好了。"瓦尔自言自语道。

"你之前开过这么大的车吗?"鲍比问。

"我连这车十六分之一大的车都没有开过。"

瓦尔按下按钮,发动机打着了火,那声音好似巨龙腹部的咆哮,把大家吓得不轻。座位随着车身抖动起来,伯特惊慌地在鼻子前面挥着爪子,车猛地震了一下,脚下的面包碎屑都跳了起来。瓦尔的手指紧紧地抓着刹车,她呼了一口气。

"准备好了吗?"她问道。但她其实不知道,他们究竟在为什么做准备。

鲍比为罗莎系好了安全带,然后系上了自己的安全带。车灯被打开,头灯的光亮刺破了眼前的黑暗。他们的车上路了,这条路对他们来说像一张白纸。鲍比从后视镜中看到,移动图书馆的车尾撞坏了大门的铰链,压裂了栅栏的托梁,拖着它划过了草地。

"妈的。"瓦尔骂了一句。鲍比立刻捂住罗莎的耳朵,但她还是听到了。鲍比发现,这时候瓦尔已经开始冒汗了。她把车掉了个头,车上的警报大声地响了起来。附近房子里的灯陆续亮了,一个女人走了出来,气愤地咒骂外面太吵闹,打乱了她晚上精心准备的养生计划。这时,瓦尔找到了一个更好的位置来转弯,于是她一点一点地向前挪动着图书馆。不过,她差点儿又剐到那个女人的车。那个女人刚刚敷了面膜,脸上是柠檬一样的绿色,这时,这张绿脸立刻变得惊慌失措。

移动图书馆的车胎压倒了金属栅栏,随后又把它弹到了路的尽头。

然后,他们启程了,去向一个未知的目的地。而现在,在这个巨大的、带车轮的图书馆里,他们丝毫不敢想象,自己的未来将会是什么样的。这种感觉就像他们即将打开一本书,但对书中的内容一无所知。

他们将车开上了镇中心旁边的那条主干道。瓦尔还在适应这么大的车型,仍会偶尔不小心剐蹭到路边停着的车辆,移动图书馆车身的喷漆上留下了银色的刮痕。有时,瓦尔会不小心按响喇叭,罗莎听了总会哈哈大笑。

"我们应该去冒险。"鲍比说。

"我们正在冒险。"瓦尔说。

"别人会找我们吗?"

"会的,别人会找我们。"

"我们会碰上麻烦吗?"

"只有坏人才会碰上麻烦。"

罗莎听到这话特别高兴。

移动图书馆驶入了高速公路的进站口,像一只机器水牛冲进了平原。雨水落在挡风玻璃上模糊了光线,车外的灯光像无穷无尽的彩色光缆。

罗莎在鲍比身边睡着了。鲍比在座位后面找到一条旧毯子盖在了罗莎身上,从上到下顺了一遍,以确保罗莎被紧紧地包裹住。杂物箱里没有太多东西,只有一把手电、一副望远镜、一个螺丝刀和一份旧报纸。每隔几分钟,鲍比会撕下一张小纸条,卷起来塞到窗户缝里,风嗖的一声就把纸条吹走了。鲍比这么做,是希望他母亲能找到他们走过的痕迹。他在书中看到,韩赛尔和格蕾特就是这么做的。

仪表盘上的指示灯旁,一个红灯亮起。

"我们需要加油。"瓦尔说,移动图书馆的引擎开始隆隆作响,"而且我们得抓紧时间了。"

瓦尔把车停进了路边的一个加油站。霓虹指示牌的光线映照在他们的皮肤上发出异域的粉色。鲍比照看着罗莎和伯特,瓦尔在找汽车的油箱盖。加油时,显示器上计数表中的数字越来越大,没过一会儿就升到了一个鲍比之前从没有见过的大数字。在一个小孩的眼里,在灯光和周围夜景的映衬下,加油站就像灯红酒绿的赌场。瓦尔回到车里,从手袋中取出钱包,鲍比跟着她到商店里付钱。

收银台旁,一个男人正翻阅着一本钓鱼杂志。他打了一个巨大的哈欠,他脸上从脸颊到脖子,一片一片的青春痘泛着亮光。瓦尔和鲍比在手提篮里装满了巧克力棒和零食。

"我去跟他说。"两人靠近收银台时,瓦尔对鲍比说。

"深夜零食?"男人问道,同时在扫描器闪烁的红光下扫着一包包食物。他的名牌上写着"布莱恩",而且曾被授予两颗银星,但上面并没有说明原因。

"差不多吧。"瓦尔数着手掌里的零钱。

"小家伙,过了睡觉时间了吧?"

鲍比漠不关心地摆弄着手边的椒盐花生,然后尽量压低声音说道:"没有,有时候我一晚上都在熬夜。"

瓦尔笑了,但她的手把两边的衣服都弄皱了,鲍比因此知道,她并不是真心想笑。

"我还要付油钱,"瓦尔说,"六号油泵。"布莱恩透过窗户看了看前院,又看看瓦尔,然后又抬头看了看移动图书馆。

_123

"那个卡车,"他问道,"是你的吗?"

"没错。"

"有点儿大,不是吗?"

"对于什么来说?"

"呃,对于……"

"对于一个女人来说?"

"呃,这不是我说的,女士,这是您说的。"

瓦尔叹了一口气。布莱恩假装在操作收银机,漫无目的地按着按键。

"实际上,它不是普通的卡车,它是移动图书馆。"

"你晚上把它开了出来?"

"当然,"瓦尔说,"我是图书馆管理员。我这女人,这么瘦小的胳膊,看着不像卡车司机,是吗?"

墙上有一个监视器,鲍比看着监视器中的自己——一个一英寸高的、由灰色和黑色像素块叠起的长柱。从某几个角度看,监视器中的他比实际中更高一些,如果他把头顶后部的头发都拢起来,看上去就有点儿像要秃顶了。于是,他错误地认为,自己已经有了成熟男人的第一条预警信号,但对他而言,这预警像是弓上之箭,正静悄悄地射到空中,以示庆贺。鲍比很高兴看到这个预警,因为他觉得自己是时候成为一个男人了。这种预警,是他最愿意看到的。

瓦尔付了钱,没等收银员给小票,她就急匆匆地走出了商店。把车开出前院时,她差点儿撞倒副驾驶那侧的油泵。布莱恩鼓起拳头对着他们的方向捶玻璃,他泛着油光的皮肤蹭糊了玻璃窗格。指示牌上频闪的霓虹灯光虚晃晃地映在玻璃上,从窗户外面看去,布莱恩就像一位歌舞女郎,在橱窗里望着自己向往的拉斯维加斯。

花蜜色的街灯仿佛将整座静止的城市包裹在了琥珀之中。瓦尔猛地一踩液压刹车器,空气瞬间紧张起来,车上的报警器开始鸣响。偶尔会有行人在他们的车道旁驻足,目送这辆移动图书馆驶入黑夜之中。当卡车开始加速,他们确实感觉自己航行了起来,只有冰山才能阻止他们前行。鲍比摇下车窗,让风灌进自己的喉咙。这让他的牙齿打战,但他并没有停止。他想让自己的内里也焕然一新,就像他的外在一样。

车子来到了十字路口,地面上刚漆好的白线将崭新的油黑沥青路面划分开来。整座城市静悄悄的,鲍比甚至都能听到红绿灯里的机器在嗡嗡作响,以及红绿灯转换时轻微的嘀嗒声。一辆警车停在了他们旁边。

"噢,天哪,"瓦尔说,"把窗户关上。"鲍比能听出来瓦尔生气了,因为她的声音在发颤,音量介于低声细语和日常对话之间。"我说把窗户关上,鲍比,现在就关上。"鲍比又撕下一点儿报纸,把它塞到了车外。那片报纸在空中飘飘荡荡,落到了警车的引擎盖上。车里的女警察抬头看到了鲍比,露出了微笑。鲍比也对她报以微笑。信号灯变了颜色,他们向相反的方向驶去。女警察没有理由不相信鲍比只是一个小孩子,所以他的图书管理员妈妈才不会在意他是否太困了,以至第二天会整天大发脾气。

_125

布鲁斯·努斯库刚从当地医院的急诊部出来，他好不容易才清醒过来，还没发现他儿子不见了。辛迪在他大腿上包裹的纱布已经浸满了血，而他唯一想要的就是再来一瓶。

如果住在移动图书馆对面的那个女人有一些社区精神，她可能会打电话通知警察。然而，她并没有这样做，她把黄瓜一片一片地切开，又一片一片地敷到眼睛上，然后就倚在沙发上睡着了。她从来没有使用过移动图书馆，对她而言，它只不过是对街停着的眼中钉罢了。

布莱恩在加油站值夜班的时候经常会碰到一些非同寻常的人，而且在过去的六个月，他还会从收银机里抽些钱，当作对自己薪资的补贴。他最不愿做的事情就是把警察招过来，况且他对瓦尔的全部了解也仅限于她曾经是一名图书管理员，就算她的工作时间有些奇怪，那又怎么样呢。他并不认识其他的图书管理员。

那位女警察迟早会通过电台发现这件事的，但那起码要等到白天到来之后。

那个没有经验的园丁有了两个关于菜地的新发现：首先，菜地里少了一些土豆和胡萝卜；其次，蔬菜吸收了更多的阳光。由于他刚刚做过白内障手术，因此，他首先怀疑的是，是不是自己的视力出现了问题。直到后来，他才透过围栏发现移动图书馆不见了。如果委员会筹集了足够的钱款，使移动图书馆再次运转了起来，他是非常乐意的，因为他经常和孙女在那里花上一个早晨读一两本书，消磨时光，可惜他没有听到任何重启移动图书馆的消息。他给自己泡了一杯薄荷茶，拿起了电话。他想，这是不是自己开始衰老的标志呢。

"喂,"他开始说,"很抱歉耽误您的时间……"

没有人足够想念瓦尔和罗莎,因为没有人发现她们不见了。想念一个人的前提是,你发现他不见了。

连续开了四个小时车后,瓦尔的胳膊酸痛难忍,从肩膀一直疼到手腕。她想,是时候停下来休息了。她让鲍比朝外面看着,找找停车的地方,好让他们下半夜有地方休息。刚出发时的紧张和兴奋感已经消失得差不多了,怀疑渐渐涌了上来,她觉得他们可能随时会被抓捕,但也认命了。

他们把车开到了一条狭窄的乡村小道上,旁边是掺杂着各种作物的麦田,鲍比在那边的小山丘上发现了一处灌木丛。瓦尔开始减速,然后把车停到了一小片美丽的空地上。在移动图书馆头灯的映照下,风信子上闪烁着淡淡的晨霜。即使途经的车辆打开远光灯,照亮整片空地,也无法从主干道上看到移动图书馆停驻的地方。树枝沉浸在红色的刹车灯中,从远处看像是月亮在滴血。没有什么能像树丛一样保守秘密。

他们在卡车后部搭建了营地,睡在儿童书书架边的地毯上。瓦尔、罗莎和鲍比,面朝着同一个方向,围成一个C字形。车门紧闭着,但是他们可以畅游到任何地方,那些去处不仅存在于真实的世界中,还存在于真实世界以外。车身内侧贴着指示逃生路线和出口的标志,他们可以顺着这标志逃往沙漠、太空和海洋,去到任何奇异的地方。

"给我们读书吧。"鲍比说。他选了一本看起来最厚、最老的书,因为里面看起来有很多故事。他递给瓦尔的书是赫尔曼·梅尔维尔的著作《白鲸》,书页上有些褶皱,泛着酒红色。

鲍比仔细听着瓦尔念出的每一个字。这声音不是从她嘴里发出的,而是从她身体中央的某个地方。罗莎和鲍比把耳朵贴近瓦尔的胸膛,听着她呼吸的起伏韵律。他们两个一直没有说话,直到最后瓦尔疲倦地停止了阅读,她是如此疲倦,就像《白鲸》中斯达巴克最后一次劝告亚哈放弃在海洋中追逐白鲸时一样,精疲力竭。

"并不是白鲸在追你啊,是你,是你在疯狂地追寻白鲸啊!"

"这个故事有一个愉快的结局吗?"鲍比问。

"这个世界是不存在结局的,"瓦尔说,"福祸相依,生生不息,就好像生活本身一样。生活就像一本书。你的生活只是书中的一部分,只是你阅读的那部分而已。那之前已经有故事了,那之后也还会有故事,故事会一个接一个地发展下去,你只是参与了其中的一个故事,在很短的一段时间内参与了这个故事。"

移动图书馆的金属车身使晨光的温热保留了下来。大家在车厢外用纯净水刷了牙。瓦尔在一个小燃气炉上做着早餐,这个燃气炉是好多年前买的,是为了满足一个梦想——带罗莎去野营——不过这个梦想并没有实现。烧焦的香肠皮上冒着滚烫的大油泡。

"我们是要住在这里吗?"鲍比问。

"我不知道。"瓦尔说。

"要是能住这里,那就好了。"

鲍比从驾驶室的杂物箱中拿出了那副望远镜,然后躺在了郁郁葱葱的草地上,罗莎躺在他的肚皮上。他们试着抓住金黄的落叶,还让伯特在矮木丛中拱出一些马栗。瓦尔用旧鞋带把马栗串了起来,他们拽着鞋带在头顶绕圈儿,仿佛自己是一架直升机。过了一会儿,他们又玩起了追逐游戏,直到大家都气喘吁吁。这时,一只甲壳虫闯进了他们的世界,于是他们开始逗虫子,直到它消失在泥土里。

晚饭前,鲍比说:"今天可能是我一生中最快乐的一天。"而当瓦尔点燃柴火,他们互相为彼此阅读书上的故事时,鲍比确定,这就是他一生中最快乐的一天。他们拥在火苗周围的时候,鲍比仔细看了看瓦尔眼角的皱纹。他希望自己也有相同的皱纹,这样瓦尔可能会觉得,他是个有智慧的人。

"你多大了?"鲍比问道。

"你永远不应该询问一个女人的年龄,"瓦尔说,"不过,看在是你的分儿上,我就破例告诉你吧。我今年四十岁啦。"

"那可是有点儿年纪了。"

"我早就已经是老古董啦。"火焰的热气熏得大家有些眩晕。

"你为什么没有恋爱呀?"

瓦尔又烤了一块棉花糖,热热的白色棉花糖化开了,从棍子上滴下来。她从来没有和女儿讨论过类似的问题。不止一次,她一想到这个问题,就觉得心如刀割。

"你怎么知道我没有?"

"那你有吗?"

"对呀,我有。"

"和谁呀?"

"和罗莎。"罗莎趴在母亲肩上,感觉自己就像丝绸一样柔软。

"但我是说和其他人。"脆木头在火焰中烧得咔嚓作响,就像小动物骨头折裂的声音。

"可能就是没办法吧。"

"为什么没办法?"

"谁知道呢?"

"你一定知道,你已经四十岁了。"

"年龄和智慧不一定是正相关的。"

"你好像在和我抬杠呀。"

瓦尔吹了一下棉花糖,用舌尖试了试它的热度。

"你以前和罗莎的父亲谈过恋爱吗?"

"我们结婚的时候是彼此相爱的。"

"你们结婚了?"

"我有婚戒,所有婚礼该有的我都有。"

"哇哦。"

"没错,很久以前,我有完全不同的生活。我跟你说过,在你进入故事之前,故事早就开始了,而在你离开故事之后,故事还在继续。"鲍比细细品味着这番话。

"你一定很久之前就已经非常成熟了。"

"可以这么说。"瓦尔说。她用膝盖折断一支掉落的树干,把末端随手扔进了火焰里,这次伯特没有跟着它跑。火焰四处飞舞于尘土之上。"当他看到罗莎的时候,他觉得用心去爱这么一个小女孩,对他那样的男人来说太困难了。尽管罗莎对他的爱是赤诚的,但他的想法确实是这样的,那么……"瓦尔似乎想说些什么,但她似乎又沉浸在了猫头鹰的叫声中,好像猫头鹰会代她说完剩下的话,而她万分感激。

"我觉得你很睿智。"鲍比说。

"那我可能真的很睿智。"瓦尔说。

"我也觉得你很睿智,瓦尔。"罗莎说。

"那我一定是很睿智!"

罗莎梳理着伯特的皮毛,它看上去像穿着一件可以反射月光的外套。他们开始用手电筒照着下巴读鬼故事,灯光下,他们鼻子的阴影投到了额头上。他们听到树林里传来响声,彼此吓唬对方那是饿狼和恶熊,但没有人相信那真的是饿狼和恶熊发出的声音。世界只存在于他们三人之间,他们之外别无他物,亦无恶鬼。

第九章

穴居人

上午的时光就这样在书中度过了。鲍比读了安托万·德·圣-埃克苏佩里的《小王子》,惊讶于一个他念不出名字的作者,竟写出如此一本小说,就像是专门为他而写的一样。鲍比觉得自己就像小王子,也发现大人的世界真是奇妙至极,充满了变数。之后,瓦尔开始给鲍比剃头。刀片刮过他的头皮时抖了几下。

"别乱动,"瓦尔说,"不然我可能会失手把你的耳朵切下来。"一堆堆的棕色头发飘落到地上,仿佛秋天的落叶。

"我给你剃头是想瞒过众人的视线,不过我不知道这样是否管用。"

"但这里没有人啊,没必要瞒过谁。"

"我们得走了,去买些补给品,越快越好。"

瓦尔和罗莎戴上了宽檐帽,遮住了大部分脸。尽管她们想带伯特出去,但伯特选择在卡车下睡大觉。整个移动图书馆被悬在高空的团雾笼罩着。

三个人沿着长长的乡村小道一路向下,小道蜿蜿蜒蜒。一个邮差在路上闲逛。远处孤立着一根塌陷的烟囱，缕缕灰烟飘摇而上。这番景象仿佛古怪地刻画了英国的乡村生活，让罗莎想起了瓦尔曾经在移动图书馆中给她读过的伊妮德·布莱顿书中的篇章。她把胳膊架在鲍比肩上，好像自己是鲍比的姐姐，但是瓦尔总觉得这样更容易让其他人认为，即使两人是一胎姐弟，他们也曾在她肚子里拳脚相加。

杂货店里一位上了年纪的女人对瓦尔和罗莎的宽檐帽大加称赞。

"这个村子里很少有人会戴这种帽子。"她说，仿佛他们刚刚是骑着猛犸象进城的。瓦尔注意到鲍比的衣领上还留有一小撮碎头发，赶紧趁店主不注意把它拨了下来。他们买了牛奶、橙汁和三个卖相良好的苹果。店主给了罗莎和鲍比一人一根柠檬口味的棒棒糖，这也是为什么她的杂货店一直以来都是村里孩子最爱去的地方。

就在他们准备走的时候，鲍比在报纸头版发现了一张眼熟的照片。那张照片并不是头条，头条上的照片是一张他熟悉的面孔——吉米·萨玛斯侦探（他看上去比之前更年轻了，如果这有可能的话）。那张照片挤在右侧狭窄的一栏里，占据了三分之二的位置。照片上的人，是他自己。

鲍比的父亲给那个盒子贴的标签是"杂物"，但其实里面的东西有一个共同的特点——都属于鲍比的母亲，所有的都是如此。那是鲍比最喜欢的盒子，也是他的档案中最重要的一部分。对别人来说，它们可能只是一把伞、一个吹风机、一台相机……只是生活中堆积起来的杂物。但对鲍比来说，这些物品是母亲的一部分，就像手臂、腿和眼睫毛一样，对母亲异常重要。那把伞，母亲在晴天也会举着它，这样她的脖颈就不会被晒伤了。那把伞是她的灵魂。那个吹风机，母亲会在早晨用它对着鲍比吹一会儿，加热空气，以免太冷让鲍比不想起床。那个吹风机是她的善良。还有那台相机，它背部还装着胶卷，里面是她想要收藏的记忆。那台相机是她的思想。母亲走了，鲍比整理着这些东西，他突然意识到，可以用这些东西把母亲重造出来。他完全可以重新把母亲还原出来。

相机里的胶卷还可以照四张照片，之后就可以洗出来了。和桑尼认识几周后，鲍比和他拿着相机一起去了池塘。鲍比想，母亲一定会喜欢桑尼的，尤其当她看到桑尼是如何保护自己的时候。所以，他为桑尼拍了一张照片，当时桑尼正用一根木棍搅动池塘里豆绿色的水藻。他还拍了一张照片，拍的是灌木丛潮湿的地面上长出的朵朵鲜花。以前母亲和他一起溜出去野餐时，总是格外爱护这些花朵。

还有一张照片是桑尼为鲍比照的，鲍比本来想一跃而起，抓到最高的树干，结果在关键时刻滑倒了，一个屁墩儿摔倒在泥滩里。他们两个都觉得照片洗出来一定会很模糊，所以，他们打算等鲍比的母亲回来后向她确认，最后的照片是否是她想要永久保存下来的效果。这些回忆都是不可磨灭的，永远镌刻在爱的笔触里。

鲍比和桑尼一起走向公牛石。除了他们，没有人会叫它公牛石，这是他们自己起的名字。从某一个角度看，湖对面有一块大石头，两侧翘起，就像公牛厚实的双角。荡漾的水波倒映在石头上，当他们发挥想象仔细看时，发现那倒影就像穿在牛鼻上的铁环。桑尼和鲍比爬到了石头的最高处。在他们的视线里，远处的云朵被晚霞渲染成玫瑰色，人字形的大雁整齐划一地飞过树梢。他们可以看到悬浮在小镇上空的沉闷雾气，还可以看到一群小虫子飞过水面时形成的雾团。在鲍比曾和母亲一起坐着计划逃跑路线的地方，他们看到了整个世界。于是，鲍比决定站在母亲最喜欢的景色前拍张照片，这张照片将给他的档案增添美丽的一笔。

"再往左一点儿，"桑尼说，"再往右一点儿。好，现在蹲下来，这样我们就可以同时照到你身后的湖水和小镇了。"鲍比跪在冰冷的石头上，阳光聚焦在他的耳朵上。"准备好了吗？一，二，三。"

随后传来了快门的咔嗒声和胶卷卷回的声音，但是过了好一阵，鲍比眼中闪光灯的白光才消散。如果他当时知道，有一天他的照片会出现在报纸头版，那他可能会在拍照之前清理掉牛仔裤屁股那里的泥土，再用湖水洗洗手。

在墙上挂了不到一年，辛迪就把那张照片塞到了冰箱上的一个小相框里，没有人能看到那个位置。而就是从这里，警察拿走了鲍比的照片——这是目前所存在的，鲍比最近期的照片。

鲍比、瓦尔和罗莎在乡村中闲逛了一阵子。一阵阵风吹过城堡的残垣断壁，一位农民在风中赶着两匹马。其中一匹已经怀孕，它进食的时候，橡木色的肚皮像大桶般摇摇晃晃。

有一处农舍是一位著名诗人的诞生地，现在已被改造为她的博物馆。他们跟在一队游客的后面，大部分游客都是年迈的夫妇。于是，鲍比想象着自己也已和瓦尔结婚，尽管他并不知道那意味着什么，而且他觉得这种想法有点儿奇怪。鲍比唯一想做的，就是成为一个能抚平瓦尔伤口的男人。在罗莎的坚持下，他们在礼品店买了纪念铅笔，之后决定返回移动图书馆，此时正是午后最热的时候。

"停一下。"罗莎一边说，一边停在了一间老茶室外面。橱窗中的杯子蛋糕杂乱地摆放在展示台上。罗莎的手指使劲儿拍打着玻璃，好像她的手能穿过玻璃拿起一块蛋糕一般。"我想吃蛋糕。"

"恐怕你不能吃蛋糕了。"瓦尔说。

"不，我要吃。"罗莎攥紧了拳头，使劲儿用手背搓着额头。她好像着了魔一般，咕咕哝哝地念着什么奇怪的咒语。

"听话。"瓦尔说。

"不。"罗莎咬紧牙齿，捶打胸口，然后又开始拍打自己的脸，好像内心有什么东西刚从冬眠中愤怒地惊醒，她焦灼地挣扎着。瓦尔提醒过鲍比，罗莎有时会大发雷霆，但他没想到会这么暴烈。罗莎的脸色腾地变得猩红，她疯狂地拍打着橱窗，同时大声叫喊起来，但是她说的话不清不楚，仿佛纠缠在了一起。瓦尔试图伸手抓住她的手腕，但是狂暴的罗莎一下就把她吓了回去。

一个女人从店里走了出来，看到罗莎沮丧万分地站在那里，吓了一跳。

"这到底是怎么了？"那个女人问。罗莎飞起一脚，她的脚蹭过那女人的胯部，一下踢到了门框底部，在腐烂的木头上踢出一个坑。她又开始拍打玻璃，玻璃猛烈晃动着，瓦尔甚至能听到玻璃晃动的声音，像是一口大钟被敲响后回绕在空气中的余音。茶室里此刻正挤满游客，瓦尔察觉到，大家都在往窗户外面看。

另一个女人也走到了门口，她好像说了些什么，但是她身躯较小，说话声无论如何都无法与罗莎发出的咆哮抗衡。罗莎一下冲进店内，经过那两个女人时差点儿把她们撞倒。她爬上橱窗，一脚蹬碎了展台上的蛋糕。店外，瓦尔、鲍比和那两个女人，看到奶油大团大团地蹭到玻璃上。瓦尔赶紧追着罗莎进了店里，忙不迭地跟别人道歉。门口的两个女人盯着鲍比，目瞪口呆。街道对面挂着亚麻布，在微风中轻轻晃着，不过鲍比丝毫没有因这微风而感到凉意。

"你，"第一个女人说，"我在哪儿见过你。"

"不会的，"鲍比说，"我不是这儿的人。"

"你肯定是。"那个女人说着转向她的朋友，"就是他吧？"鲍比这时想到了移动图书馆，想象着它就像一匹忠马一般，在他身后咆哮而起。此时此刻，在他读过的上百个故事里，第一个闪现在他脑中的就是他最近刚读过的那个。其他的故事也许更可信，它们没那么浮夸，更符合实际。但是，在此情此景的压力下，那些故事突然都烟消云散，就好像从没有被写出来过一样。

"不，"他说，"并不是。这里甚至都不是我生活的星球。我的星球非常微小，是一颗只有房子大小的行星。我曾探索过银河系，遇到过没有臣民的国王；遇到过自以为最受敬重的人，但其实他的星球上只有他一人;遇到过醉汉,他想把自己灌醉来忘记喝醉的羞耻;遇到过商人,他声称自己坐拥天空中的整片繁星;遇到过点灯人,每分钟都点亮同一盏灯;遇到过年迈的地图学家,他从未涉足过自己所绘制的地方。"

他说得越多,就越感觉自己像小王子,甚至他的姿势都像是头上正骄傲地戴着一顶王冠。

"噢……"那女人好像想说些什么,但鲍比根本不给她插嘴的机会。

"是地图学家让我来到这里,来到地球上,来到这座村庄中的这间茶室的。正是因为这样,我们才会相遇。"这时,瓦尔从蛋糕店里出来了,后面拽着身上满是蛋糕的罗莎。鲍比看到她们后转身对那两个女人说:"不好意思,下次再聊。"

那两个女人目送着他们走到街上,向错误的方向走去。刚离开她们的视线,三个人就躲进了酒馆旁一条湿漉漉的胡同,他们等了一会儿,然后翻过篱笆,径直穿过了五片刚刚收割过的田地。他们的袜子立刻就湿了,沾满了泥巴。

"你跟她们说什么了?"瓦尔问鲍比。

"我跟他们说,我是小王子。"鲍比说。他觉得瓦尔会勃然大怒,没想到她竟然哈哈大笑起来,还把鲍比搂到怀里,在他柔软的耳垂处亲吻了一下。他们走到移动图书馆时,罗莎的怒气已经消散得一干二净,要不是她的外套上沾了一些蛋糕上的樱桃,没人会知道究竟发生了什么。

"事情就是这样,"瓦尔说,"故事仍在继续。"

伯特不知跑到了哪里。瓦尔在图书馆里找了个遍,罗莎在驾驶室里找了个遍,鲍比还爬到车厢下面,仔细地在轮胎周围找了又找,却只发现一块吃剩一半的饼干,以及草丛里好似伯特经过时留下的痕迹。他们站在森林的边缘喊着伯特的名字,罗莎使劲儿晃动着它最喜欢吃的零食罐头,但回答他们的只有虫子的嗡鸣。他们甚至都看不到虫子在哪里,只能听到响声,就像是树叶在鸣叫。

鲍比看到瓦尔很沮丧,就换上防水雨靴走进了树林深处。他一边走,一边用木棍轻敲着树干,灌木丛中发出沙沙的响声。他想,自己在做一个男人应该做的事。

"伯特!"远处传来的只有他自己的回声。他越走越远,一直走到了看不见移动图书馆的地方,最后只能无奈地无功而返,伤心地一个人走了回去。

夜幕降临,瓦尔点起了篝火。她静静地搂着罗莎,没有人说话。

瓦尔绷紧了神经,随时等待着警笛的哀号划破空地的寂静,那时空中会蓝光四闪。这么一想,瓦尔倒希望他们都能像伯特一样消失在森林里。这次出门之前,她从没有离家太远过,更不用说做出犯法的事了。她参加学校组织的夏令营时,朋友把男孩子带回营地,她只好假装犯了哮喘,在医院里过夜。在遇到罗莎的父亲之前,她一直守身如玉。他是个很特别的人,但是当他得到瓦尔之后,他的特别之处瞬间就消失了,速度之快令人难以接受。那时,灯还关着,床单还湿着。

瓦尔从不拖延电费,甚至都不会说脏话。直到最近,罗莎稍微不像以前那么黏人了，她才有时间去接触身边对她示好的男人。这些机会一直都在，只是她之前都没有接受。但是，认识了鲍比以后，她的思想发生了翻天覆地的变化。她想带鲍比离开死水潭一般的生活，哪怕只是一小会儿，难道还有什么比这更好的理由，能说服她不再过循规蹈矩的生活吗？瓦尔感到内心有一种极度的自由感油然而生，这种自由感很大程度上是因为她再也不用工作了。她越想越远，但思绪总会时不时地回到一件事上——那只该死的狗到底去哪儿了？

时近午夜，伯特悠闲地从黑暗中走到亮处，坐到了罗莎旁边。罗莎紧紧地抱住伯特，让它把嘴里的东西都吐了出来——一团肮脏的军绿色袜子。瓦尔问它去哪儿了，还有它偷翻了谁家的洗衣篮，好像伯特对这一带已经了如指掌，甚至能给她画出一幅地图来。伯特打了一个哈欠，慢吞吞地顺着楼梯爬进了移动图书馆，这倒是提醒了大家，早就该睡觉了。

第二天早上，鲍比蜷在驾驶室的角落读了一本克莱夫·金的《垃圾大王》。瓦尔用一桶水洗了他们的衣服，包括那双新来的袜子，又把滴水的湿衣服挂在了大树枝上。

鲍比清理了自己的档案，又把它们有序地摆好，然后开始为母亲准备他能想象出的最舒适的睡床。他从移动图书馆的书架上取下几本数学课本，把书页撕扯下来做成了床垫，又用树枝打了一个结实的床架。

"看。"罗莎说着指向了伯特。伯特的屁股一摇一摆，又一次走进了树林。它老了，走得很慢，所以轻易就被追上了，但大家一不留神，它就跨过树根，藏到了荆棘丛下。它似乎并不介意后面跟着一群人，而且在瓦尔试图拦下它时，它表现得毫不在意。再往前走就是潺潺溪水，大家都认为它会放弃，谁料它竟一跃而过，甚至都没有打乱步伐。

他们只好继续跟着它往前走，直到树林深处，那里的树盖已经相当厚实，阳光只能滴漏下来。最后，他们来到一条水沟前，旁边是一堆碎布屑，还有一顶塌陷的帐篷在风中瑟瑟抖动，张张合合，就像生病的肺片。

伯特在小山丘似的一堆叶子旁坐了下来，静静地接受寒风的鞭打，身子在风中摇摇晃晃。

"我觉得伯特可能是有些老糊涂了。"瓦尔说。

"什么意思，瓦尔？"罗莎问。

"傻孩子，它老了，像你妈妈一样。"

瓦尔拽住了它的尾巴，想让它停住，但它一直用鼻子拱着灌木丛，把泥土推到旁边。"乖，伯特，"瓦尔说，"该回家了。"

"对呀，伯特，"罗莎一边说，一边把一根树枝扔到了它身边，"别老糊涂了，乖乖的，我们该回家了。"

突然，瓦尔失声尖叫起来，哆嗦着向后退了几步，但不小心被一丛毒蘑菇绊倒，一下仰倒在地上。鲍比马上要过去扶她起来。

"不，鲍比，回去！"瓦尔尖叫道。伯特旁边的那堆叶子开始动了起来，下面的泥土瞬间上升，而在泥土下，鲍比看到的是——一只肮脏的人手，那指甲的颜色就像臭鼬毛一样黑。

"快跑!"瓦尔喊道,但鲍比发现自己已无法动弹,双脚仿佛树根一样长在了泥土里。接下来,那只手变成了一只胳膊,正破土而出,之后,鲍比看到了一个男人肮脏的脸庞。那个男人长长的金发油腻腻的,全都板结在了一起。他的牙齿上沾满了泥土,胡须也纠缠在了一起,像恶心的旧绳子。

"别害怕。"他说道,深厚的声音从沙砾中传来。他慢慢起身,他们才看到他原来藏在一个地洞里,那地洞比一口棺材大不了多少。地洞四面铺满了木板,以防止地洞塌陷,洞口有一个木盖。地洞里面有一包随身物品——一只用来取水的水壶、油布单、细绳和几把刀子以及一个橄榄绿的医药箱。

"我只在寒冷的夜里才待在这儿,"他说,"这里比外面那个帐篷要暖和,而且还不太会碰到……"

"熊?"罗莎问。

"哈哈,对,就是熊。"

瓦尔一边站起身来,一边将手指放在嘴唇上,示意罗莎不要出声。鲍比站到了男人和瓦尔之间,并在泥滩里找到一支最粗的树枝捡了起来。

"你到底是谁?"鲍比问。

"乔,我的名字是乔。"伯特像个小叛徒一样,在那个男人的腿上蹭着脑袋,而乔也弯下身来,爱抚着它。很明显,他们之间已经很熟了。

"那你在树林里干什么?"

"嗯……事实上,我住在这里。我是说暂时住在这里。我要一路旅行，目的地是苏格兰。但我要在这儿待上一阵。你看，这里有净水，有遮风挡雨的地方，有这么多好东西。"

"那你怎么证明自己不是穴居人？"鲍比一边问，一边还在想着刚读过的那本《垃圾大王》。

"那你自己呢，怎么证明你不是穴居人？"乔说完就大笑起来，他觉得鲍比也会同他一起大笑，但他忘了这是鲍比先开的玩笑，况且鲍比本来也没想开玩笑。

"因为我有自己的移动图书馆。"

"鲍比！"瓦尔大叫一声，用手把鲍比搂在胸前。"我觉得我们还是不要打扰这位先生为好，他还要继续露营。"她一般不对鲍比这么说话，好像他是小孩子一般。

"我不希望吓到你的孩子。"乔说。

"我是她的朋友。"鲍比说。

"对，对，我们都是朋友。"

"也许并不是这样，"瓦尔说，"我们只是随便出来走走，我们不想打扰到您。"

"你们并没有打扰到我。"男人抱起伯特，锁住它的脖子，然后用手指在它耳朵里转动。伯特吐出舌头四处拍打着，身体舒服地微抖起来，好像在体验人类永远无法理解的愉悦。"这是你的狗吗？"

"它叫伯特。"罗莎说。

"你好呀，小女孩。"乔说道，"对一条狗来说，伯特可是个好名字。你的名字也是伯特吗？"罗莎听到后，回报给他自己最

_145

温暖、最充满感情的笑声。鲍比简直想在罗莎后脑勺来一掌。

"我叫罗莎,罗莎·里德。"罗莎一边说,一边从口袋中拿出笔记本,在自己的名字旁边,写下了这个陌生人的名字。

"噢,那伯特是你的狗吗?"

"对,伯特·里德。这是瓦尔·里德,这是我最好的朋友——鲍比·努斯库。"那个男人一边听,一边慢慢地伸直了腰,他的身高几乎是大家之前想象的两倍,毕竟他坐在洞里时看着并不是很高。

"瓦尔,对吗?"男人问。

"没错。"瓦尔说。大家突然陷入一阵沉默,只听得到溪水的声音。

乔突然意识到,他的身高可能吓到了面前的女人和两个孩子,于是他稍稍收了收肚子。他已经好久没见过人了,更别说和人对视了,他不仅忘了自己的巨大身形,还忘了自己现在的样子。在他脑海里,自己一直以标准形象示人,胡须刮得干干净净的,留着整齐的板寸,身形像军人一般。只有当胡须蹭到胸膛时,或是像现在这样,自己一动弹,别人都会向后退缩时,他才会意识到自己和想象中的样子大相径庭。

"瓦尔,"乔说,"我觉得你的狗把我的袜子吃掉了。"

"并不是,"瓦尔说,"你的袜子完好无损。事实上,不仅如此,我还把它们都洗了。"听了这话,乔表现得很开心,大家由此看出来,他已经很久没穿过干净袜子了。对鲍比来说,这又为乔增添了一个不可信任的证据。鲍比一生都没遇到过一个可以让他立刻产生信任的男人。

"你真是太善良了,"乔说,"如果我知道伯特是一只洗衣狗,我可能会给他一大袋衣服。"

瓦尔听了这话大笑起来。"呃……对打扰您这件事,我们再次道歉。我们该让您安静一会儿了。"瓦尔说完伸出了胳膊,乔见状把伯特递给了她。伯特表现出明显的不满,低声咕哝着,后腿懒散地到处乱踢。

"那我的袜子呢?"

"我会让伯特带给您的。"

"让它留着我的袜子吧,"乔说,"这是我的荣幸。"

"再见。"罗莎说。

"再见。"

他们穿过树林,静静地走回了移动图书馆。伯特一动不动地缩在"浪漫小说"的书架下面,甚至巧克力骨头都无法吸引它到毛毯上和大家坐在一起。

"没人会住在树林里。"鲍比说。

"我们就住在树林里。"瓦尔说。

"我们住在移动图书馆里。这是不一样的。"

"那个人是在旅行。有些人就是一直在旅行,旅行就是他们的工作。"

"比如谁?"

"比如《爱丽丝漫游仙境》里的爱丽丝,她就是个旅行者。还有《格列佛游记》中的格列佛。我跟你说过,每本书都是生活的写照。"

鲍比听后叹了一口气。"我们该走了。"他说道。

"我觉得我们现在还不能走,因为你知道,有人应该正在寻找我们,或是搜捕我们,比如你父亲、你的学校,还有警察。"

"我们可以去桑尼家,他是个半机器人,他可以照顾我们。"

"太远了。"瓦尔说。

"不,"鲍比说,"我不会觉得有多远,只要我们在一起,去哪里我都不会觉得远。"

第十章

猎人的猎犬

铃声响了,声音飘浮在空中,就像树林深处昆虫的鸣叫。那声音非常微弱,以至鲍比刚听到时还以为是书中的字句在他脑中念咒语。有时,若是他喜欢的角色在书中受到了惊吓,他仿佛能听到那个角色的胸口在怦怦作响。若是那个角色讲了个笑话,笑声会从他嘴里蹦出。那个角色的手动一下,他的手也跟着动一下;那个角色的腿走一步,他的腿也跟着走一步;那个角色看什么,他也跟着看什么。他不是在与那个角色一同感受情节的起伏,而是在替那个角色感受情节的波动,在那一刻,那个角色的命运就是他自己的人生。今天,他是乔纳森·斯威夫特书中的主人公格列佛,小人国国民的因徒。他们微小的刀和矛仿佛划开了他的肚皮。鲍比摸着伤口,举起一只血手,和格列佛一起乞求自由。

那铃声听起来像是钟声,不是那种乡村钟楼的大钟,而是一口小钟,钟声像精灵一般,异常微弱,仿佛来自小人国。鲍比突然被铃声惊醒,他把那本书放回书架,开始在图书馆里找寻声音的来源。没有其他人在。瓦尔在驾驶室的长椅上睡觉,长椅表面的人造革已经皲裂开来。罗莎在车外,她想用一块巧克力吸引伯特打个滚,不过伯特知道,无论它打不打滚,罗莎最终都会把巧克力给它。

这时,鲍比又一次听到了铃声,比上一次要更响一点儿,更长一点儿,好像铃舌松动了一般。鲍比抬头看了看树顶,又迅速扫了一眼草地。

就在这时,他突然意识到是什么过来了。或者说,是谁过来了——他的母亲。

她曾戴过一个钟形的挂坠,就挂在她的胸前,她走路时那挂坠会叮当作响,鲍比到现在都记得清清楚楚。在他们一同站在车旁的那张照片里,鲍比正小心翼翼地把玩那个钟形挂坠,它醇黄色的光影映在了鲍比母亲的皮肤上。

他赶紧跑回图书馆拿出他的档案,把母亲的头发从罐子里倒出来,倒在他的衣服上,然后把她所有的戒指都套在了自己的手指上。母亲的手镯总是从他手腕上滑下来,他索性就把它们套在脚上,套在他的脚踝上。鲍比在口袋里装满了从母亲的裙子上剪下的碎布,又把从照片上剪下的碎纸边紧紧地塞进了袖子里。最后,他给自己喷上了母亲的香水,他身上香雾氤氲,浓稠而清甜。

鲍比冲出了空地,他穿过繁茂的树林,顺着小路来到了森林边。在这里,他听到铃声更加响亮了。母亲就要来了。面前的小路向相反的方向蜿蜒而去,风声呼呼作响,他无法确定声音是从哪个方向传来的,于是他干脆爬到了路边的一棵树上,以看个究

_151

竟。那树已经有些年头了，他爬到一半时，干脆的树皮一碰就掉，一窝黑苍蝇团在空气中央。鲍比屏住呼吸不去理会它们。他越爬越高，终于摆脱了苍蝇，一下跃到了最牢固的树枝上，拿起望远镜扫视周边。在远处某个地方，他看到了一个穿着亮红色外套的身影，它与静止的绿色田地和摇动的金黄色油菜花形成了鲜明的对比。

那件外套是羊毛的，异常柔软，鲍比到现在都记忆犹新。它也正是鲍比的母亲在那张照片中穿着的衣服。衣服左右有两排铜黄色的扣子，口袋深到可以盖住手肘，鲍比经常把手插在里面。那是他母亲最喜欢的外套，她总是把它小心翼翼地挂起来，以免出现折痕。

鲍比心中涌动着强烈的情感，他必须抓牢树干，以防心跳过快把他带到天上。鲍比想大声喊出母亲的名字，却发现自己已激动得无法出声。他深呼吸了一下，开始对焦，他想尽自己所能，把镜头调整到最佳位置。当他看清那个人影时，内心一阵失望。

那是一个男人，他穿着红色的塑料防风服，在召唤他的猎狗。狗脖子上的铃铛在叮当作响。

之前鲍比背部闪过的兴奋感立刻变成了针扎般的疼痛。男人和狗正在朝他们的方向走来。他必须提醒瓦尔，这样才能保护她。

鲍比从树干上滑了下来，途经半空中的苍蝇群时，他忘了闭上嘴巴，结果一窝苍蝇像葡萄干一样冲向他的舌头。他一下没抱紧树干，失去平衡，掉了下去，跌坐在了原本塞在他腰带里的水壶上。水壶被压了个粉碎，锋利的玻璃碎片刮破了他的肚皮。母亲的头发混着血沾到了鲍比的皮肤上，血越流越多，在他的内裤里渐渐聚集起来。他没有时间管它，也没有办法让痛感减轻。他用牙齿紧紧咬住舌头，用这个方法强忍着痛楚回到了空地上。他走到移动图书馆旁，猛敲起驾驶室的车门。瓦尔睡眼惺忪地向窗外瞥了一眼。此时此刻，鲍比的衬衫上仿佛开出了血红的玫瑰。但是，他用外套紧紧地裹住伤口，不让瓦尔看到它。伤口开始灼烧，但他丝毫没有表现出来，在他心里，这就是男人。

"有人来了。"鲍比说。瓦尔一阵恐慌，立刻把罗莎和伯特引进了移动图书馆后部，并告诉他们一定要保持安静。罗莎把头埋在枕头下面，把剩下的饼干给了伯特，作为对它听话的奖赏，让它觉得自己很安全。

鲍比跟着瓦尔来到了空地边缘，他们躲在一个土堆后面，土堆上长了一丛金黄的万寿菊，他们在这里不会被轻易发现。时间刚刚好。男人和狗如期到来，那个男人离他们是如此之近，以至他们都能看到他胳膊上被太阳晒出的一片片酱色的痕迹。铃声停止了。那只狗是一只栗色的爱尔兰长毛猎犬，它跌跌撞撞地穿过花丛，坐在了他们旁边的土堆上，它闻到了鲍比身上的血腥味，鼻孔瑟瑟颤动。

"去！"瓦尔小声说。"去！"

"过来，罗拉！"男人的声音清晰而响亮。他们知道，男人距他们不会超过十英尺。只要那个男人朝他们那里多看一秒，一定会发现他们的，而此时瓦尔和鲍比正一起躺在草丛里，像一对罪恶的情人。那只狗轻蔑地哼了一下,好像对他们做的事了如指掌。

"要是他走过来怎么办?"鲍比问道。

"我不知道。"瓦尔说。

"嗯……别害怕,我来保护你。"瓦尔紧紧抓住了鲍比的手。

那个男人手里正玩儿着手机,屏幕上泛出蓝色的荧光。这里离村庄非常远,他的手机失去了信号。但是,他总觉得有人会想找他,所以他需要回到之前手机上还显示信号的地方,就好像一只鲸鱼跃出海面后,总要回到海洋中继续呼吸一样。

"过来!"他又叫道,罗拉哀号一声,退了回去。

一直等到听不到铃声后,鲍比和瓦尔才松了一口气。这时,鲍比再也撑不住了,他大声哀号起来,到处打滚。瓦尔看到了他衬衫上的血迹,吓得用手捂着嘴巴,她的脸痛苦地抽搐着,好像吃到了烂苹果。

"究竟发生了什么事情?"瓦尔问。

"我把自己划伤了,"鲍比说,"是不小心划伤的。"瓦尔解开了他衬衫上的纽扣,玻璃碎片在伤口中闪闪发亮,他的胸口泛着血红,上面沾着一团一团的头发。瓦尔见状立刻跳了起来,愧疚感瞬间涌上心头。她觉得自己和鲍比的父亲一样,都无法保护他免受伤害。这种无能,清清楚楚地写在鲍比的血口上。

鲍比试着站起来,却感到浑身虚弱,止不住地颤抖。瓦尔把鲍比搀回了移动图书馆。她疯狂地搜寻着桌子下面的抽屉,鲍比无力地斜倚在台阶上。罗莎看到鲍比身上的血,失声痛哭起来。

"不用着急。"鲍比说,他失血过多,眼睛已经看不清颜色了。

"我什么都没找到,"瓦尔说,"我什么都没有。"她开始往鲍比的伤口上冲水。但伤口刚被水冲过,鲜血又一股一股地往外涌,一道道划口就像一个个面目狰狞的微笑。瓦尔又把毛巾压到伤口上,但毛巾一次次吸干血后,更多的血又从伤口中喷涌出来。"我们必须仔细给你清洗伤口,"她说,"我们必须找人救你。"

"没关系,"鲍比说,"我没事。"有一缕头发卷进了他的肚脐里,瓦尔把它拽了出来。那发梢上沾满了泥土,一晃一晃地摇动着。

"你的伤口可能会感染,到时候你就必须去医院了。"

"我不去。"鲍比说。

"那样的话,医生和护士就会知道你是谁,然后就会送你回家。"鲍比宁愿自己的伤口一辈子都不愈合,也不愿让瓦尔在没有他保护的情况下单独去找乔。

"我没事的,真的。"鲍比还没来得及再说一遍,瓦尔已经跑远了。

瓦尔回来时喘得上气不接下气,仿佛她的肺叶是生锈的弹簧,她无力地瘫倒在移动图书馆外的空地上。乔也过来了,他粗壮的胳膊抱着急救箱,就像抱着一个小玩具。斯威夫特可能是看到他才创造出"巨人国"这个词语的。他跪在鲍比旁边,鲍比看了看他沾满泥土的双手,想到了一个方法来证明自己的权威。

"你必须赶紧洗手。"鲍比对乔说,尽管他的身体正经历被啄咬般的刺痛。鲍比闭上眼睛,想象着小人国的国民正拿着长矛刺自己,越刺越深,并用绳索绑住他的腰,越拉越紧,直到割断血肉。

罗莎拿来一块香皂和一杯水，乔洗了手。现在他的手干净了，白色的手掌和脏衣服一对比，显得越发大了。

"放松。"乔说。他把几块医用脱脂棉浸在了消炎洗剂中，然后轻柔地给鲍比清洗并处理伤口，动作之温柔大大出乎瓦尔和鲍比的意料。处理好后，他又在鲍比的伤口上敷了点儿膏药，然后裹上了绷带。

"真利索。"瓦尔称赞道。

"我受过专业的训练，"乔说，"在军队中。在那里，在你学会杀人之后，他们会教你如何救人。"鲍比对他致以感谢，但是声音里不小心流露出了一丁点儿不情愿。

"我能不能给你拿一些零食，以表达我的感谢？"瓦尔问道。

"可以，"乔说，"很感谢你。"瓦尔把罗莎带回移动图书馆，伯特一下跳到了乔的腿上，立刻就睡着了。

"你真的有一个移动图书馆啊！"乔对鲍比说。

"没错，"鲍比回答道，"我是它的负责人。"

乔笑了。"我对此没有丝毫怀疑。"乔说着从口袋里拿出一包烟草和一张卷烟纸。不知为什么，这两样东西都极度干燥。"想看个好玩儿的吗？"

鲍比点了点头。他惊异于自己竟如此迅速就被乔折服了，为此他对自己非常失望。但是，想到这里只有他和乔两个人，自己的伤口上还缠着绷带，他觉得这也无伤大雅。

"不管在什么地方，我都能卷出一根烟，在雨里可以，在狂风中可以，在沙漠深夜的黑暗中也可以。你要知道，沙漠里的深夜可是非常黑的，不像这儿，到处都是光污染，到处都有残留的光。在沙漠里，到处都是压抑的黑暗，是你想象不到的那种漆黑。"鲍比之前从没听过有人像乔这样讲话，带着一种韵律和诗意。

"为什么要这么做呢？"

"在军队中，没有人会为你停下脚步。你必须掌握的一项技能就是，在没有任何人帮助你的情况下，学会在任何时间任何地点完成任务。"

"我是想问，为什么要抽烟呢？这可能会让你得肺癌，让你的肺变黑，变得异常脆弱，然后你还没有变老，就会死掉。学校教育我们不要抽烟，难道你没有上过学吗？"

乔是在寄养院长大的，所以他身边总是有非常多的小孩，鲍比的这个问题一下就使他想起了小孩子是多么直接。"我上学不多。"

"嗯，那么，"鲍比问，"你想给我看什么好玩儿的？"

"我们打赌，看我能不能双手在地下卷出一支烟。"他一边说，一边玩弄着沾满灰尘的小胡子。鲍比暗暗思量着赌注。

"完全是在地下吗？这么说，我们看不到你的双手？"

"是的，完全在地下，所以我们看不到我的双手。"

"就这么定了。"

"你想好赌注了吗？"尽管乔全身上下都很脏，甚至头发上都沾满了泥土，但鲍比还是想不出除了书本之外，他能给乔什么好处。但他很确定，即使把书给乔，他也不会去读的。鲍比觉得，移动图书馆以及里面的一切，都只属于罗莎、瓦尔和自己。

鲍比耸了耸肩。

"你已经有吃的了，别的东西我们也需要，不能给你。所以，我没法下赌注。"

"那在你们的移动图书馆里洗个澡，你看怎么样？"

"我觉得你不能进去。里面的书本都很干净，地毯也很干净。你要进去的话，会把东西都弄脏的。总有人把东西弄脏，所以总有清理的必要。"

"这样啊？那我就不进去了，我只希望你能给我一些水和一块香皂。要是可以的话，能不能再给我一面镜子？这样我就能刮胡子了。我不会奢求再来一条毛巾的。"乔感到鲍比动摇了。"同意吗？"

"同意了。"他们握了握手，乔的大手好像能把鲍比的小手整个吞进去。乔舔了舔卷烟纸边缘的胶，然后把卷烟纸放在张开的手掌上，捏了一大撮烟草放到上面。他用手掌把这珍贵的烟草搓成小球，又用手指把球状的烟叶都碾实。当确定这些小球已经相当紧实后，他一下跪倒在地，把两只手插到地面表层干燥的土里。地面拱起一个土堆。

"你看起来好蠢哪。"鲍比说。乔的注意力非常集中，嘴唇扭曲成了奇怪的形状。

"无所谓。"

"我们应该给你加个时间限制。"

乔说："不需要，我已经好了。"他把双手举至胸前，慢慢张开,干土如瀑布般倾洒在他的胸口上。"看!"他的手里出现了一支香烟。它有一点儿脏,但的确完完全全是一支烟。乔把它抛进嘴里,然后从盒中拿出一根火柴,他熟练地一划,火柴就着了。他点燃了那支烟。没错,烟上面有很多尘土,现在它们慢慢地聚集到了乔的嗓子眼儿里,但还没有多到让他呛到的程度。他几下就将烟抽得只剩烟蒂了,他的肺里吸了满满的烟气,胸腔里发出吹哨般的声响,然后他拍了拍鲍比的肩膀。鲍比简直被眼前的一切惊呆了,他肩膀上感受到的力量慢慢地传到了后背。

就在这时,瓦尔从图书馆里走了出来,手里拿着一听桃子罐头和一杯浓咖啡,罐头上还闪着光泽。

"乔,"罗莎问,"你的姓是什么?"

"乔。"他回答道。

"所以,你的名字是——乔·乔?"

"对,没错,是乔·乔。"罗莎立即相信了他的答案,开始在笔记本上一笔一画地写出这几个字。鲍比一脸怀疑,甚至丝毫不去掩饰它。

乔用肥皂和水擦了身子,然后清洗、晒干,简直像变了一个人。他的皮肤很柔软,是婴儿般的粉红色,他的头发是金黄色的,还很蓬松,像泰迪熊头顶的填充物跑了出来。瓦尔给了他一件超大号的袍子,他帮瓦尔点着了火。他点火的速度是瓦尔的五倍那么快,瓦尔试了一周都没能达到这么快的速度。鲍比假装要读书给罗莎听,从图书馆里抱了一摞书出来。不过,他没有读书,而是用那摞书筑起了一堵墙,乔坐在这一端,剩下的人坐在另一端。伯特像个小叛徒似的,跑到了乔那边。

"所以,这是你的图书馆?"

"对,我是这里的图书管理员。"瓦尔答道。

"他们允许你住在里面?"

"本来我是要把它开到下一个目的地的,但途中我们决定来一次野营旅行。我觉得也许我们是一样的人。"瓦尔的性格中有一部分是不喜欢撒谎的,尤其是对乔这么善良的人。乔现在全身都很干净,尽管他已经明显快到三十岁了,但他身上还是有一种朝气,那种只有还待在学生宿舍里、刚成年的人身上才有的年轻朝气。瓦尔的脖子周围出现了一片红晕,又消失在她的T恤领子下。每当她觉得谁很吸引人时,都会有这种反应,尽管她之前已经好久没有这样了。瓦尔揉了揉脖子,好像想把那片红晕赶走。

"好像哪里有点儿奇怪。"乔说。

"他们要把移动图书馆都关掉,"瓦尔说,"他们要把所有的移动图书馆都关掉。你肯定在报纸上见过这个消息吧?"

"我平时不太看报纸。"

"噢,"瓦尔说,"这些天我也没太看报纸。"他们都笑了。"简单来讲就是,以后移动图书馆中只会布满灰尘了。要是人们不读书,书本的存在就没有意义。要是人们不讲故事,故事的存在就没有意义。书中的主人公有些好,有些坏,但要是你不去了解他们,他们的存在就没有意义。这是最糟糕的情况。"

乔卷起了另一支烟。"你是图书管理员,"乔说,"我怎么能和你争论呢?"

罗莎听着砰的一声合上了书。"我们在露营,"罗莎说,"因为我们是从家里逃出来的。"

"罗莎!"

"我们都在逃跑。"乔说。一瞬间,瓦尔和乔交换了一下眼神。乔知道,无论出于什么原因,瓦尔都不想被抓到,起码现在不想被抓到,而这就足够了。对乔而言,小孩子们现在欢乐无比,他也不想他们被抓到。这种不想被抓到的求生欲望,乔不仅了解,而且是极其深刻地理解。

乔的前臂很粗壮,上面布满了深绿色的刺青,就像日本虎杖草一般,一直蜿蜒着延伸到肩膀处。刺青的图案是船锚、男巫、缠绕在盾牌上的巨蟒、利剑、书卷和没有眼珠的头骨。上面的字已经被血渍弄模糊了。鲍比朝他挪了几步,本想看得更清楚一些,但他肚子前面的衣服突然被撑开了。

"你呢?"瓦尔问,"你在逃避什么?"

"谁说我在逃避?"烟雾飘到乔的上嘴唇处,又被他吸进了鼻子中。

"你现在可是住在树林里。"

"不,是待在树林里。"

"为什么?"

"因为我无处可去。我想我就是无家可归的人之一。"乔说着把腿靠近火焰取暖。

"无处可去?"鲍比问。

"嗯哼。我到参军的年龄就加入了军队。现在我退伍了,故

_161

事结束了。我觉得自己现在大概就是一个旅行者吧。"

"你为什么参军?"

乔听了这个问题,想了好一会儿。"为了避免麻烦吧,我是这么想的。"

"通过打仗避免麻烦?"

乔笑了起来:"哈。通过打仗。"

"对了,今晚你可以不在野外睡觉,"瓦尔说,"如果你愿意,你可以待在驾驶室里。"

"我不想给你们添麻烦。"

"不会的。我和孩子们睡在车厢里。所以,没关系的。"

"我不是小孩子了。"鲍比说。

罗莎也学着鲍比的样子摇了摇头,说:"我也不是小孩子了。"

"好吧,"瓦尔说,"你们说得对。不过,你们知道我的意思就好。"

瓦尔和乔并没有聊什么,因为他们都不想过多地侵犯彼此的生活。现在已经是傍晚了,经历了白天的种种,倦意袭来,他们决定早些休息。瓦尔告诉了乔如何把玻璃上的百叶窗摇下来,以及如何把门锁好。趁乔不注意的时候,鲍比把车钥匙从点火开关上拔了下来,藏到了前轮下面。瓦尔和罗莎睡着了,鲍比却一夜未合眼,只有猫头鹰与他做伴。夜里,他的眼睛转换成了夜间模式,一直盯着驾驶室的车门,以防万一。

第十一章

小男孩

乔的胃口巨大，仿佛无穷无尽，移动图书馆的库存在飞速减少。自从过了第一夜后，他就成了常驻客人，再没有离开过。鲍比觉得，他简直就是一个食物黑洞。作为补偿，他帮忙维修发动机（他在军队里的时候负责维修武士装甲车），还帮忙做做日常琐事。鲍比很高兴自己省掉了一大堆家务，当然，是在瓦尔不知道的前提下。他的肚子依旧很疼，而且他还要维护档案，自从头发罐被打碎以后，那些档案简直是一团乱麻。

鲍比开始绘制移动图书馆周围这片区域的地图。横跨这片空地需要三十七个弓步。夜间要穿过树林可以走两条路，一条要经过小溪，另一条则要穿过灌木丛。白天，空地旁的那条公路上每小时会有三辆车经过（晚上则至多一辆）。至于移动图书馆，它上部的车厢和下部的车轮拱罩之间共有四处夹隙，在必要时是藏身的好地方。不过，乔大概藏不进去。鲍比把这些都记了下来，当作自己记录的战果。

"过来。"几天后的一个早晨,乔这样说道。他一边说,一边倚在摆有励志书籍的书架上,这些书还没有被碰过。

"干什么?"鲍比跳起来,把手里那本破损的大部头放到了一边。在这之前,他正在全神贯注地看约翰·斯坦贝克的《人鼠之间》,这本书之前被夹在"经典"类目下的两本大部头之间。鲍比觉得这本书太晦涩了,对他这个年龄来说,简直难以领会。但是这些过时的语言仿佛带领他进入了一个新世界,那里的句子层次分明,环环紧扣,也就是在这样的语句中,他深深地痴迷于乔治·弥尔顿和莱尼·斯莫尔之间的关系。他们是多么不同啊。乔治是个小个子,没什么文化,但是其聪明程度不亚于鲍比知道的任何一位老师。相比之下,那个莱尼尽管块头像一块大石头,却笨得不行。他们的差别如此之大,但是这并没有影响两人之间的友谊。或者说,正是因为这样的差异,他们的友谊日渐深刻。乔治让莱尼变得冷静,而莱尼保护着乔治的安全。在各个不同的方面,他们都依赖着彼此,这简直奇妙极了。他们的友谊让鲍比的内心涌过一股暖流,就好像这两个人物真实地存在于生活中,就在鲍比的耳边谈话一样。

"我们需要食物。"乔说。"我要教你怎么找到食物。"

"你的意思是,要教我找种子和果子?"

乔听了摇摇头:"不,比那要有用得多。"

"那是什么?"

"来吧,我带你来一次冒险。"

想到这可以让乔暂时离开瓦尔和移动图书馆,鲍比答应了他的邀请。瓦尔让他们保证不能走太远，不过鲍比并不想让乔看见瓦尔像母亲管教孩子一样对待自己。鲍比确定自己翻白眼时乔看见了。他穿上防水雨靴和防水雨衣，和乔一起走进了雨幕中。他们允诺，回来的时候一定带回食物。

"你们去哪儿找食物？"瓦尔问道。她听到答案后，反而希望自己根本没问过这个问题。

拖拉机压出的沟痕里积满了雨水，好似田地中的一条条壕沟。他们走过时，泥地会立即塌陷下去。鲍比的脚陷在了泥滩中，乔只好架着他的腋窝把他往上提，然后将他甩到了自己的肩膀上，又把他的雨靴从烂泥中拉了出来。

"我们就不该在下雨天出来。"鲍比一边说，一边指着乌云，云朵好像已经吞噬了大块的墨色。

"不，下雨天就意味着不会有太多人出来，"乔说，"还意味着我们不太会留下踪迹。相信我，如果军队只教会了我一件事，那就是如何玩消失。对于你我这样的流浪者来说，雨水是极好的。"

"我可不是流浪者。"

"不管你承认不承认。"

乔从夹克的内衬口袋里掏出一把小型断线钳，在倒钩铁丝栅栏上剪出了一排缺口，鲍比偷偷摸摸地跟在他后面，把手握成拳头，这样乔就无法发现他的手指在颤抖了。他们偷偷摸摸地走过农场后院，如果发现农舍的窗帘出现抖动，他们就藏在塑料水桶之间。雨水好像把牛粪都泡发了，空气中弥漫着牛粪的味道。干草堆堵住了马厩的后门，于是他们从那后面绕了过去，弯着身子转移到了农户家厨房窗户下的鸡圈前。乔钻了进去，出来的时候，一只大手中握着六个白鸡蛋。他小心翼翼地把它们放进鲍比的口袋。

"闭上你的眼睛。"乔说。

鲍比刚开始并没有完全信任他，但当他看到乔把手环在一只鸡的脖子上时，鲍比紧紧地闭上了眼睛。他听到一阵声响，估计是细骨折断的声音，之后是一声鸡叫，最后没了声音。鲍比强作镇定，等待着鸡血溅到脸上，然而这并没有发生。

"你现在可以睁开眼睛了。"乔把母鸡提了起来，让鲍比戳了戳它鼓囊囊的身体。母鸡的身体非常温暖，所以，当乔把它放进夹克里时，瑟瑟发抖的鲍比甚是嫉妒。鲍比想，要是自己也能如此残忍、利索地了结一只鸡的性命，那该有多好啊。这样想着，鲍比陶醉在了恶作剧的快感之中，而这让他想起了自己和桑尼·克莱在一起恶作剧的欢乐时光。

他们顺着积满雨水的小径走到了村庄边上。在一家面包店后面，有一小堆纸箱子，里面是还没有卖出去的存货。乔藏在篱笆后面，看到一个面包师在抽空吸烟。那人抽完烟后回到了店里，乔跨过篱笆，从那堆纸箱上直接拿走了一箱。他们离开面包店，回到田野中，检查自己的战利品。

"如果我们因为盗窃被抓起来，那麻烦就大了。"鲍比一边说，一边咬了一口甜甜圈，奶油冻在咬过的地方溢了出来。

"你没读过《罗宾汉》吗？"乔说，"你们的移动图书馆里肯定有这本书。"

_167

"我读过。"

"我敢肯定,绿林好汉都会时不时地偷东西。"

"但是他们不会偷杏仁可颂。"

"饥饿就是饥饿。如果你我不做些什么,我们马上就会感到饥饿。偷了可颂,就会快活;不偷可颂,就会饥饿。"

乔吃了五个甜甜圈,鲍比吃了一个。这时乌云散开了,天边出现了彩虹。在太阳的照射下,他们的衣服很快就干了,但是异常僵硬,非常不舒服。鲍比的T恤一直在他柔软的肚皮上蹭来蹭去。两人走路的时候,乔拔下了鸡毛,像投飞镖一样把它们投向远处的地平线。鲍比在路边的灌木丛中偷偷摘了一枝粉红玫瑰,把它藏在了口袋中,准备一会儿用它做压花。

"你现在成一个小花匠啦。"

"这是为我妈妈准备的。我要把这枝花放进我的档案里。"

乔曾经在远处偷偷看到过鲍比在仔细打理自己的档案,明白这个认真的小男孩是在用一种方式表达期待,而他自己有时也会做同样的事情。乔的手掌上已布满老茧,他对玫瑰上的刺早已无感,于是他又从茎秆处折下一把玫瑰,把它们同那只母鸡放到了一起。

"现在你就有一大束玫瑰啦。"

在麦田里,他们可以看到村后有一排排花园,里面有一位老妇人在晾衣服,而她的丈夫则站在旁边,负责任地拿着篮子。

"哈哈,有办法了!"乔说,"伪装。"

"伪装?"

"我们现在是侠盗了。在逃侠盗。"

鲍比想到了乔治和莱尼,他们曾像兄弟一样在加利福尼亚的种植园边闲逛,看着彼此的脊背。那对夫妇离开后,鲍比在旁边放哨,乔把晾衣绳上挂着的衣服全部拿了下来,一件不剩,内衣也不放过,然后抱着一大堆湿衣服走回了麦田。里面有一件宽大的皮质防雨工作服,尽管有些破旧,但乔穿上正合适。鲍比穿上了老男人的平板拖鞋和一件露线的棉质衬衣,可惜那衬衣太大了,以至他的胳膊伸进袖子里,手掌才刚刚超过袖子的肘部。乔拿起一件带绿松石图案的裙子,在身上比画着,好像自己在和衣服跳探戈舞。

"你觉得怎么样?"乔问。

"这颜色不适合你。"

"不是给我穿的,你这个自作聪明的小笨蛋。这是给瓦尔的,一件礼物。"

直到现在,鲍比才灵光一闪,发现乔可能对瓦尔产生了一些浪漫的情愫。一想到这里,鲍比又气又恼。"她最讨厌绿松石了。这会让她想起加勒比海。"

"想起加勒比海怎么啦?"

"她在那里差点儿被淹死。"

乔立刻把裙子扔到了远处,鲍比在脑中悄悄记下了这件裙子的准确位置——离那棵树有二十八步远,裙子与那棵树的连线与电塔垂直。这样的话,他就可以在夜幕降临的时候,偷偷把衣服取回来。

乔又穿上了老男人的一条灰色条纹裤,用鞋带作腰带,扎紧了裤腰,然后把头发捋到一边。"这下怎么样,"乔问,"伪装成功了吗?"

"差不多。"

乔又疯了似的翻着他的口袋。"那我又有了一个更棒的主意。"

乔拿出一把弹簧刀,举至离鲍比的脸只有几英寸的地方。鲍比甚至感到刀片的冷光正映射在他的皮肤上。

"你来给我剪头发,怎么样?"乔把弹簧刀递给鲍比,在他身边蹲了下来。乔的颈静脉突出,血液蜿蜒流动,清晰可见。鲍比的手哆嗦着把乔的头发捋了起来,扎成了一个小马尾。

"别害怕,来吧!我又不需要烫头发,"乔说,"把这缕头发划下来就行了。我们回到移动图书馆那边再清理。"刀片以足够的力度划断了头发,但角度有些奇怪,所以鲍比看到头发的边缘参差不齐。最后,一缕金色的头发落到了鲍比手里,他觉得刀片在他手里就像一把利剑。

"做得漂亮!"乔说道。现在他变得更干净了,他的耳蜗终于露了出来,这立刻让他看起来更像人类了。鲍比不自觉地把那缕头发塞进了自己的口袋。

往回走的时候,他们故意绕了很远的路。他们走过田野,走到了远处的公路上,那里有工厂、仓库和家具库房,看起来像是生意不怎么样的商业园。他们并没有去管那些成堆的坏家具,还有散落在院子里、表面有凹痕的油漆桶,走回了移动图书馆,兴奋地展示了他们的战利品。

乔拔下鸡毛，取出内脏，把鸡肝和鸡心都扔给了伯特。他们在火上烤熟鸡肉，把剩下的烤肉酱全都挥霍干净，还吃了甜甜圈作为饭后甜点。夜晚的寒冷几乎让他们说不出话来，所以他们把偷来的衣服都裹到了身上，轮流给大家讲故事。火焰的温热让罗莎抖了一下。

鲍比拿起《人鼠之间》，开始为大家朗读最后几页的内容。尽管他因乔治射杀莱尼感到非常难过，不过他知道，这是为莱尼好，所以莱尼不会感到痛苦。鲍比想，如果遇到同样的情况，他是不是也会杀死乔呢。他一边想，一边试图回忆乔之前把弹簧刀放进了哪个口袋。

"该你了，乔·乔。"罗莎说。乔用舌头搅动着一嘴烟气，吐出了S形的烟雾。

"我不善于讲故事。"乔说。

"来吧，"瓦尔说，"罗莎给你选一个故事，这还不行吗？"乔还是摇了摇头。鲍比有些嫉妒大家对乔的顺让。

"我说过啦，"乔说，"我不善于讲故事。"

"那你讲讲苏格兰有什么东西让你这么着迷？"

"嗯？"

"苏格兰。我们发现你的时候，你说你想去那个地方。"乔弹了一下烟头，烟柱散成了烟灰。

"一座大房子。"

"大房子？"

"那幢房子。如果说得更准确一点儿，它更像是一幢大楼。"

鲍比听了，兴奋地吹起狼嚎一般的口哨。罗莎学不来吹口哨，跟着说了声"唔呼"。她的音调太高了，吓得伯特绕着营地小步地快跑起来。

"第一次见到它时，我还是个孩子。"乔说，"自那以后，我就没有忘记过它。它就在一座大坝旁边，那里的湖水非常清澈，湛蓝无比，我敢说就像一面水做的镜子。"

"谁住在那儿？"罗莎问。乔又点了一支烟。

"你问到了关键。我怀疑那里现在已经没有人住了。可能整幢房子都是空的，只剩下破旧的乡村建筑群，摇摇欲坠。那里需要有人打理。可能需要一大桶油漆、上万个钉子，还要花上很久的时间，但我相信，我能把它打理好。然后，它就完全属于我了。因为没有人会走那么远，去到一片荒野中，只为了一幢那样的破房子。"

"你是怎么发现它的？"

"我小时候喜欢到处走走跑跑，去不同的房子，看不同的人家。有一次，我去爬山，正好看到了那幢房子，它伫立在浓雾中，像是一座城堡。从那以后，我就暗暗发誓，有一天一定要再回到那里。"罗莎听着笑了起来。"你们知道最棒的是什么吗？那就是，谁住在那儿，谁就可以拥有庭院里的私人动物园。我敢说，山上的风没那么大的时候，没有呼呼的风声，你准能听到狮子的吼叫，听到鹦鹉在呱呱学舌，还有……"

"熊在低吼？"罗莎问。

"没错，吼——就像这样。我听到这些叫声都是从墙的另一边传来的。我总想亲自去看看这些动物到底住在哪儿。"

瓦尔听着脸红了。好久没有人可以这样和罗莎说话，并让罗莎友善地回应了，甚至没有人会把罗莎当成正常人。但现在，罗莎正开心地在这个丛林野人的脚下打滚，尽管他身上穿的是偷来的军用防水衣。就算乔是在胡编乱造，那又怎么样呢？他们已经一起经历过这么多事情了，谁还管他说的是不是真的。火光摇曳着，周围的一切看起来都一样，没什么区别。

又一阵铃声从远处传来，渐渐逼近。

"嘘……"鲍比说。

瓦尔和罗莎停止了聊天，没过多久，她们也听到了铃声，是熟悉的狗脖套上的铃声，从村庄的山顶处传来。这次，铃声更近了，他们能听出铃声的源头就在葱郁的橡树林的另一边。突然，没有任何预兆，一只狗猛地冲进了他们的营地，扑向那只母鸡的残骸。

"罗拉！"狗主人还在较远的地方，但正越走越近，更糟糕的是，他在到处搜寻。伯特低吼了一声。瓦尔立刻用手捂住它的嘴巴。

乔轻手轻脚地走向罗拉，从两侧伸出双手，试图把罗拉引回通往树林的小路上。但在最后一刻，罗拉还是没抵住嗅觉的诱惑，一个猛子逃脱了乔的双手，夺过鸡骨架疯狂地撕咬起来。最后展示在乔面前的，只有四散的骨架和冰冷的血肉。

"罗拉！"主人仍在喊叫，且越走越近。乔一脚踢向罗拉，但他当时太惊恐了，没有踢中，反而失去平衡，摔向了草地边缘，那里是他们曾经撒尿的地方。这让乔又生气又尴尬，他爬了起来，把手伸进口袋，摸出弹簧刀。现在的乔已经被愤怒夺去了理智。只要一刀捅进去，他就可以立刻割破狗的喉咙，让血静静地流到它的皮毛上。乔已经准备好出手了，而此时只有鲍比清醒地意识到，如果乔出手，他们也完了。

"罗拉！"主人继续喊叫着，现在他已经走到了灌木丛附近，他们可以清晰地听到他的声音。那只狗向乔走过去，从他腿下钻过，乔弯下身抓住了它的尾巴。鲍比见状，立刻用尽全力冲过去，这一下让乔在狗身上打了个趔趄，差点儿压到它身上，最后乔背靠地摔在了草地上。鲍比铆足了力气，试图从他手中夺走弹簧刀，不过跟乔的大手相比，鲍比的胳膊简直就像一根树枝，又细又短，随时可能被折断。乔怕伤到鲍比，只好松了手，气急败坏地坐到了草丛中。鲍比站在他旁边，手中握着小刀，刀刃露在外面，闪着阵阵寒光。罗拉扔下了鸡架，鸡骨头掉得到处都是。鲍比举起了弹簧刀，他想到了乔治和莱尼，想到了要以大局为重。

鲍比用弹簧刀划开了乔系好的鞋带，迅速把鞋从他脚上拿了下来，又以迅雷不及掩耳之势脱掉了乔的袜子。就像乔卷烟一样，鲍比以极快的速度，用一只手就把乔的袜子团了起来，拿在罗拉的眼前晃来晃去。罗拉兴奋极了，它舔起了甘草一般黑的嘴唇，然后倏地一下，鲍比把袜子团抛向了空中。袜子一下被抛到了树冠上，又飞向了远方，罗拉一看，立刻跟着扑了过去。

"终于找到你了！"主人说着把狗绳系到了狗的脖套上，铃铛又叮当作响起来。"你从哪儿找到了这双又脏又旧的袜子？"

那只狗打了个喷嚏。"过来,咱们回家。"铃声渐渐消失,只剩下树林这边大家一致的呼吸声。

鲍比冲到瓦尔和罗莎站立的地方,两人一把抱住了鲍比。乔把剩下的破烂鞋带扔到了树林里。当他走过去加入大家的拥抱时,他的鞋子从脚上滑了下来。

此时此刻,鲍比终于觉得自己像个男人了,或者说,起码他成了大家的主心骨。鲍比觉得,二者其实是一个意思。

大家一起走进了移动图书馆。

"乔,"瓦尔说,"我觉得现在是时候告诉你了,其实我们是……"

第十二章

猎　人

树冠为天空铺上了漆黑的贴纸,兔子在月光中一蹦一跳,它们的眼睛像镜子似的。移动图书馆里,鲍比和乔躺在地毯上,鲍比的档案就摆在他们面前,之前他从来没有让任何人看过这些档案。它们如此整齐地排列着,鲍比不禁为自己感到自豪。

"这些是我从她衣服上剪下的布料,"鲍比说,"这样她就不会忘记自己有什么衣服了,而且还可以再买一样的衣服。当然,前提是她的身材没有变。"

他当时从树上摔下来的时候,从松针中"抢救"出了一些母亲的头发。他把这些头发压在了地图册中,就放在玫瑰的旁边,现在那些玫瑰已经又平又脆了。在一个信封里,有一些凝着血块的头发,这是鲍比从肚皮的伤口上小心翼翼地拿下来的。里面还混杂了一些乔的金发,不过乔自己都没有辨认出来。乔拿起鲍比母亲的照片,大拇指在她裙子的鼓起处摩挲了几下,突然产生了一个清晰的想法。

"一家人!"他对瓦尔喊道。瓦尔此时正斜倚在一个豆袋坐垫上,在"旅行"的书架下给罗莎讲故事,讲的是《纳尼亚传奇:狮子、女巫和魔衣橱》。

"什么?"

"他们在找一个女人、两个小孩和一辆被偷走的移动图书馆。"

"还有一只狗。"罗莎说。

"对,还有一只狗。但是,他们找的不是一家人。所以,我们可以假装成一家人,我们需要的伪装就是我们彼此。"和其他士兵一样,乔参军的第一课,就是学习如何伪装。他觉得这不仅在打仗中很有用,在日常生活中也是很实用的生存手段。

"你觉得,我们应该就这么走出去?"瓦尔问。

"没错。"

"那你一定是疯了,不然就是傻了。"瓦尔一边说,一边在锁骨边摩挲着手指,好像在摩擦酒杯一样。

"现在只有这一个办法了。在这一点上,你必须相信我。"

"相信你?"瓦尔说道。尽管她觉得乔的建议令人困惑,但事实上,她早已给予了乔完完全全的信任。

他们一起读了一本名为《面部彩绘自学》的书,瓦尔用罗莎的油彩在鲍比脸上画了一只狮子,又在罗莎脸上画了一个女巫。这些都是罗莎的建议,是C.S.路易斯给她的启发。大家当时已经明显感到,罗莎快要发脾气了,所以一致同意了她的提议。

"好了。"乔说,"我们来检验一下自己的成果吧。"

他们走向村庄,瓦尔、乔和罗莎手挽着手,鲍比跟在他们身后,边走边撒纸片。夜色清冷,从烟囱里飘出的烟升向无边无际的黑暗。那是一间乡村小酒馆,又低又丑的建筑是用湿灰岩建成的,前门很小,仿佛造于人们身材还很矮小的年代。但一走进酒馆,空间立刻变宽敞了,里面金碧辉煌,如魔境一般,桌上的蜡烛静静地在烛杯中燃烧。酒馆里散发出湿皮毛的味道,让罗莎想起了纳尼亚。有三个男人站在吧台旁,罗莎感觉他们的脚像是动物的蹄子。

瓦尔、罗莎和鲍比坐在了离壁炉最近的那张桌子上,鲍比觉得自己脸上的彩绘都快被火焰烤化了。那个酒保浓密的胸毛遮住了胸前的金链子。乔从他那里点了两杯柠檬汁和一瓶红酒,用来之前瓦尔给他的钱付了账。

"你们去集市了吧?"酒保问道,乔耸了耸肩,什么也没说。于是,酒保指了指罗莎和鲍比,说:"你们去的一定是旁边那个村子的集市。狮王阿斯兰,还有那个,那个……"

"嗯……对,巫婆。"乔说。

"赢了什么奖品没有?"

"只有几本书而已。"瓦尔从包里拿出两本书,把它们摊开在餐桌上。

酒吧的点唱机里传来阵阵音乐,罗莎和鲍比在胡乱给曲调填词。瓦尔和乔在互相挑战,看对方是否能记起原来的歌词。鲍比闻到葡萄酒的味道,想起以前父亲每次喝醉酒都会暴打自己一顿,所以产生一阵恐慌。但这里什么都没有发生,他们四个其乐融融,几乎已经成了一家人。

其实，这是瓦尔一直以来梦寐以求的状态。她不知道自己是不是在潜意识里希望这一切变成现实。是她同意让大家伪装成一家人的，也是她允许大家一起进酒馆的，尽管她知道，大家可能会因此被逮捕。为什么她要如此冒险？她是不是故意让这一切发生的，好让这世界上最奇怪的第一次约会变成现实？

乔也早已在秘密地期盼这愉快的日常变成现实。他醉醺醺地卷起一支烟，但烟没卷好，中间突了起来。他已经好久没喝过酒了，也惊异于自己竟醉得这么快。他渐渐无力，还有点儿犯糊涂，于是拒绝了瓦尔的另一杯酒。

"你随意。"瓦尔一边说，一边喝光了自己杯里的酒，又倒上了另一杯。她的胳膊现在像橡皮圈一样软，鲍比想让这胳膊紧紧地拴住自己，再打个结。

"我有个主意。"乔说。

"当然，你有主意，这已经是我们的第二瓶酒了。你现在就是一个哲学家。再来一瓶，你就是亚里士多德了。"

"一瓶亚里士多德。"罗莎说。

"罗莎说得太对了，一整瓶美味的亚里士多德。"

罗莎大笑起来，向后靠在了椅背上。椅子只有两条腿着地，重心有点儿不稳，罗莎差点儿摔下去，乔赶紧抓住了她。

"不，我是认真的。"乔说，"你们应该和我一起去苏格兰，去那幢大房子里。它真的非常大，足够我们所有人住进去。而且，没有人会发现你们在那儿。"鲍比吸掉了最后一点儿柠檬水，吸管发出咕噜咕噜的响声。

_181

"一路去向苏格兰?"瓦尔说。

"对呀,为什么不呢?"

"你觉得,我们要是走几百英里,没有人会发现我们?"

"现在,我们正和其他人一起坐在一个酒吧里。我觉得,我们要是去苏格兰,情况大体也差不多。"

"可是现在我们并没有坐在移动图书馆里,那辆车的侧面可是清楚地喷着'移动图书馆'几个大字,而且你要知道,有一大群人正在寻找一辆巨大、破旧的移动图书馆。"

"既然这样,"乔说着改变了再来一杯酒的想法,"你说得有道理。"

瓦尔忍不住为乔的想法感到兴奋,但她并不确定这是否可行。然而,现在嘴里正转着一块冰块的鲍比显然不会轻易被说服。苏格兰听起来是一个很远的地方,他不知道要撕下多少纸条,才能留下痕迹。除此之外,桑尼·克莱正在另一个相反的方向等着保护他呢。

未经修剪的指甲出现在了冰冷的石头地面上。乔抬起头,看到罗拉正领着一个人往这个方向走,那一定是它的主人。罗拉左嗅嗅,右嗅嗅,寻着气味绕着屋子转了一圈儿,最后来到了乔的脚下。

"罗拉!"主人一边叫它,一边拉起颈链,但是罗拉一动不动。甚至乔轻轻地用脚推它,它还是钉子似的站在那儿。主人只好走向他们的餐桌。

"实在不好意思。"主人说道。他的鼻子红红的,样子很奇怪，牙齿上满是威士忌留下的印记，下巴上还有瘀青，像是酒鬼喝醉后撞到了桌子上。

"没关系。"乔说。主人又一次试图拽过狗链，但罗拉还是一动不动。

"它一般不会这样。"主人说。

"没关系，真的。如果它愿意，它完全可以待在这里。"罗拉用侧腹蹭着乔的脚踝，主人跟跟跄跄地走向了吧台，他回头看了狗一眼，好像罗拉已经完全不属于他了。

他们一直待到了很晚，窗外嘶吼的狂风有些吓人。已经快到关门的时间了，酒吧里除了他们和睡在酒桶旁躺椅上的酒保，就只剩罗拉的主人了。他想把手塞进手套里，可是试了两次都失败了，于是他叫醒罗拉，让它那跟着爵士乐节奏晃动的腿停了下来。酒馆关门的时候，他们发现彼此是同时离开的，一起走进了寒冷的黑夜中。

"真是不好意思，"罗拉的主人说，"我再次为之前的事道歉。"

"啊？"乔说，他还沉醉在酒中。

"我是说这只狗。看起来它对你着迷极了。"

"噢，你说这个啊，真的不是什么问题。它可能在我身上闻到了我自己的狗的味道。你知道，狗之间就会这样。"

"没错，我知道，狗之间就会这样。"狗主人继续说，"刚搬来这个村子吧？"

瓦尔用胳膊挽着乔，想把他拉走，但乔太沉了，纹丝不动。

"哦，不是，就是顺便来看看，呼吸一下乡村的新鲜空气。"

_183

男人笑了笑，深表同意，然后大家开始一起往山上走。让瓦尔深感欣慰的是，在狂风的吹打下，自己终于清醒了。

"你们没车？"

"啊？"

"你们没车！？"男人开始吼叫，试图盖过狂风的怒号，"我的意思是，要是你们没有车，这么黑的夜里，走在这路上可真是活受罪。"

"还好，没事。"瓦尔说。

"下一个村子离这儿有十二英里远。我一个本地人在白天都不会走着去，更别说是在夜里，还带着孩子，一会儿还有暴雨。"罗拉呜呜叫了一声，把耳朵贴在头后面，悄悄地挪向乔，像是要去它的神坛。瓦尔推着罗莎和鲍比往移动图书馆的方向走，罗莎高声咯咯笑着，鲍比大声吼叫了几声。"我载你们一程吧？"

"不用了，"乔说，"真的。"

"好吧，如果你们真觉得不用，那也就随你们吧。不过，如果你们是在担心……"男人用手捂住自己的嘴，做出努力挣扎的样子，"如果你们在担心这个，那你们大可不必这样，我车上就只有几瓶威士忌，而且我对这里的路了如指掌。"男人说着打了个嗝。

"谢谢你的好意，不过，真的不用了，晚安。"乔一把推开罗拉，它只好悻悻地走了，这单相思可让它吃了点儿苦头。

乔刚准备追上瓦尔他们，就听见那男人在喊："喂，等等，你从哪儿找到的这件外套？"不过，乔并没有转身理他。

十五分钟后,大家回到了移动图书馆。稀稀拉拉的树影投射在空地上,移动图书馆就掩藏在其中。瓦尔和乔惴惴不安,伯特想索求他们的爱抚,却没能成功。于是,罗莎和鲍比在书架间跟它追着玩。

"他一定会带着那狗再回来的,这只是个时间问题,到那时,你们都会被逮捕,毫无疑问。"乔说,同时抚摩着自己粗糙的胡楂,"你们必须得走了,哪怕只是离开图书馆。"

"我们不能离开图书馆。"

"那你们就会被抓住。"

"那你呢,要去哪儿?"

"我可能会回到树林中,我可以的。"

瓦尔听了这话,心中涌起一阵感伤。"你一个人回去?"

"我可以的。"

瓦尔哽咽起来。"那我们一起走吧,就去苏格兰,我们一起去。就像你说的,他们寻找的正好不是一家人。"

鲍比很确定这不是一个好主意。但是他能从乔的脸上看出来,瓦尔对他的感情让他觉得幸福极了。鲍比有一丝丝嫉妒,并且持续了好一会儿,直到瓦尔把他的头靠在了自己身上,鲍比才感觉稍微好一点儿。鲍比觉得,在瓦尔创造的这样一种无穷无尽、充满爱意的气氛中,什么样的嫉妒都会烟消云散。他想到了桑尼,觉得他一定会很想念自己。尽管他并不确定半机器人还会不会有思念的感觉。

罗莎写下了四个人的名字,一点儿都没有拼错。突然,鲍比有了一个主意。他抓住罗莎的手,两人跑到了图书馆后部,翻腾着杂乱叠放在地板上的枕头。最后,他们找到了那本书,因为被翻过好多次,书页已经变薄了。鲍比把书高举过头顶,兴冲冲地跑向了瓦尔和乔。他手中是一本他们喜欢一起读的书——丹尼尔·马努斯·平克华特写的《橙色奇迹》。

罗莎打开书,翻到最后她最喜欢的那页,上面是正铅先生正在劝告邻居们,说他们的房子可以由自己设计,由自己喷刷,而且房子里面的人都属于一个大家庭,大家都是一家人。他们一起读起了书上的话:

"街道是我们的,我们组成了街道。我们的街道可以任由我们设计,这样我们就可以梦想成真了。"

"我们自己来粉刷移动图书馆吧。"鲍比说。
"那我们用什么工具呢?罗莎的面部彩绘颜料?"乔问。
"不,我们将要进行一场冒险,让我来教你如何搜寻材料。"

乔和鲍比穿过了田野,向商业园走去。在从田野到商业园的一英里路上,鲍比数了两千三百五十三步。夜出活动的鸟环旋下扑,追捕老鼠,大地如一张漆黑的地毯。鲍比还看到一只獾轻快地从他们面前掠过,好似在地毯上刷了一道白漆。獾皮上挂满了倒刺,随着风呼呼扇动着。泥土四溅,火山口的寒风刺痛了他们的大腿,但他们依然埋头前行,丝毫没有抱怨寒冷。

便道的另一边是三座仓库，周围闪烁着安全灯。他们在车流的空隙中过了马路，走到一面铁丝篱笆前。乔用他的断线钳轻易地剪开了篱笆。他们绕到家具库房后面，那是一座用一种他们不清楚的材料建成的庞大建筑。这时，一辆铲车开过庭院，于是他们躲到了一个托盘货架的后面。

"跟在我后面。"乔说。

库房的装货间开着，等待夜间货物的输送。他们手脚并用，爬过了看守的办公室。看守听着广播睡着了，鼾声如雷，甚至盖过了广播的声音。

装货间里异常宽阔，甚至能听到屋顶传来的大风无情地击打瓦楞纸板时发出的令人毛骨悚然的呼号。条形灯的灯光回旋交叉在过道上，零星几个堆货工正在补货，灯光时不时地打在货架上。现在已经过了晚上，还没到白天，是夜晚向清晨过渡的时光。

他们挨着后墙，像螃蟹一样挪了三十九步来到了墙角，但那里太黑了。

"我看不见。"乔说。

"那这次你最好跟在我后面。"鲍比说。

鲍比把眼睛调到了夜间模式，把乔带到了路的尽头，然后穿过另一扇门，来到一个封闭的区域。那里到处散落着碎玻璃和烂盒子。小院中间立着一架很高的黑色垃圾压缩机，看起来并没有什么用。它旁边堆着很多油漆罐，有鲍比身高的三倍那么高，油漆罐上面布满了折痕，已经卖不出去了。他们把所有能找到的白色油漆都装进了旁边的小推车，装了满满两车，里面有玉兰白、灰褐白、象牙白、贝壳白，还有鲍比最喜欢的颜色——宇宙拿铁白，鲍比很享受这几个字交错出现在他舌尖的感觉。不过，一桶油漆的桶盖松了，油漆洒到了鲍比脚上。

他们推着小车走过库房，在出口处停下来抓了一大把刷漆用的滚轮，然后又经过打盹的看守人员，穿过来时的篱笆走了出去。他们穿过马路，回到了泥滩中。鲍比留下了一串鬼一般的白色脚印，这脚印最终消失在了棕色的泥滩里。

推着这么重的油漆穿越田野，让回去的二十分钟路程显得格外漫长，但是他们到达图书馆的时候，距清晨还有一段时间。他们到时瓦尔醒了，她在炉子上烧好了水，给鲍比洗掉了手上的油漆。壁炉的烟气升到了清冷的空中，好像刚刚打完一场仗。

当瓦尔意识到自己已成为一个与人合谋去偷十八升油漆的女人时，内心颇为挣扎。在这之前，她怎么样呢？她喝醉了，异常痛苦，而乔使她清醒了。她坐了下来，然后躺倒了。兴奋的感觉冲昏了她的头脑。

尽管大家都很疲惫，但是他们马上就开始给移动图书馆的车厢刷漆了。他们把所有的白色油漆随意地混在一起，以掩盖原来的绿色。鲍比坐在乔的肩膀上，两人完美的配合使这项任务完成起来也没那么困难了。不一会儿，之前在车体侧面的"移动图书馆"几个大字就完完全全地消失了。罗莎把双手高高地举向空中，欢庆胜利。

"街道是我们的，我们组成了街道。"罗莎说，"我们的街道可以任由我们设计，这样我们就可以梦想成真了。"大家一起欣赏起自己的手艺，四个人，一个挨着一个，好像黏到了一起。

"正确伪装的关键不仅仅是遮盖，还要隐藏你的踪迹。"乔说。伯特跟着他走进了树林，他要确保没人知道他曾在那里露营，他踏碎了自己筑起的洞穴，拆散了洞里的木支架，又把帐篷收起，使劲塞进了一处没人能发现的出水口。

瓦尔用新鲜的泥土填平了火口，又把用完的油漆罐扔进了茂密的灌木丛深处。鲍比再一次爬到了高耸入云的大树上，仔细倾听树冠上叶子的低声细语，这是他听过的最接近和平的声音。鲍比之前几乎没有祈祷过，但是在树顶，在天空开始的地方，没有树枝会干扰他的愿望，因而他大声地祈祷，希望他的母亲能找到他，无论他可能在哪里。

鲍比的母亲走后，他们的门铃就再也没有响过，邻居为他们做饭的热情也削减了不少，但这仅限于辛迪没来之前的很短一段时间。那段时间里，鲍比花了好几个晚上，都没想出来该如何开口和父亲聊天。对两人而言，如果他们完全不交谈，事情就简单多了，于是他们心照不宣地一同决定不说话。

鲍比的父亲热了很多汤，多到厨房墙壁上都冒着番茄的蒸气。有一天，他把一口盛有滚烫汤水的金属锅放在了厨房柜台上，把塑料柜台烫坏了。鲍比就是从那时候开始收集档案的。汤汁干掉后，他会刮下烧焦的脆皮，就是想着有一天能告诉母亲，他父亲的厨艺和她相比究竟有多么糟糕。鲍比和父亲在汤里浸满了切得厚厚的面包，上面还抹着咸味黄油，而在很多个夜晚，他父亲能吃掉一整块面包的四分之三。吃完后，他的肚子会鼓起来，像一块长满斑点和毛发的大圆石，在沙发垫之间移动。而这时鲍比会躺在上面，随着肚皮的起伏听父亲肚子里的胃酸咕嘟作响，并且享受着父亲对他的头发的轻柔抚摩——用他那仅存的九根手指。如果鲍比一直躺着不动，也不说话，布鲁斯就会把胳膊环在他身上，以致鲍比都能闻到他腋下的味道。父亲的胳膊会重重地压在鲍比脖子上，就像奶油冻一样。

这种温柔让布鲁斯感到不适应，所以这种情形并没有持续很久。

汤喝完后，他们就只好吃三明治了。他的父亲完全不擅长做三明治。一刀切下去，面包瞬间就碎了，刀背上还沾着面包皮。白色的面包上还有他的指印。软塌塌的加工干酪和听装的肉罐头，闻起来就像在泳池里泡过的皮肤。吃完以后，鲍比的肚子一直疼到了深夜。

鲍比和父亲都时常觉得难以入睡。鲍比曾试着把枕头翻过来又翻过去，或者把一只脚伸到床垫外面，甚至把一只旧运动袜当成眼罩，但这些似乎都没有用。有一天晚上，他尝试着咬了一点儿安眠药，这是他从母亲的物品里找到的。但他非常害怕，怕母亲回家时他会无法醒来，所以他又跑到洗手间，让自己把药吐了出来。那天晚上，他也做了祈祷。

"下来，鲍比。"瓦尔冲着树顶喊道，"我们该出发了。"天马上就要亮了，昆虫的鸣声慢了下来，但树影还在晃动。

移动图书馆已经准备好出发了。瓦尔把钥匙插进了点火器。

"准备好了吗?"

"准备好了!"罗莎说。

但是,一切都太晚了。伯特高高地扬起头,冲着窗户流起了口水。它听到了一个声音,大家也都听到了,罗拉脖上的铃铛又一次响了起来。

男人一觉醒来,发现自己躺在壁炉旁的地毯上,罗拉正用湿乎乎的舌头舔自己的内耳。他的宿醉很重,酒精还残留在他身体里,他醉后很难完全清醒,而这次的宿醉明显比前两周的任何一次都要严重。他找到自己平时备用的急救箱(就是为了应对这么严重的情况),然后给自己冲了一碗甜粥,上面还点缀着味道最重的酸黄瓜。随后,像平常一样,他啜了一口热的洋甘菊茶,开始听收音机里的新闻,同时试图回想起昨天晚上发生了什么。他记得自己喝了一夜的酒,从车库里的自酿酒开始,然后又喝了朗姆酒,吃了晚餐。接着,他想起自己晚餐之后又去了酒馆,而一如往常,完全没有当地人理他,他之前的醉酒让大家觉得烦极了。

大概就是这些了。昨天晚上大致没什么特殊之处。

无论他的宿醉以什么方式袭来——有时他刚开始只是有一点儿轻微的头疼,但是到午餐时他会头痛欲裂——他第二天都会坚持遛狗。罗拉是他唯一的真朋友,为了回报它的忠诚,他觉得自己起码可以带它去山上散散步。现在天色尚黑,但这样更好,因为一会儿他的宿醉反应就会更加明显。他讨厌自己在白天的时候感到恶心，因为那说明他的酒还没醒。他现在还醉着，所以感觉自己很高大。

他看了看自己的手机——没有来电，也没有短信。他穿上了破旧的皮靴，就在这时，他发现角落有一双绿袜子。袜子团在一起，像手榴弹一样，上面还挂着晶莹的口水。他想起自己曾和一个体形巨大的人聊过天，而罗拉还对他的双脚格外着迷。他有一个妻子和两个孩子，孩子的脸上画着一些他到现在都无法识别的动物。他们四个要从山上步行去另一个村庄，就在那样的天气下，就在那么深的夜里。他曾邀请他们乘车，幸好他们没答应，他想。上次他醉醺醺地把那大车开出去的时候，拖车翻倒在了沟里。不过，那个脖子像榉木一样粗的男人，身上穿了一件他似曾相识的外套。他并没有亲眼见过那外套，而是听人描述过：一件破旧的防雨工作服，衣服是褪了色的淡紫色，衣领处磨损了，肩饰也磨损了。这是有一次他去逛商店时从村里的一个老男人那里偷听来的，他说自己挂在晾衣绳上的衣服都被偷了。那老男人对衣服的描述，完全符合这件衣服的特征。

"乔，等一下……"瓦尔还没说完，乔已经打开门爬出了驾驶室，消失在他们的视野中。罗莎、鲍比和瓦尔静静地坐在那里等了十分钟，直到周围都起风了，树枝像愤怒的拳头般摇晃着，乔还是没有回来。树林深处，铃铛还在叮当作响。

"我是不是应该打开大灯？"瓦尔问。

"不用。"鲍比说着想到了乔口袋里的刀，"我去找他。"

"不要出去。"瓦尔说,但是鲍比已经走了,荆棘拍打着他的小腿。

鲍比跟着罗拉脖套上铃铛的铃声出发了。他跨了五十三个侧步来到了空地边缘的野草丛中,又顺着小溪边跳了七下,第八下他就能绕过那条小溪了。他鞋跟的形状印在了烂泥上,但是他轻巧地从上面跳了过去,就像一只在夜间活动的机灵的狐狸。铃铛的声音变大了。鲍比觉得罗拉应该是在最茂密的树林后面。他沿着石板路小跑了三十秒,然后轻轻一跨就跳到了橡树根上,接着又跨了二十步,就到了树林最茂密的地方。那里的落叶被狂风卷起,地面像海绵般柔软,没人能听到任何脚步声。就在这里,鲍比发现了乔。

罗拉的主人此刻正蜷缩在乔的脚边,乔把那人的衬衫卷到了头上,蒙住了眼睛。他之前拿着乔的一团袜子,试图让罗拉跟着气味找到乔,但现在,这团袜子被塞进了他的嘴里。罗拉在空地周围小跑着,主人的呜咽声让它惊慌失措。

乔很理解自己现在这种麻木而清晰的感觉,他知道自己在做什么,但是他无法停止。这种感觉他体会过成千上万次,从他还是个男孩时开始。那感觉就好像一只鸷鹰突然俯冲过来,用尖锐的鹰爪将他拎起。他就那样盘旋在空中,眼睁睁地看着这个陌生的自己用绳子将那个老男人的手腕捆紧。而他之所以会这样,通常都是因为同样的原因——他很恐慌。现在,他太害怕失去瓦尔、罗莎和鲍比了,害怕失去这样一个临时拼凑起来的家庭,这是他与人最亲近的时候了。而阻止他与这样一个家庭在一起的,在这一刻，就是这个老男人。此时此刻，那个男人浑身颤抖，惊恐冲醒了他的宿醉。乔想，必须做些什么了。

乔把手电筒叼在嘴里，手伸进口袋拿刀，四散的灯光照到了树林中的鲍比。

"你在干什么？"鲍比说。罗拉的主人跳了起来，发出低沉的哀求声。乔瞬间清醒地意识到了时间、地点和那个蜷在他脚边啜泣的男人，以及那个正在看着他的男孩。而鲍比这时也和他一样恐慌。乔不知道该怎么回答，他不知道自己在做什么。

鲍比解开了罗拉的颈链，把铃铛扔进了灌木丛中，然后靠着那个男人蹲了下来。鲍比一边解他手上的绳子，一边对着他的耳朵说："对不起，你回去吧。"男人跟跟跄跄地站了起来，罗拉跟着他回到了大路上。他们一起走下了山，这是他很长一段时间以来最清醒的一次。直到现在，他耳边还回响着那个男孩最后说的话。

"告诉别人，我们正在进行一场冒险。"天呢，男人想，我是不是要来一杯。他知道，没有人会相信自己的。

鲍比拉着乔，回到了移动图书馆。

"你会告诉瓦尔吗？"乔问道。鲍比没有回答他。乔垂着头，闭上了眼睛。他不用看路，因为鲍比会领着他走。

第十三章

动物园

移动图书馆开了远光灯,照着迎面而来的车流,缓慢地行驶在小路上,整个国家被这样的小路分成了不同的部分。乔一直在开车,自从发生了树林里的事后,他基本没怎么说过话。

"你可是个行家。"瓦尔这样评价乔的驾驶技术。

"我平时开的可是坦克。"乔说。

瓦尔把手放在了乔的大腿上。乔精干而结实的肌肉让她立刻变得口干舌燥,她的声音也变小了,像在窃窃私语。乔放松了下来,回想着自己的好运气,但是他的后背突然一紧,他不知道这样的好运还能维持多久。

罗莎把头靠在了鲍比的肩膀上,鲍比在给她读罗伯特·路易斯·史蒂文森写的《金银岛》。每当鹦鹉弗林特出现时,罗莎都会嘟囔一声。这只鹦鹉总是栖息在高个子约翰·西尔弗的肩上。每当弗林特的海盗主人展现出他无情而暴力的一面,谋杀海员以一步步实现自己携带宝藏逃跑的计划时,罗莎就会惊声尖叫起来。

"是不是只有坏蛋才会养鹦鹉?"罗莎问。鲍比思考了一会儿，他想到鹦鹉那坚硬的鸟喙、珠子般的眼睛和弯钩般的指甲似乎都只为撕裂皮肤而生。

"也许吧。"他说道。

"那这些鹦鹉为什么不飞走呢？"

"我不知道。"鲍比说。"我不知道。"他们一起唱起那首"古老的海洋之歌"：

"十五个男人啊，在死人的胸膛上，——呀呼，还有一瓶朗姆！"

鲍比一直在读书，这时他们的车开到了高速公路上，小型汽车在他们周围开始加速，就像小鱼游在鲨鱼的冲流中一样。

快到中午时，乔把移动图书馆开进了服务区的加油处，停在了为长途运输车保留的区域。当他关掉发动机时，突然一阵沉默袭来。

周围到处都是面色疲惫的人，尽管新闻广播里已经报道了数周寻人启事，尽管每次他们听交通广播时都会听到这些人名，尽管他们已经无数次地与别人谈论过这件事（"那样一辆大卡车怎么就消失了？""那些傻瓜警察到底有什么用？""她可能早就疯了，说不定他们会出现在哪片田野的一棵树旁，那个可怜的小男孩早就被撕票了……还是别找了吧。"），但是没有人会想到，那辆全英国都在搜寻的卡车就停在他们旁边。也没有人会想到，那个在车厢后部睡觉的人就是声名狼藉的乔瑟夫·塞巴斯蒂安·威尔斯。他旁边睡着罗莎，因为她现在坚持要求睡在乔旁边，不过乔也不介意。事实上，他喜欢让罗莎把自己的胳膊当作枕头，即使被压麻了，也不舍得挪动一下。

早晨、下午、傍晚、夜间，这些词对他们而言已变得含义模糊，他们根据天色来区别它们。他们能睡觉的时候就会抓紧时间睡觉，如果不能，他们就赶路，他们从不会在一个地方停留过长时间，以免有人多看他们一眼。他们绕着路来来回回地走，这样就可以避免进入城镇。他们总是选择别人不太常走的小路，即使路很窄，他们也会尽量尝试。乔让瓦尔用自己的小刀把银行卡切成了两半，然后在接下来的日子里尽量节省地花剩下的现钱。尽管可能没必要这样，但是他们出行的时候仍会分成两队，母亲和儿子，父亲和女儿，这样他们就可以在乡村的小市场中买些必需品。路边的小摊会卖给他们一些采摘的新鲜水果和蔬菜。农场店会在他们的塑料桶中灌满价格便宜的牛奶。太阳悬空的时候，他们就在田野中停下来吃饭和休息，然后把伯特背毛里黄色的种刺拔出来。他们也会玩纸牌，搭起半成型的小屋，然后又毁掉。乔负责修理卡车，瓦尔做饭，罗莎规整书籍，鲍比用一只生锈的铁皮桶从溪流中取净水。他们在夜间也会继续行驶。

每天都有不同的风景。云朵簇拥在北边雪山的顶部，西边的山谷青翠繁茂，雾气缭绕。湖面如死亡一般寂静，整片草甸屈服于狂风之中。

鲍比开始疯狂地阅读，他一本接一本地读瓦尔推荐的经典书籍。读完之后，他自己又找了好些书来读。他是如何判断自己是否该读这本书的呢？当他把一本书捧在手心，仔细阅读过封底的文字后，感到一种强烈的欲望，好像心底很痒，不得不抓一般，那他就会断定这是一本值得读的书。

罗莎仔细倾听着。当鲍比读出那些角色的故事时，罗莎发现，在她最好的朋友身体里，还住着一百个好朋友。

他们越过苏格兰的边界，把移动图书馆停到了一处弃置不用的火葬场旁，伪装好后来到了国家公园边缘的一个游乐场。瓦尔和鲍比坐了碰碰车，第一次撞击就让鲍比的脸碰到了棉花糖，他的额头因此一晚上都是黏糊糊的。乔在咬苹果的比赛中赢了两个氦气球，他把它们都送给了罗莎。他们沿着攀满蔷薇的小道走回了家——对他们来说，移动图书馆就是家。小道的两旁都是绵羊，气球在天空中追逐着嬉戏。

他们每走到一处，就会留下一本书。有时，他们会把书埋起来，或是藏在一块石头下面。有时，他们会把书摆在明显的地方，这样它就可以轻易地被找到了。他们把一本书放在了一座小山山顶的堡垒中。罗莎把另一本书放在了峡谷里的洞穴便道中。在市场里，鲍比把一本关于小鸟的绘本给了一个哭泣的小女孩，还把陀思妥耶夫斯基的《卡拉马佐夫兄弟》给了一个满脸怨气的小男孩（这是瓦尔的主意——鲍比并没有读过这本书），因为他埋怨爸爸不给他买玩具店中的塑料激光枪。

"这是讲弑父的，"瓦尔说，"过几年他看这本书可能会觉得很过瘾。"

"弑父？"鲍比问道，"那是什么意思？"

"你永远不用操心这个问题。"

必要的时候，他们会从慈善商店买衣服。在一个观光村庄里，空气中弥漫着肥料的熏臭，鲍比为罗莎选了一件紫色的天鹅绒斗篷，它可能是由窗帘改制而成的，而罗莎为鲍比挑了一顶帽子，上面悬着软木塞，就像卡通片中袋鼠会戴的那种帽子一样。

"多么美好的一家子啊。"收银台后的女人对瓦尔说。她的妆容过白，妆还有些花了，就像被冲到沙滩上的浪花。

"我们正在冒险呢。"鲍比说道，罗莎也学他说起话来，"我们正在冒险呢。"

"我就觉得你们会是这样的！"女人的眼睛眯了起来。她认出了那个小女孩，但这是怎么回事儿？她想不通。

"你们干得太漂亮了！我敢说，这绝对不是一件容易的事儿。"那女人对着瓦尔这么说。瓦尔笑了。过去有太多人对她这么说了，好像她的女儿是一个需要她亲自操纵的机器人一般。这话说出来，多多少少是有些伤人的。在那个女人搞清楚这是怎么回事儿之前，他们就离开了。女人的思绪也被她抛在脑后，好像这事儿从来就没有发生过。

"好的伪装的关键就是，"乔一边说，一边跟着大家从移动图书馆的金属台阶上往下走，"在众目睽睽之下伪装。人们只会寻找他们想寻找的东西。而如果我们看起来像一家人，行动起来也像一家人，那我们就会成为一家人，我们就是一家人。"

事实也正是这样的。瓦尔和乔手挽着手，如此温暖，好像两个人连在了一起。不过，罗莎还是没有发现他们两人已经坠入了爱河。她从没见过或是听说过坠入爱河这种事。因为对她来说，爱是永恒的。爱不会来来往往，也不会增长或减少。你不会坠入爱河，也不会失恋。爱是母亲温暖的身体，是热的烤土豆上渐渐融化的芝士，是伯特忠心耿耿地守护着她的盘中餐，甚至都不想多拿一点儿。爱是她对鲍比·努斯库的感觉。爱不会发展，因为爱就是此时此刻的情感，没有过去，也没有将来。爱就是爱。

与此同时，瓦尔的感觉却是截然不同的。尽管她非常渴望这种感觉，但多年以来，她一直在努力地压制它，现在她再也无法抑制自己内心真实的渴望了。这种感觉越来越强烈，从她的毛孔中渗出，好似南加州的岩石表面长出的油苗。鲍比注意到了这一点。瓦尔在"生物学"类书架后面换内衣时，只用一盏桌灯照明，性感极了。她的脸上露出了神秘的微笑，而现在，这个谜题解开了。鲍比决定不把那个男人和乔之间发生的事情告诉瓦尔，因为他迫切地想要瓦尔幸福，这种期望超过了一切，至今仍然没有丝毫改变。他可以自己默默考察乔，而如果有必要的话，他会适时站出来。

他们又接着开了几天车，乔努力地找着他能辨认的地形——任何自他上次离开苏格兰乡村以后，二十年都没有改变的地方。田野陡然变成海岸，绵延的海水拍打着海岸。没过多久，他们就看不到人烟了，甚至看不到远处房屋的灯光，有时他们会误认为那些灯光是低矮的辰星。

"就离这里不远，我确定。"乔在转弯时突然肯定地说道，而在他们开过拱桥时，他吸了一口气。偶尔，他会停下车，站在道路中央用手指把眼前的景色框起来仔细查看。然后，他又摇摇头,继续向前开。在每一个转弯处,乔都会停下车,仔细查看面前的每一条小路。"我向你们保证,已经不远了。"

漫长的一天就要结束了,而在这一天开始时,天空的第一抹云霞还没有出现。空气中弥漫着盐味,每一样东西都像黄瓜瓤一样潮湿。他们已经快开到海边了,靠近英国的最北端,但是还不能确定具体的方位。罗莎又勃然大怒起来,从桥上把地图扔进了湍急的河流,这下他们更不知道自己在哪里了。

"噢,不是吧。"瓦尔说着敲了敲方向盘后面闪着红光的汽油桶形状的按键。他们的车停了下来。移动图书馆白色的一侧溅满了泥污,罗莎的斗篷边缘也早已皱皱巴巴。

"我们现在该怎么办?"鲍比问。瓦尔晃了晃手里仅剩的四个铜硬币。

他们从驾驶室爬了下来。伯特痴呆地看着一只兔子跳进了一个空树洞,然后开始舔树皮上带海盐味的水汽。

"我们不用再做什么了。"乔说。他指着树林的方向,顺着他的手指,可以看到一处低平的灰色大坝,它在海水的冲击下发出一阵阵响声。在大坝的另一侧,顺着他晃动的手指,可以看到浓雾之外,陡峭的山顶上有一座巨大的建筑。"我们到了。"

"城堡!"罗莎尖叫道,声音大到让伯特一下缩回了图书馆。

"差不多。"乔说,同时掰弄着他的手指。鲍比松了一口气。他已经把太多的纸条扔出了窗外,现在他膝盖上的物理教科书上已经没有纸了。对他而言,自己留下的痕迹长度刚刚好。

大家站在路旁,等待瓦尔掉过车头,把移动图书馆开进一条通往松树林的狭窄蜿蜒的小道。乔把树叶和枝杈编织起来，遮盖在车上面，但其实那里没有人迹，只有还没有被玷污的一片荒土。伯特用鼻子掘开土层，发现里面有小鸟的骨头。但它自觉地停了下来，因为甚至连它都知道，有一些地方是不属于人类或狗的。

乔带着罗莎从陡峭的一侧爬上了大坝，他们手牵着手在堤坝上走着。大坝一侧是一望无际的湖泊，深邃而宁静，另一侧则是无底的深渊。窄窄的一条路，划分出两种截然不同的命运。

大家站在气势恢宏的建筑群前，静静地看着，看着它轰塌的砖造物、杂草丛生的花园和破损的屋顶。它和乔之前描述的一模一样。他们从外墙摇摇晃晃地跨了进去，看到面前有一条长长的碎石小路，蜿蜒着越过起伏的地形，直抵大门。在一大片橡树的掩映下，楼门显得格外引人注目，即使没有那令人生畏的哥特式拱门。拱门两侧渐渐向外延伸，消失在了浓雾之中。鲍比再没有见过更加宏伟的建筑了，这里每一个错综复杂的转弯，都好像藏有隐形的魔法，他感觉自己正和别人一起，跌跌撞撞地走过霍格沃茨学院。

大门中央是一个巨大的黄铜门环，被雕刻成了蝙蝠的形状。罗莎抬起门环，在木门上砸了三下，然后藏到了母亲的裙子后面。

乔把门推开一条缝。"你好！"他说，但传来的只有曲折的回声。

悠长的门廊将后墙投入阴影之中。先辈们的肖像已经褪色，好似他们也因无人过问而了无生趣。画上的颜料已经又干又脆。窗格的裂缝间爬满了藤蔓，偶尔有风袭来，就会透过缝隙把落叶

_203

吹到污迹斑斑的地板上。屋里和屋外的界限已经难以分辨。罗莎和鲍比用最大的声音喊叫着,但只有回声传来,因而显得更加寂静。钟表上的时间好像从来都不曾改变过。

罗莎打开一个橱柜爬了进去。

"我们可以住在这里面,瓦尔。"她说。

他们悄悄地走过一间又一间屋子,里面整齐地摆放着落满灰尘的家具。大家紧紧地拉着彼此,生怕走散。迷宫般的走廊环绕着螺旋楼梯,在角落尽头又转回地面。天空仿佛也悄悄溜进了这幢建筑之中,橡柱之间悬着云朵,凝结的水滴从梁柱上滑落。鲍比张开嘴,让冰冷的水珠落入嘴中。

他们途经一间图书室时,不由得停下了脚步。几乎全部的书籍都非常陈旧,书皮是巧克力盒上的金色和绿色,厚实,布满灰尘。书架非常高,乔都无法触到其顶部。整间图书室散发的味道和移动图书馆大不相同。书页几乎破碎,散发出一种优质香草的味道。对伯特来说,这勾起了它对冰激凌的强烈欲望。

这里的房间非常多,各式各样,很难给每个房间都起一个名字。鲍比经过了一间脏兮兮的客厅,里面有弧形的躺椅和铺着绿绒布的台球桌,而当他经过旁边的屋子时,发现两间屋子几乎相同。屋里堆积着动物标本,那些动物的眼神里充满了幽怨之气,有长着多叉茸角的鹿,有静止在潜逃状态的雪狐。鲍比用手指在它们锋利的牙齿上快速划了一下。它们的舌头是蜡紫色的,摸上去又黏又冰。在它们上面,是一只展开双翅的雄鹰。

走过这间屋子就到了厨房,里面的储食柜比瓦尔住过的任何一间屋子都大得多。储食柜里有大量的食物罐头，但已经放置了一年甚至更久，所以散发出阵阵霉味，让鲍比想吐。乔用手指在餐桌上划了一下，又吹散了指尖厚厚的一层灰尘。

又一个小时过去了，他们只探索了庄园的东翼。乔砸了一张古董桌，用它结实的支柱封住了前门，又用剩下的木头烧了火。瓦尔从一个没有建好的温室中找来一些沙袋，用它们封住了走风的窗户。

鲍比动身去探索地下室，他把眼睛调成夜间模式，牵着罗莎穿过了黑暗的走道。成堆的垃圾聚集着湿气，霉菌侵蚀了纸箱，蜘蛛在上面蹿来蹿去。他们找到了发动机、锁链、电池和皮带，还有一辆拆开的复古式摩托车，每一个零件都被拆了下来，摆在粉尘布上，又被遗弃。到处都是机械制品，但似乎没有人太过喜爱它们，好让它们能成功地运转起来。

他们又来到了地下室的另一间屋子，这间屋子比之前的小了很多，也冷了很多，多年以前被刷成了粉色。在最宽的那面墙上有一幅漏印版画，上面画了一个拿着两只气球的小女孩，她正随着气球飘向空中，却被一只狗紧紧地咬着袜子。屋子中间是一张婴儿床，上面结满了蜘蛛网，而蜘蛛网又被床上的麻布压断了。房间里还有一只摇摆木马和一个被遗弃许久的鸟巢，木马空荡荡的胸膛已成了昆虫的家。

罗莎从一个昂贵但失修的抽屉中拿出了一本相册。她一页一页地翻阅着，许多陌生人的故事出现在她的脑海中，比如一个身边环绕着奇珍异禽的人的故事。但是，这故事没有开头、过渡或结尾,只是一个由许多快照组成的陌生的故事。

乔出现在了门口。

"你们不应该下来。"乔说。

"为什么?"鲍比问。

"这里太阴郁了。这些是其他人的回忆——其他人的故事,不是你们的。"

他从口袋中拿出一把巨大的银色钥匙,说:"我找到了这个,我们看看这把钥匙能打开什么东西。"

花园很大,曾经精致的槌球场现在已经长满了野草,甚至蔓出了场地的边界。花园中央的池塘里布满了鸟粪,喷泉池已经干涸。乔在野地中开辟出一条路,背着罗莎跨过了草地——瓦尔看到这一切甚感欣慰。她拉着鲍比的手,紧跟在后面。他们走到花园的尽头,来到一堵墙前,上面爬满了鲜活的植物,向上延伸着。如果鸟瞰这里,那些植物正好描绘出一个长方形,下面是戒备森严的监狱。而在这之上,是苏格兰傍晚钢铁色的天空。

"应该就在这附近。"乔一边说,一边把手插进墙上的常青藤中,摸索着其粗糙而刺痒的表面。

"我们在找什么?"罗莎问道。

乔笑了:"一扇门。"

"就像《秘密花园》里写的那样?"在移动图书馆开过苏格兰边界时,罗莎和鲍比正一起读弗朗西丝·霍奇森·伯内特写的《秘密花园》。尽管罗莎觉得自己没有办法给鲍比清楚地讲出自己的想法，但她想象自己就是故事的女主角，年轻的玛丽·伦诺克斯，没有办法得到富有却自私的父亲的关爱。有一天，在跳绳时，她发现了一座花园，在里面找到了安慰。罗莎第一次探索到了自己之外的世界，她的想象力为她带来了全新的世界，而这想象力，就是她自己的秘密花园。

乔看着瓦尔，等待她的答案。

瓦尔点点头："没错，就像《秘密花园》里写的那样。"

鲍比数了数，他们沿着墙走了四百八十三步后，瓦尔让大家在小径上停了下来。

"在这里。"瓦尔说着指向植物后面的一面墙，那里没有颜色像生肉一样的红砖。瓦尔拨开树叶，墙上露出一扇绿色的木门。乔用刀砍断了入口处的灌木，把钥匙插进门中，锁吱扭地响了几下。门开了。伯特以多年来最快的速度冲了进去，消失在一座废弃的私人动物园中。瓦尔睁大了眼睛。

"其实，我之前并不相信你。"瓦尔对乔说。

"我原谅你。"

瓦尔吃惊极了，她在一架破旧的长椅上坐了下来。他们面前的每一个方向，都有哥特式风格的笼子，比人还要高，上面挂着标牌，写着狮子、猎豹、大猩猩。在这数以千计的铁栏杆背后，曾生存着数百种动物。而现在，笼子空了，铁锈爬上了围栏，笼门在风中摇摇晃晃。空荡荡的笼子带来一种猛然的遗失感，好似幽灵一般。

罗莎每走到一座笼子前，都会学着里面的动物喊叫，她在老虎笼前咆哮,在海豹池前高吠。鲍比顺着主路踢了一脚石头,想象着动物园昔日的繁华,给每个笼子里都装进动物,这些动物都是他在移动图书馆读书时遇到过的。这里曾经该有多么盛大的景象啊!他们走过爬行动物展室,想象着珍稀的蜥蜴在发热的滚木上晒着灯光浴,还有鳄鱼,它们只会为尝一嘴温热的活羔羊爬出人造滩涂。在水族馆,鲍比想象着这里原来有三种鲨鱼共争一池,与热带珊瑚礁为伍。现在,这里只剩下残破的玻璃和蟹壳,就像一场战争后留下的子弹壳。空荡荡的展柜中除了锯屑别无他物,此外还有一道防寒沟,里面聚集着雨水,表面浮着舱底板。

鲍比出发去寻找伯特。他先找了空荡荡的企鹅池,又在一只巨大的笼子里找了一番,上面的标牌说明,这里以前是灰棕熊的领地。他在那里找到了一小撮毛发,把它放进口袋里,打算之后储存进他的档案中。他想,母亲一定会喜欢真正的熊毛的,他记得有一次,在院子中,他父亲把母亲的一件仿制皮外套扔进桶中烧掉了。

伯特坐在那里,抬头看着那些自打它离开丛林里的移动图书馆后,就一直闻到其气味的东西,现在这些东西都真真切切地展示在它面前了。它并不是非常想吃这些东西,而是更愿意用它的嘴,充满爱意地衔着它们。但无论如何,它流了口水,舌头耷拉在外面,就像飞机上的充气救生滑道。它之前从没有闻过这种味道,人造狗粮总是想模仿这种味道,但是用技术手段制成的食物,其味道是瞒不过它这么灵敏的鼻子的。它热切地期望,自己可以和这些东西共处在铁丝网的同一侧。对于像伯特这样年龄已经非常大的老猎狗来说，它已经知道，这世界上其实并没什么东西是值得用力争取的，所以这次，这强烈的愿望显得意义深远。它认为，这值得它用尽全力。

"原来你在这儿啊，伯特。"鲍比一边说，一边走进废弃的飞禽园。就在这时，他看到了一只漂亮的蓝黄相间的金刚鹦鹉。他抬头看去，它的鸟喙弯曲精致，双腿遒劲有力，对趾尖锐。它展开双翅时，鲍比倒吸了一口冷气。

"游客。"金刚鹦鹉叫道。这个词是它从母亲那里学到的，那时它的母亲还没有因为鹦鹉热而死亡。鹦鹉热最后横扫了动物园笼子中的每一个动物，除了这只金刚鹦鹉。

乔、瓦尔和罗莎一听到鲍比喊他们的名字，就立刻赶了过来。没有人可以解释这只鸟是从哪里来的，以及它为什么会出现在这里，但是所有人都被它明艳的色彩深深地吸引了。乔试图打开笼子上生锈的吊锁，但上面的金属链太粗了，没有办法用断线钳剪断。

"唉，真是的……"

"我们能养它吗？"罗莎问。她在墙上的小铜牌上看到了金刚鹦鹉的名字。"我们能养船长吗？"

"我不知道。"乔说。鲍比注意到他的脸色有些苍白，觉得他有恐鸟症。鲍比以前上学的时候，班上有一个女生，因为小时候有一只鸽子飞近她的脸，而患上了这种病。

瓦尔看到船长肚皮下面的羽毛有些破损，那是它用自己的喙刮破的。她还发现，笼子的后部被人砸了一个洞，鹦鹉可以在想飞的时候尽情飞翔。所以，鹦鹉待在笼子里，是一种选择。

"我觉得我们必须这么做了。"瓦尔说。罗莎和鲍比听了，高兴地拥抱在了一起。

"游客！游客！游客！"船长一边叫，一边把脑袋晃来晃去。

乔刚刚把房子中所有废弃的门都封了起来。无论走到哪里，鲍比都能听到锤子的击打声。他顺着梯子爬上了阁楼，又从一个洞中钻出去，爬到了屋顶。即使在那么远的地方，他还是能听到微弱的声响，那是金属敲击木头的声音。他曾经想过，要是自己爬上脚手架，然后从棚顶跳到桑尼的腿上，可能会治好自己的恐高症，但他错了。天空变成了黑紫色，他担心自己会被闪电击中，或是因为距离雷电太近而受惊致死。

他沿着排水槽小心翼翼地走了六步，脚下的高度让他一阵眩晕（据他保守估计，那里应该有两个半双层巴士那么高）。就在这时，他想起了勇敢的桑尼教给他的抵抗恐高症的窍门。瓦片湿漉漉的，好像都被高地的暮色亲吻过，他在腰上系好绳子，然后把另一端系在了烟囱上。在这里，他可以看到方圆数里的景色，北面，东面，西面，穿过空地，越过动物园，一侧是连绵起伏的山脉，另一侧是阴郁幽蓝的大海。周围一片漆黑，只有星星的微光，四下静悄悄的，只能听到船长的叫声，伯特守着它寸步不离，于是它也不停地对伯特说着话。

冰冷的寒风刺痛了鲍比的耳朵，在这样的天气里，痛苦的往事毫无预兆地出现在他的脑海中。但他知道,这是值得的。他把母亲裙子上的布料系在一起,把头发装进袋子里,又把两样东西缠在了一起。这下,他可以认真地装饰屋顶了,就像装饰圣诞树一般。奇特的旗布飞展着,大声地拍击着石面。鲍比看到伟大的自然就这样铺展在自己面前,但这一次,他知道,他无须祈祷。整片大地都在祈祷,在数英里外那些美丽的屋顶上,一定有人在倾听。

乔在立式橱柜中发现了一把气手枪,决定去花园里打松鸡来吃。他曾在伊拉克接受过训练,在等待杀人的时候,他时常有一种极致的无聊感,对此他记忆犹新。可能这就是中尉疯了的原因,乔想。不过,他知道,在内心深处,是死亡、危险和损失每天在追赶着他们,在他们日渐消退的睡眠中惊醒他们。他很快就打到了两只松鸡。射击的感觉棒极了,同样棒的还有享受愤怒,以及在自己最需要的时候遇到一个生死之交。这不就是他为什么来这里的原因吗?他捡起松鸡的尸体,朝房子走去。

晚餐时,他们围坐在开放式壁炉前,享用着松鸡、水果罐头和大米布丁——这是他们近几周以来最美味的一餐。乔找到了一台唱片机,它在一堆变形的黑胶唱片中伸展着黄铜色的鹅颈。他把唱片机的电线连接到了他在地下室发现的电池上。他播放了唱片,摇曳的音乐让鲍比觉得快乐仿佛都藏在这个机械装置里。他们跳起了舞。乔拉着罗莎绕着自己旋转,罗莎的连衣裙飞了起来，身体软塌塌地瘫在乔的臂弯中。之后，他又挽起瓦尔的手臂左右摇摆着。鲍比、罗莎和伯特在一个破旧的小矮沙发上一起看着他们。屋外的一切都消失了，消失在融化的地心，但这已无关紧要。在他们之中，没有谁享受过如此愉悦的感觉，这是一家人才有的舞姿，如此和谐。

鲍比的胃在咕咕作响，这是满足的响声。他闭上了眼睛。如果这世界上根本没有完美的结局，那就让一切在此刻停止吧。

乔从一个脏酒瓶中倒出了双份苏格兰威士忌，他一边喝酒，一边研究着酒瓶上的指印。苦涩的味道袭来，充斥着他的味蕾，但就在晕眩之际，他还在思考，这苦涩之味究竟是因为酒，还是因为这些指印的主人可能是那个让金刚鹦鹉活得如此潇洒的人。一定不是。

他紧接着又喝了一杯，接着又是一杯，酒意足以使他忘记自己坚硬的头骨中挥之不去的那个问题。

鲍比喝完酒回到了自己的房间，这房间在大厅的另一个角落，巨大而封闭。罗莎也去睡觉了，她的房间很漂亮，就在他们跳舞的房间的上面，地板还因火苗的炙烤而温热着。房间的角落里有一个精致的手作娃娃屋。每一扇窗户上的木雕都展示着日常生活的场景：吃饭、坐卧和读书。乔确定，罗莎一定会很珍视这里，远远胜过那些造出娃娃屋却从没有珍惜过它的人。

最后，瓦尔在那个皮面长沙发上睡着了。乔抱起她，瓦尔的双腿缠着他的腰，头倚在他的颈弯处，就像一个筋疲力尽的小孩。他把瓦尔抱进了主卧，一架大床立在房间中央，金边闪闪,紫色的棉帘垂下,支柱四立,仿佛在炫耀宅子落败之前的繁华。他把她放在落满尘埃的床单上,床垫吱扭作响,瞬间又把他拉回了现实。

"你去哪儿?"瓦尔问道。乔手中抓着闪光的门把手。

"上床睡觉。"乔回答。瓦尔转到一侧,在身边给乔空出了位置。乔使劲把门把手向右转,门被锁紧了。

第十四章
动物园园长

"游客！游客！"一根黄色的羽毛飘落下来，旋转着吻上了鲍比的脸颊。他抬头看去，船长正展开双翅拍打着，鼓动的空气振起了他身下的床单。鲍比用枕头遮住脸，担心金刚鹦鹉的尖爪会抓破他的鼻子。鹦鹉的叫声愈加粗响，又戛然而止，铺盖的内胆像雪花般散落。鲍比睡眼惺忪地向外看了一眼，船长飞到了一只伸开的胳膊旁，落了下来，那人穿着一件破旧的黑大衣，前襟布满了污点。鲍比立刻坐了起来，瞬间吓得无法动弹。

"不用害怕，"那个男人态度生硬地说，"我们应该不会伤害你，对吧，船长？"

船长的头顺从地靠向一边，嘴里小而黑的舌头不停地跳动着。男人年事已高，身材魁梧，眼窝深陷，庞大的脸盘上刻着条条皱纹。他杂乱的胡须曾是墨黑色的，现在褪成了淡水河床般的银白色，坚硬的胡须一直下垂到胸膛中央。鲍比想，他年轻时一定也曾肌肉发达。现在，他说话时下垂的胸部会跟着起伏。他的牙齿是棕色的，他的皮肤是太妃糖般的焦黑色。很明显，这个男人更喜欢在户外打发时间。他看起来就像是户外环境的一部分，像是一截树根或树桩。泥灰积聚在他脸上深深的沟壑里，把眉毛分成了四块。尽管他的身体在小幅度地晃动，但他的存在仍给人一种肃静感，仿佛他的生命中充满了孤寂。不知为什么，鲍比感觉自己也安静了下来。

"我是巴伦，"那个男人说，"你呢？"

"哈利。哈利·波特。"

"很好。"巴伦悄悄放下了他藏着的气手枪，手枪滑到了他的口袋深处。他绕着床一瘸一拐地走了一圈儿，他的双肩高低不平，加上肩上的船长，看起来极像一名海盗。

巴伦已经好几个月没有来过这幢宅子的东翼了。相比之下，他更喜欢住在西翼的一间屋子里，因为那里更容易取暖，而且生活用品一应俱全：毯子、床，还有一个可以烤面包和烧开水的壁炉。他仔细想了想，随着冬天的寒气逼进他的膝盖，这些东西的使用频率将越来越高，也许一直到临死，他都不会再来宅子的东翼了。尽管这是一个令人丧气的想法——他毕生都住在这空空荡荡的、祖传的宅子中——他还是接受了这种结果。去他妈的，他想。面对这该死的结局，他想到了一句苏格兰人爱讲的话："让那藤蔓把我了结算了。究竟死亡是什么？死亡不是结局。死亡好比逗号，或是用冒号来作比会更合适。而最为可惜的是，句号到来的时候，这可怜的混账还活着。"

但他到底还是来到了东翼。这天清晨，当他抓着一把坚果去喂船长时,发现那只鹦鹉惊慌不已。

"游客!游客!"船长叫道。巴伦站在阳光四溢的动物园中央,一边是以前关有美洲狮的笼子,另一边是美洲虎的笼子。他抬起头来,看到清晨的第一缕阳光已抵达屋顶。事实上,从地面上望去,他看不清屋顶上挂着什么,不知道那是鲍比档案中的一包头发、一些布料和垃圾,但是他明白,无论那是什么,那都是之前不存在的。单单这一点,已经足以让他准备好气手枪,而且他需要马上就准备好。游客。真的有游客来了。

"巴伦可是个有趣的名字。"鲍比说。

"哼,先别说这个了。能不能请你告诉我,你在这里做什么?"

"我在这里生活,我是这么想的。"

"噢,你现在确实是在这里生活,不是吗?"巴伦有点儿想笑,但是他没有表现出来。他张开手掌,让船长挑食吃。"那在这里生活之前,你在哪里生活呢?你是从哪儿来的?"

鲍比突然感到自己很矮小。也许是因为他们所在的宅子太过庞大,又或是因为面前的这个男人,他像《哈利·波特》中的海格一般体格魁梧。

"我是一个住在现实世界的巫师,我周围都是些不会魔法的麻瓜,像你一样。我有与生俱来的法力,并且受邀到一所特别的学校上学,在学校里,我能学到如何升级我的魔法技能。还有,我可以学会魁地奇。"

"魁地——什么?"

"魁地奇。它是一项运动。你骑着扫把到处飞行，为了抓住金色飞贼。"

"金色飞贼？"

"我之所以来这里练习魁地奇，就是因为这里场地宽阔。这样，我飞的时候就不会撞到树了。"

"真是这样吗？"

"没错。"

"听起来就像一场冒险。"

"的确是这样。"

"尤其是对一个独自出行的小男孩来说。"

鲍比噘起了嘴巴，希望自己卷起袖子就可以施出魔法。

巴伦还不太习惯和人相处，尤其是这个年纪的孩子。他在鲍比的肩膀上重重地拍了一掌，试图向鲍比证明他是那种不会伤害别人的男人。不过，这里距离最近的村落也非常远。这个男孩是不可能一个人来这里的，除非真像他说的那样，他是骑着扫把飞进来的。巴伦已经好久没有接触过外面的世界了，但他确定，孩子们的运动能力还没有像鲍比说的那样，突然进化到这种程度。

肩膀上的这一掌并没有让鲍比轻松多少。如果说有什么感觉的话，那就是这一掌真的太疼了。不过，他还是从这貌似粗鲁的举动中感受到了巴伦的善意。他现在唯一担心的就是，乔会怎么对待这个外人。他仿佛已经看到乔把巴伦绑上了绞刑架，之后乔转动绞刑架，巴伦的双脚离开了地面。鲍比知道，自己有责任让乔冷静下来，就像乔治对莱尼做的那样。即使不为别人，他也要为瓦尔担起这个责任。

鲍比和巴伦一起顺着走廊来到了尽头的卧室。巴伦同意让鲍比这个小家伙把乔和瓦尔叫醒,并且把卧室房门的钥匙递给了鲍比,而鲍比也觉得,这个决定十分明智。乔和瓦尔睡成了 S 形,鲍比看到,床单下的他们赤裸着身体。乔躺在瓦尔身边,他的体毛比鲍比的要重,身形也比鲍比庞大。相比之下,鲍比的身体就是一个由髋骨和肋骨组成的虚弱架子。

"乔。"鲍比一边抓着乔的上臂,一边叫道。

"嗯?"乔仍处在半梦半醒之间,他听到叫声后舔了舔干燥的嘴唇,问道,"怎么了?"

"我希望你先冷静一下。"

"为什么要冷静?"乔睁开眼睛后立刻警觉起来,这是军队经历深深植根于他潜意识中的习惯。"是不是警察来了?"他问道。

"不是。"鲍比回答道。瓦尔呜咽了一声,不想从深睡中醒来。她不只是几周以来没有睡得这么安稳了,而是几年以来都没有睡得这么香过。

"噢,然后呢?"

"这里有一个人,留着胡须。船长是他的鹦鹉……"

"事实上,"巴伦站在床脚,肩上平稳地架着船长,"这是一只金刚鹦鹉。"

乔看见巴伦后,还没来得及穿衣服,就一下子跳下床垫,站到了地上。

"别紧张,"巴伦说,"我们一起去吃顿早饭,怎么样?"

鲍比、乔、瓦尔和罗莎坐在厨房中一张巨大的餐桌两侧，厨房位于宅子的西翼，巴伦住在这里。很明显，这是整幢宅子中唯一有电的地方。墙边放着高高堆起的报纸，有些明显泡过水，应该是下雨时屋顶不断漏水造成的。厨房的一角有一把用毯子盖着的扶手椅，散发出被烟熏过的呛味，旁边是熊熊炉火，舔烫着壁炉面。炉上，巴伦用平底锅烤着面包片，面包是当天早上刚做好的。船长绕着屋椽飞来飞去，瓦尔惊异于它竟然没有被屋中悬浮的闷浊空气熏死。

巴伦拧开了果酱罐的盖子。

"这儿有草莓酱，也有树莓酱，这些都是我自己做的。你们自便。"

鲍比把两种果酱混到一起涂在了面包片上，以尽可能多地盖住焦苦的部分。瓦尔给巴伦编了一个故事，内容大概是他们正在野营，汽油用光了，又迷了路，突然之间看到了这座宅子，觉得它应该是空的。

"我猜，这宅子应该大部分都是空的。"瓦尔接着说。

"是的，你说得没错。"

"您很早之前就住进来了吗？"

"是的。我一辈子都住在这里。"

"只有船长陪着您吗？"

"自从我妻子去世以后，是的。后来，动物们也一个接一个地不在了，有的死了，有的被卖掉了。船长是最后一只抗住疾病的鸟。即使我把钱花光了，也不会想卖掉它的。"

"没有孩子吗?"

"没有。"

"你有电视吗?"乔问。他说着把叉子刺进了大拇指,却丝毫没有意识到。他太用力了,鲜血冒了出来。

"我?没有,从没有。那对我来说就是浪费时间,我不需要,因为无论如何,这里都没有信号。"

"有收音机吗?"

"没有,收音机也没有。那里面只有收不到信号的噪声和这个地方的航运行情预测。我又不是渔民。"

"那电话呢?"

"这里没接电话线。没天线,也没天线支架和卫星信号。没人给我打电话。"

"那你怎么和人们联系?"

"现在对我来说,那又有什么意义呢?"

船长一个俯冲站到了桌面上。伯特看着它吃光了罗莎为它准备的面包屑。

"洗手间在哪儿?"乔捂着肚子问道。

巴伦指向房间的另一端,在闪烁的灯光下,两扇门若隐若现。乔走向左侧的那扇门。

"另一边,右边,"巴伦说,"除非你想在储物柜里撒尿。如果你真想,那后面放着一个拖把和一只桶,别忘了用它们。"

乔站在洗手台边,拧开水龙头,让水池里接满冰冷的水。他脱下衬衫，在全身镜中静静地看着自己，镜子旁是布满污垢的浴缸。他缓慢地摇头，从一边到另一边。没错，他不得不承认，在这样的光线下，从这个角度看，他看起来的确有一些像他的父亲，但只是有一些像，比如眼睛和回旋飞镖一般的嘴型。但是，很明显，这细微的相似并不足以使他父亲辨认出自己的儿子。乔想，巴伦的心到底有多硬，才会完全否认自己的存在，甚至现在，自己就站在他面前，他都完全认不出自己是他的儿子。

乔把头深深地浸入水中，屏气，直到刺骨的寒冷扎进他的脑髓。他在想巴伦的年龄。他年事已高，可能九十有余，但他仍像漂浮在遥不可及的海岸线上的一块巨石，独自忍受着无尽的寒冷。这里没有电视，至少他不会听闻瓦尔、鲍比、罗莎或失踪的移动图书馆的事，所以至少现在，他们是安全的。安全，是乔的心头之重，是他们获得安宁的基础。在他们逃避追捕的过程中，乔已经无法忍受与其他几人的分离了。

如果巴伦不看新闻，他就无从得知儿子越狱的消息，那他也确实没有理由想到，有生之年还会再见到儿子。毕竟，自从乔入狱以后，已经过去了二十二年。但是，对乔来说，回家以后看到此情此景，他立马想到了当初迷宫成为一片火海、化为灰烬的情形，仿佛那就是昨天的事。那火苗仿佛还炙烤在他脸旁，而那火焰，同时也烧毁了他的未来。他现在能感觉到火苗的热度正攀向他的脸颊，于是他又一次把冷水泼在了脸上。

对乔来说，最令自己惊异的，莫过于他此时才意识到，他心底并不希望找到这幢空荡荡的房子，也不希望他父亲已经不在人世。他希望看到他父亲苟延残喘地活着,苟延残喘,但活着,这样他就可以亲手干掉父亲,用这双从父亲那里遗传来的该死的大手。

船长轻敲着餐具柜,伯特在一旁看着,好奇地听着那滴答滴答的响声,入了迷。

"狗!"船长叫道,"狗!"

罗莎上次看到两只动物彼此对话,还是在一本书中,那是拉迪亚德·吉卜林写的《丛林故事》。但那远远不及在现实生活中看到这样的场景来得有趣。

"别看船长身体那么小,里面可长着大脑呢,这多神奇啊!"巴伦说。

瓦尔吃完了自己的面包。"如果您能帮我们,让我们给汽车加些油,那我们就不必再打扰您了。"瓦尔说,"当然,我们会带着歉意离开,因为我们唐突地打扰了您的生活。"

"别瞎说!"巴伦一边拍着胸口,一边说道。他的胸口一天比一天疼,而他也知道,自己今年可能要过最后一个新年了。"你们想在这里待多久,就可以待多久,听到了吗?我这里的屋子都空着,你们却要在这么冷的天气里野营,这说出去是要被别人笑话的。我知道伯特绝对同意,是吧,伯特?"

"但是,巴伦先生……"瓦尔说。

"叫我巴伦就好。"

"巴伦,我们不想给您添麻烦。"

"千万别这么说,女士。你们绝对不会给我添麻烦的。"

乔从洗手间走了出来,冰冷的水珠刺痛了他的前额。他现在稍稍放松了些,但心里还是像蝴蝶在扑腾着翅膀,难以安宁。

"乔,"瓦尔说,"善良的巴伦先生说,我们可以在这里再待上一段时间。"乔犹豫了,标本桌下的烛光投射出的光影遮住了他一半的身躯。

"您没必要这样……"

"嘘,"巴伦说,"是我坚持要这么做的。对了,我知道你们已经大概绕着这院子走了一圈儿。不过,如果由我邀请,让之前英国最北边的动物园园长正式带你们参观一下这里,你们大概不会拒绝吧?"

船长骑在巴伦的肩上,身子随着巴伦的身子一摆一动,好像是巴伦身体的一部分。巴伦带大家来到宅子的最西面,苍白的云团发出沉闷的响声,似乎在抱怨什么,阴郁的光线让紫色的蓟花也沉浸在了悲伤的气氛中。呈现在大家面前的是一座极大的灌木篱墙迷宫,曾经恢宏一时,现在落败得杂草丛生,密不透风。如果他们走近一些,就会看到在新生的叶子下,树枝上被烟火熏过的痕迹仍清晰可见。

迷宫的拐角处有一片湖泊,它将动物园怀抱在中央,又蜿蜒着伸向远方。灰色的天空忧郁地映衬着粼粼波光,仿佛起皱的锡纸。风停了,他们听到了鸭群发出的嘎嘎声,而如果大家听得再仔细一点儿,就会听到巴伦浅浅的呼吸声。

罗莎站在巴伦旁边,仔细看着他掌心的纹路,然后伸手抓住了巴伦右手的食指。巴伦躲闪了一下,又把手放了回去。

"看那里。"巴伦说着指向盘旋在他们头顶的一只灰色的鸟,它的目光让船长惴惴不安。"这是一只隼,它的巢驻在悬崖上,面朝大海。大概十年前,那时我还没有这么老,我曾爬到那上面,拿了它的蛋。放上足够的盐和胡椒,那东西吃起来可是美味极了。"

他们顺着花园的斜坡走了下去,小径枝蔓丛生,两旁的植物已许久没有修剪过了。他们又向左转弯,从侧门走了进去,巴伦以前一直是从这个门进入动物园的。鲍比偷偷看着巴伦的脸庞,胡须很长,脸色棕黄,青筋暴突,就像周围的环境一样。巴伦应该经历过多少风霜啊,鲍比想。

"我的真名并不是哈利·波特。"鲍比说,"那是故事书里的人物。我只是个普通男孩。"

"好吧。"巴伦说道,不过他显然还没有明白,这到底是怎么回事。

瓦尔和乔走在大家后面,看着罗莎玩弄巴伦手指上那些坚硬的老茧。

"意外的好运,对吧?"瓦尔说。

"你指什么?"

"我指在这里遇到巴伦。很明显,巴伦的脾气并不好,就像那只鹦鹉一样,但至少现在看起来,我们和他在一起是安全的。"乔咕哝了一声,但瓦尔误以为他是在表示同意。

"这是欧洲最大的私人动物园。"巴伦一边说,一边拿棍子拨弄着红毛猩猩的笼子。"这里大多是灵长类动物,或是大型的猫科动物,不过也有海洋动物和昆虫。哦,对了,当然还有鸟类。"他轻轻地挠了挠船长头后部明艳的羽毛。

"人们一定可以进来观赏这些动物,对吧?"瓦尔问。

"噢,并不能。私人的就是私人的,这些动物仅供我自己观赏。"

"但是,为什么要这样呢?"鲍比垂下双手问道。

"有些人喜欢收集邮票,有些人喜欢收集艺术品,而我喜欢收集动物。不过,我的'收集'是过去式。"巴伦在一块脏了的金属标牌下停了下来,用袖子把标牌中间清理了一下。

"这里是西部低地大猩猩的笼子。"巴伦说,"它们会大声地拍打胸脯,那声音就像一只巨大的怪兽的脚步声。而这里呢,曾有三只短尾猿,那些小家伙行动起来像闪电一样快,想吃早餐就会尖叫,想吃晚餐也会尖叫……"

"那这里呢?"鲍比问。他靠着泳池跳水台外的栅栏,泳池中央是一个倾斜的基座。

"那里是海狮,神奇的生物,海狮。你扔给它们一个球或几条活鱼,它们就他妈的能高兴上一整天。它们很轻易就会满足。这一点可是比小孩子要好多了,你说呢,瓦莱丽?"瓦尔礼貌地笑了笑,但是没有再多说话。他们走到了动物园的尽头,然后开始往回走。

"他不告诉我,为什么他的名字叫巴伦。"在走向宅子东翼的路上，鲍比对乔说，他们打算在宅子里度过下午的时光。上小山的时候，巴伦气喘吁吁的，瓦尔和罗莎搀扶着他。

"这并不是一个真正的名字，它和我们的名字不一样。"乔说，"这是一个头衔，说明他是世袭的贵族，像国王或者公爵那样。他的父亲是男爵，他的祖父是男爵，他的曾祖父也是男爵。这个头衔代代相传，传了几个世纪，并且只传给男丁，一直到这一代。不过，他决定把这个头衔留给自己，不再继续传下去了。"

"已经成定局了吗？"

"对，已经是定局了。"乔咳嗽了一下。

"我们没有必要成为我们父亲那样的人，对吧？"快走到门口的时候，鲍比问乔。

"对，"乔说，"我们不会。"

第十五章

一家人

宴请巴伦是瓦尔想到的,因为她想表达对巴伦好客之情的感激。起初,巴伦并没有接受邀请。"呵,请别客气。"

　　但是,瓦尔坚持。

　　"如果你坚持要这么做,那我一定要带上自己酿的威士忌,船长也要为大家献上自己的种子作为食物。"他的笑声从支气管中传出,传遍了整个客厅。

　　尽管巴伦想尽力多活一段时间,可是人类在命运面前是多么渺小啊,巴伦也知道,自己时日不多了。在之后的几天中,孩子们总是环绕在他周围,小男孩总是滔滔不绝地谈论自己的母亲,不然就是那个有关半机器人的荒谬故事,那个虽然已建造成功,但鲍比还没见到最后成果的半机器人。而那个小女孩对周围的一切都备感新鲜,尽管大家都知道,这是很久以前留下的遗产。耐心是巴伦从未有过的美德。也许是因为一个人生活的时间太长了,所以他太久没有锻炼自己的耐心了。这就像许久未用的肌肉总是会变虚弱一样。即使他想微笑或是点头,也要费上很大的力气。巴伦想用这样的表情给大家一个安慰，以使大家相信他很享受这样一起度过的时光，很欣喜于大家给他的生活带来的变化。但事实上，他只是在静静地等待，等待自己能最终回归平静的那一刻。

鲍比仔细看管着自己的档案，以确保没有任何东西会被一夜之间从屋顶上吹走。除了袋子上有一条小裂缝（是被瓦片划破的），大体来讲，档案还是完整的。

午后，乔和鲍比开始给移动图书馆加油，用的是巴伦藏在马厩后的一个闲置油箱，这是巴伦为一个暂时不用的发动机准备的。乔和鲍比用手推车把它推过大坝，推到了移动图书馆旁，用虹吸管给图书馆的油箱加了油，油点溅脏了乔的靴子。

太阳下山前，乔又出门去打松鸡。湖滨的芦苇轻轻荡漾着，沙沙的响声诱人极了，好像可以让你全身放松下来，恢复平静。他坐下来，点燃了一支烟。袅袅升起的烟雾让他想起了过去，那次，他就那么看着，看着一整座浩大的迷宫化作灰烬。那时和此时，同样的空气，同样的阳光，一年之中的同一天。

瓦尔和鲍比坐在台阶上，石阶顺着斜坡蜿蜒而下，直抵小溪，小溪又汇聚到隆隆作响的瀑布旁。鲍比把头靠在瓦尔的膝盖上，瓦尔大腿上的温热使鲍比的脖颈感到十分舒适。

"你和乔可以收养我，"鲍比说，"这样我们就可以告诉身边的每一个人我们究竟是谁了，我们没必要再遮遮掩掩了。"

"我不确定自己能否收养你，鲍比。从严格意义上讲，我是一个绑架者，更别提还偷了一辆大卡车。"

"但你们就是我的家人。"瓦尔把鲍比的手腕放在嘴边，亲吻了一下。她感到子宫内出现一阵痉挛，好像被一把小刀迅速划了一下。这样的疼痛来源于她深知她的子宫才应该是孕育鲍比的地方。这个男孩应该是她的孩子。鲍比出生在了一个错误的地方。

"他们会把我们抓起来吗？"

"不，没人会抓我们。只有坏人才会被抓起来。"瓦尔自己也不清楚，说这话的时候自己是否在撒谎。罗莎走了过来，倚靠在两人身旁。这就是家庭，也是人类的谜题。

相对而言，这顿饭着实算得上一场盛宴。对巴伦来说更是这样，二十多年来，他都是靠自制汤汁和过度腌制的咸菜度日的。他也精心做过一些食物，但都喂了动物，而动物又太多，他的钱财自然也就消耗殆尽了。他卖了很多动物，所得的钱财让他支撑到了今天。现在，他唯一的愿望就是死在船长之前。一想到那只在屋椽之上暗自神伤的鹦鹉，他就止不住绝望起来。自他妻子过世后，他再没有为谁伤心过，即使伤心，也只是为一些有爪子或翅膀的动物。

刚刚从地里采摘的新鲜蔬菜——土豆、萝卜和一把没长好的韭菜——配上乔打来的松鸡和瓦尔在储食室找到的陈年积货，堪称一顿称心的炖菜。巴伦多烘焙了一些自制面包，大家用它把盘子擦了个干净。伯特钻到长凳下面，津津有味地吃着罗莎掉到腿间的面包屑。船长则站在它平常的位置，偶尔用身体的一侧蹭蹭巴伦耳朵边厚厚的老茧。

"所以，你从没见过其他人？"鲍比问。

"有时偶尔会看到。"巴伦一边心不在焉地和鲍比说着话，一边聚精会神地吃着他的第二份饭。

"什么时候？"

"一年两次。一次是在春天，一次是在洪水后下雪前，我会开车下山，去村子里。如果道路畅通的话，大概二十英里吧。那里可以买到些应急的补给品，不过，那个收银台旁的女人知道，我不是那种爱聊天的人。"

"你妻子怎么了？"

"鲍比！"瓦尔阻止了他，"这是非常敏感的问题。"

"没关系，"巴伦说，"可以理解。她去世了，就这样。人总是会去世的，不过，没有什么会真正终结，任何事物都会继续下去。"他盯着自己的盘子发呆。鲍比之前见过这种表情，他父亲的脸上就是这样——没有表情。最亲近的人去世后，人们分辨生死的能力也会逐渐退化。

当巴伦得知妻子的生命无法挽回时，他唯一努力争取的就是保住他们未出生的孩子，他诚心地向上天祈求那会是个女孩。这样的话，他妻子完美无瑕的面庞，他如此深爱的面庞，就会被复刻下来。然后，小女孩会长大，这样妻子的生命就可以在新的躯体中延续。然而，妻子生下了一个男孩，她的面庞也就永远消失了。对他而言，值得悼念的远不止是妻子在地下的躯体，而是一种执念。妻子去世之后，他再没有觉得谁值得自己关注。以前每当凝视妻子的面庞，他都会感到灵魂是充实的，而现在，保留这种充实感的唯一方法就是把钱财花在奇珍异禽上，因为它们也是自然之美的象征，就如同他的妻子一样。

在巴伦看来，新出生的那个男孩的身体长得太快，笨手笨脚，丝毫没有遗传他母亲的高贵与体面。这个孩子好像只是自然杰作的一个注脚，分外碍眼，配不上自己家族世代遗传的称号。他一有机会就会把孩子丢下，而且从没有让他踏入过动物园一次，去看看那些珍稀的动物，那些他花一生时间照料的动物。他一直在等待一个能摆脱这个脾气暴躁的男孩的机会，而这个机会来了，只因一根火柴，在孩子只有八岁的时候。

"我妻子去世后，我开始收集和饲养动物。第一只动物是雪豹。你们能想象吗？在苏格兰的最北端，竟然有一只凶残的雪豹！它同样也是大自然出彩的作品，但已濒临灭绝。它淡绿色的眼珠和身体上玫瑰状的斑点，让你觉得它就像玩具一样，总想抱一抱它，但谁能料想到，它一秒钟就能把你撕得粉碎。它们有时看起来威严，有时看起来平易近人，但是它们骨子里有一种冷漠、一种残暴，是永远不会消失的。它们表面上的可爱只是一种吸引你的伎俩，一旦你被吸引过去，就会被咬得连骨头都不剩。所以，现在你明白了，这种动物只可远观而不可亵玩。"

罗莎学了一声熊吼。巴伦笑了，又给自己倒了一杯三重威士忌，然后把杯子向乔倾了倾。

"来点儿酒？"

"不了,谢谢。"

"来吧。你们露营旅游,一路走到了高地,怎么能不来一杯火辣辣的威士忌呢?"

乔用手挡住杯口,说:"真的不用了,这样就挺好。"巴伦注意到,乔下巴的皱褶处有一个凹痕,和自己的一模一样。

"再给我讲讲动物吧!"鲍比说。

巴伦出神地看着天花板上的梁柱,仔细地回想了起来。"雪豹之后,我又买了很多大型猫科动物。有狮子和母老虎,还有一两只美洲狮。后来,我又买了猴子,之后是鸟。这些动物花了我几百万英镑。当然,饲养它们也得花钱,所以,没过多久,我的钱就烧没了。这个老地方也化为灰烬,于是我开始一只一只地卖掉这些动物,那种感觉就像一次又一次地把自己身体里的一部分拱手让人。现在什么都不剩了,更别提还有多少钱了,这里只有我和船长。我不能卖掉这个地方,我不想这么做,因为我自打生下来就住在这里了。我现在要留着这宅子,一直留到我不能留为止,以后怎么样,谁管他呢!船到桥头自然直。"

鲍比想到了威利·旺卡,他把自己巨大的巧克力工厂传给了唯一心存善念的男孩查理·巴克特。他曾在移动图书馆里给罗莎念过这个故事,当时罗莎靠在他身边,两人的呼吸此起彼伏。

"你身边没有一个可以让你把这宅子传给他的孩子,这真的是太可惜了。"瓦尔说。巴伦用手指顺了顺胡须,指甲被胡须上的结卡住了。一些面包屑掉了下来,在桌子上弹了几下。

"唉,"巴伦说,"我觉得,你说得没错。"乔一跃而起,脖子

_235

上青筋突起,好像皮肤下藏着跳跳糖。

"我要上厕所。"

"门在右边。"巴伦说着将手里的苏格兰威士忌一饮而尽,他的速度太快,以至杯子里的冰块还棱角分明。他又倒了一杯,这次更多一些,又是一次痛饮,一下就喝到了杯底,他的胸膛倒映在琥珀色的玻璃杯上。每喝一口酒,他看起来就更瘦削一些,黑眼圈越来越重,好似要吞没他的双眼。这种悲伤的感觉蔓延到了全屋。鲍比的脚趾最先感受到了这种悲伤,之后这种感觉向上延伸,漫上他的双腿和躯干,然后传至他的双臂,最后充斥了他的头脑。

乔回来了,脸上满是冷水,眉边泛着鸡皮疙瘩。

"现在我想喝了那杯威士忌。"他说。

"太好了!"巴伦说着又给自己倒了一杯。罗莎和瓦尔打开了大米布丁罐头,这是在火上的锅中热好的。为了使口感更好一些,她们还加了红糖。船长在蒸气之间飞来飞去,大家吃得很快,在食物冷掉之前就吃完了。瓦尔注意到,汤匙在乔的手中微微发颤,敲击着空碗的边缘。

"你还好吗?"瓦尔问。

"他好着呢!"巴伦说着声音突然大了起来。乔把汤匙放在桌上,指着巴伦的方向。

"这些年来,宅子里的其他地方,你应该都没怎么去过吧?"

"没错,我大概想不起来其他房间都建在哪里了。"

"我看到屋顶有些地方都塌落了,地下室还长了三株野生的植物,这里应该打理打理了。"

"你说得没错,我没怎么在这边住过。的确,这是一座宏伟的老建筑。不过,它们正在腐朽。没有遗迹,就不算历史,不是吗?"

乔手上的关节发白,暴露在外面,就像一只狂犬的尖牙。"你可以现在修缮,还不算太晚。"

"没用的,我马上就不在人世了,我又不能把这老宅子带走,不是吗?"

"但这宅子这么完美,不把它和别人分享,多么可惜啊。"

"我跟你说过,我曾和别人分享过这宅子,和我的妻子。"

"但你们没有孩子……"

巴伦把手里的汤匙摔在了碗里,巨大的声响过了好久才消失。"你是想说我很贪婪吗?"巴伦说。

"呃,我……"

"贪婪是个有趣的词,不是吗?让一个人变得贪婪的,是另一个人手里的权力。这个世界就是因为贪婪才运转起来的。渴望拥有更多的钱财、更广阔的土地,比你的邻居更富有。这个世界不就是这样吗?"巴伦的身子向上探了两英寸,说:"所以,什么叫贪婪?"

乔向后缩了一下。小时候,他经常因为父亲而担惊受怕。现在这种感觉又回来了,尽管他竭力想掩饰这种感觉,但它还是刺痛了他的胸口,使其出现一阵抽搐。他的身高、年龄和力量,在父亲面前都意味着零。他现在又是一个小孩子了,挣扎着想适应父亲的影子。"我不知道。"

瓦尔从没有见过乔像现在这样,双臂环抱着膝盖。

"请您平静一点儿。"瓦尔一边说,一边困惑为什么他们好像颠倒了角色。"可能你们两个现在都有点儿醉了,对吧?"巴伦没理瓦尔,瓦尔现在有些能体会乔的感受了。

"那让我来告诉你。"巴伦说,"贪婪是一种强烈的、自私的欲望,想得到本不属于你的东西。"他猛地站了起来,高出了乔一截,又把身子向前倾,两人的脸离得非常近。鲍比猛然发现,两个人长得极其相像。"但这幢宅子是我的。这里所有的一切,这里的土地、动物园,以及我们现在吃的食物,都是我的。所以,如果这一切本来就是归我所有,那这就不叫贪婪,不是吗?但是,如果有人想得到本不属于他的东西,那才叫贪婪。比如,这幢宅子。"他对着拳头咳嗽了一声,说:"所以,告诉我,乔瑟夫,谁才是贪婪的?"

乔松开捂着眼睛的手,瞥了一眼父亲,他的眼中充满了愤怒。"你认出我了?"瓦尔和鲍比听到这话瞬间愣住了,但巴伦忽视了他们。

"看到你的第一眼。"

"可你当时什么都没说。"

"当然,因为我想给你先道歉的机会。"

"道歉?"

"为你的暴脾气而道歉。还是说,你忘了以前的事?"

如果说乔真曾自私而强烈地渴望得到什么东西,那就是他父亲的爱。他被锁在动物园外面,孤零零的,听着动物的号叫,一切壮观的景象只能靠想象。如果得不到,那毁灭就是最好的方法,于是他点燃了那根火柴,烧了迷宫的外墙。大风吹过,大火烧毁了150米长的篱笆墙,直到再没有东西可烧。

"我不觉得自己该道歉。"乔说。瓦尔把手放在了乔的胳膊上,示意他不要这么倔强,但乔松开了瓦尔的手。

"那你是想让我道歉,因为我把你送走了,是吗?"

"不是……"

"你想让我道歉,因为我打发走了一个暴怒、不服管教、不可理喻、危险的小孩,把他送到可以帮助他、关心他、让他安全的人那里?"

"你从没想让我来到这个世界上。你从没想让我继承这片土地。甚至,你都从没想让我继承你的头衔。"

"即便在你小时候,我也已经是个老人了。乔瑟夫,我能怎么样呢?你就是想让我为这些事道歉,不是吗?"

乔站了起来,身形魁梧,说:"我并不想要你的道歉。"

"那么,你来这里的原因就正如我想的一样了。贪婪,完完全全的贪婪。你千里迢迢回到这里,就是想要争夺房产和土地,不是吗?你回来,就是因为你有强烈而自私的愿望,想得到一样东西——那就是我的头衔,男爵。"巴伦砰的一声把拳头砸在了桌面上,原本聚在一起的面包屑一下散了开来。

"请别这样。"瓦尔的声音颤抖起来,"您这样会吓到小孩子。"

"哼,坐下,女人。"巴伦说。

鲍比一听这话,脖子上的汗毛都立了起来,像被一层冰霜裹住了。他看到巴伦的胡须上有唾沫在闪闪发光。"别这么对她说话。"鲍比说。

"拜托，"巴伦笨重地坐回座位，吃力地从酒瓶中倒出一些苏格兰威士忌，说，"哈利，鲍比，管你是什么名字。你要知道，还轮不到你这个小孩子来管教我。"

乔扫了一眼桌面，看到了汤匙、碗和餐刀。他的脑海里浮现出一幅画面：他手拿餐刀捅进那个老家伙的肚子，肠子掉了出来，像血红的水母在地板上蠕动，然后伯特凶残地扑上去，一口把这老家伙的肠子吞个精光。乔的拳头开始发颤，腿上的肌肉绷紧了弦，他已经蓄势待发，要冲过去直击这老家伙的喉咙。

就在这时，他瞥到了角落的鲍比。鲍比摇了摇头，先是微闭双眼，然后又睁开。乔看到了鲍比深棕色的眼睛，一瞬间平静了下来。之前从来没有任何一个人可以让乔这么迅速地镇定下来。

"那么，就让我来告诉你，"巴伦说着将一只手伸进他的斗篷，似醉非醉地在口袋里摸索气手枪，"你永远也别想得到我的东西。我的一切都属于我的家族，而你，从不是这个家族的一分子。"乔其实可以看得出来，悲痛已经把这个老人折磨得不成样子，他为父亲感到遗憾。不过，这遗憾只持续了一瞬间。"你从来不是我的儿子，乔瑟夫。在你母亲去世的那一刻，你和这个家族就没有一丁点儿关系了。"

突然，鲍比尖叫一声，腾地一下从桌后跳了起来。他衬衫上浸满了汗水，就这么从房间冲了出去。

一二三四五六七。一二三四五六七。一二三四五六七。金属撞击，凹陷，他的头颅砰的一声撞到了挡风玻璃上，他被甩出了窗外，他的身子摔落到了对面的车子上。这一切，他都听得格外清晰。

鲍比坐了起来。他用手掌从上到下地检查自己的胳膊、腿和头发，发现自己毫发无损，甚至连擦伤都没有。他曾恐慌地等待着，等待着嘴唇撞上钢铁，嘴里鲜血直冒，但这并没有发生。一切都很宁静，如地狱般宁静。

玻璃碎片崩裂到了整个机动车道上，轮胎冒火，上面的车体变成了一团废铁，一个轮毂罩在路面上颠簸了几下。汽油燃烧产生的火焰让鲍比感到新奇，几秒钟前他还坐着的那辆车瞬间已经凹陷不堪，锋利的钢铁刺破了浓烟。

布鲁斯·努斯库爬出扭曲变形的驾驶室，他的鼻子被安全气囊撞坏了。他不知道自己在哪里，烟雾太浓，呛得他直咳嗽，一下，两下，三下。然后，他挪到了安全区中央，坐在刚刚被自己撞坏的栏杆旁边，一道扭曲的血迹一直蔓延到他脚边。

鲍比突然对父亲涌起一阵怜悯，猩红的血浸透了父亲的衣衫。他想搀扶起父亲，他想为他和母亲还没做的事情道歉。于是他就这么做了，就在马路边。

"抱歉，爸爸。"

"你为什么道歉？"布鲁斯问道，鲜血从他的舌根涌了出来。"为什么？"

"我们本来打算在沙滩那里逃跑的。我们想让你给我们买一个冰激凌，然后趁你不在时消失在人群中，让你再也找不到我们。"布鲁斯揉着头，吐出一颗牙，吐到了斑马线上。

_241

"好吧,没关系。"他说,"没关系。"

鲍比绕过车,走到副驾驶一侧的车门前。

"妈妈,"他对着车门说,"我告诉他了。即便我发誓时说这个誓言比其他所有誓言加起来都要严肃,我还是告诉他我们的计划了。"他打开了车门。鲍比的母亲跌向一侧,身上还系着安全带。她死了,肚里的孩子也死了,但她看起来仿佛还活着,脸上十分平静。鲍比之前从没有见过母亲这样的表情,他吻了吻母亲的嘴唇,她柔软的双唇仿佛新鲜的樱桃。

夜色降临,云朵晕染着繁星,大地一片漆黑。但鲍比看得非常清楚,他赤着脚跑着,越过长长的野草,跳过荆棘和石块。只用了十五秒,他就跑到了花园中央的喷泉旁,这里能听到远处瀑布的落水声。只用了十二步,他就跨过了二十四级台阶,来到了东翼宏伟的门廊旁。他顺着走廊迈了七大步,半路稍微停了一下,因为需要绕过古老且停摆的大笨钟。他穿过客厅,路过通向老侍从房间的斜坡,然后就来到了盘旋向上的扶梯边。他花了六分四十三秒爬上了阁楼,又顺着通往屋顶的小洞爬了上去。这里,他的档案挂在粗粗的烟囱上,中间系着一条浸湿的绳索。

在地面上,瓦尔、罗莎和乔正在疯了似的寻找鲍比。他们找遍了动物园的角角落落,伯特努力嗅着鲍比的味道,却只闻到了狮笼中浓烈的气味。罗莎找了爬行动物区,瓦尔搜寻了昆虫室,乔查看了每一个笼子,还翻开了熊和猿睡洞中腐烂的干草捆。然而，没有人发现鲍比的踪迹。

乔走向迷宫的入口，就在这时，罗莎高兴地喊了起来：

"鲍比·努斯库！鲍比·努斯库！"她指向屋顶上的身影，那个身影被月亮的光芒笼罩着，如此完美。

鲍比盯着地面，眼睛像猫头鹰的一样圆。鲍比的双手放在臀部，双腿岔开，站在距地面八十英尺甚至更高的地方。

"不要！"瓦尔喊道，"等我。"鲍比看着瓦尔张开的双唇，想要亲吻上去。他想知道亲吻瓦尔和亲吻母亲的滋味有什么不同。瓦尔跑向屋子，乔做好接人的姿势，以防万一。

瓦尔气喘吁吁地爬上了屋顶。

"鲍比，"她说，"从屋顶边下来吧。"

"她死了。"鲍比说。他举起拳头，里面紧攥着一根绳子，绳子的另一端是装有他档案的包裹。他让那包裹绕着头顶旋转着，就像一只螺旋桨，嗖嗖的响声切割着周边的空气。鲍比放开了绳索，他的档案——头发、衣料，还有其他的一切——都从他手中飞离，随着一声巨响重重地摔落在迷宫深处。月光晕染着他的脸颊，泪痕好似萤火虫在飞舞。

这个世界是不存在结局的，福祸相依，生生不息。

瓦尔站在鲍比身后，鲍比跌在了瓦尔怀里。瓦尔想，他是我的孩子。

地面上，乔松了一口气，全身终于放松下来。罗莎牵住了他的手。

"我爱你。"她说。

乔和巴伦是多么不一样啊。尽管巴伦对幼时的乔有种种影响，但所幸乔最终没有成为他那样的人。听到罗莎的话，乔有生以来第一次感到胸中涌起一阵自豪感。巴伦是对的，他们并不是一家人。

乔知道自己不会杀巴伦了，因为世上有远比死亡更糟糕的结局。孤身一人留在这里，再没有现在所拥有的爱，就是这类结局中的一种。

乔看到空中闪过了什么东西，好像就在屋顶旁边。距离鲍比太远，他看不太清鲍比的身形，但他确实感觉到有东西在随着风轻微地摆动。他又仔细搜寻了一番，终于，狙击手所独有的耐心让他发现了那个东西，它就在排水槽旁边。

"在那儿，"乔对罗莎说，"你看见那个东西了吗？"

罗莎顺着乔指尖的方向看去。"嗯，"罗莎眯着眼睛说，"我看见了。"

"那是什么东西？是那只蠢鹦鹉吗？"

"我知道那是什么。"

"快告诉我。"

"一根电话线。"一瞬间，乔看清了那东西。一根铜线，一端通往宅子，另一端通向院子的另一侧，那里是无尽的平原，之前巴伦从没有带他们去过。月光下，远处竖着一支金属的尖形物体，是一座高压线铁塔。那根电话线，将他父亲的声音一直传到了南边的村庄，那里有人在等巴伦，等这个英国最北端的动物园园长的电话，等了二十年。没错，巴伦有一部电话。

第十六章

鸟

在乔和罗莎赶回巴伦的住宅前,他已经走了。

"我们必须离开这里,"乔说,"马上,立刻。"罗莎没有说话,她知道乔是对的,于是开始收拾东西。没过多久,瓦尔和鲍比也回来了。他们四个人拥抱在了一起,头对着头。乔跪下来,尽力把头低到鲍比的高度,对着鲍比问道:"你还好吗?"

"我还好。"鲍比点点头,任由乔抚乱自己的头发。

"你呢?"乔站起来后显得更高大了,好像他从地底吸取了精华,又陡然长高了很多。"我们现在必须离开这里。把我们的东西都收拾好,不是我们的东西一概不要,因为我们不需要。"

"巴伦是你的父亲?"瓦尔问。

"我应该早些告诉你的。"瓦尔把头依偎在乔的胸膛上,听到心脏在他胸腔里跳得怦怦响。"我还有一件事必须告诉你。"乔说。

伯特低吼了一声,惊慌失措地跑到房间左后方的那扇门旁,开始抓挠门底,那里透出一丝微光。里面是一间储藏室,此时此刻,那里正传出什么声音。

"游客!"

尽管那扇门锁着,但是乔轻而易举就把门锁连同螺丝之类,从门框上拉了下来。里面的储藏室是巴伦那间屋子的两倍之大。

"游客!"船长用爪子挠刮着屋顶上的木橡,碎屑散落下来,在昏暗的房间里飘荡。地面上堆满了一叠一叠的旧报纸,纸页潮湿泛黄,旁边只留出一条穿过房间中心的窄道。成捆的现金到处散落在地板上,纸钞和银币随意地放着。房间的另一头是一台巨大的电视机,正在播放新闻,旁边是一台收音机,吱呀作响,上面落满了厚厚的灰尘。

"进来吧。"巴伦说,他坐在房间中央一张巨大的皮沙发里,右腿上摆着一部电话。"但愿那个男孩镇静一点儿了。那么不镇定,对谁都不是一件好事。"

巴伦现在正用遥控器前后快进着一段录像,瓦尔有点儿希望在电视屏幕上看到自己的照片。瓦尔曾想过,在现实生活中,而不是在这个她编造的故事中,别人眼中的她是什么样的形象。一个绑架儿童的罪犯,一个变态,甚至是一个恶魔,电视上用的是哪一张照片呢?十年前,在她拍护照照片时,闪光灯失灵了,她的脸只有一半是亮的,双眼周围是暗沉的,她的头在身后的墙上投下一片巨大的阴影。那张照片好像给她下了诅咒一样,没过多久,罗莎的父亲就离开了她。她一直在想,那台照相机是不是捕捉到了她的真实形象——一个被黑暗魔鬼跟踪的女人。

她在电视上并没有看到自己,而看到了一个她没有想到的人——乔。或者,像字幕上写的那样,"乔瑟夫·塞巴斯蒂安·威尔斯",他巨大的身影若隐若现地出现在监视器图像上,加速,减速,倒退,暂停。他的头发剪得非常利落,胡楂理得非常干净。同样,他也有一张背靠墙站着的照片,不过在身体一侧,标有他的身高。六点四英尺。他看上去甚至比这还要高,他现在就站在她身边,说:"我之前本来想告诉你的。"

瓦尔用胳膊护住罗莎和鲍比,让他们靠在自己身边,自己站在孩子和那个男人中间。在屏幕的面部照片上,他显得心力交瘁。

画面突然又切换了,他的双眼直勾勾地盯着前方(没有瓦尔喜欢的笑容,或是笑起来像月亮一样弯的双眼)。鲍比认出来了,这段录像是从一架军用直升机上拍的,就是乡间谷仓的那一段。聚光灯环绕着屋顶。一个农民从屋中走出来,他显然被媒体惊扰到了,不断地擦着前额,担心他的田地里藏着什么危险的东西。之后,画面上出现了一个警察,那是吉米·萨玛斯侦探,他看上去非常年轻,好像并不能胜任这次搜捕工作。

"威尔斯从军事监狱中逃出……"

瓦尔倒吸了一口冷气。

"你不知道?我的天啊,你竟然不知道。"巴伦一边说,一边转过他的椅子。"这就是你没有告诉你小女朋友的故事,乔瑟夫。不过,她也给你编了一个自己的故事。两个在逃犯,真般配啊。我都等不及邀功了。"

"问题青年,经常出入寄养家庭和少管所……"

"我觉得应该让她了解你的小脾气。看起来,你现在的脾气还是那么暴。真是可惜,不过,我提醒过警察们了,不是吗?他们来抓你的时候,我告诉过他们了。小时候的小脾气像微风,现在变成了狂风般的大脾气。"

乔用拇指和食指按着自己的太阳穴。

"你做了什么?"瓦尔问乔,同时抓紧了孩子们。鲍比挺起胸膛,从瓦尔身后挺身而出,随时准备为保护瓦尔做出反击。

"把一个男人的脑袋打成了肉泥。"巴伦说。

"并不是这样的。"乔坐在闪闪发亮的美洲虎填充标本上,这样说道。

"哦,我想你最终会知道,我说的到底是不是事实。并不是其他人的脑袋,是他的中尉。一点儿也不夸张。"

"你杀人了?"瓦尔问。

"不。"乔说。

巴伦大笑起来:"羞耻地出狱会让你再次直接从家回到军事监狱的。当然,当新闻上说你越狱的时候,我就知道你会回来找我。我只是惊讶于你竟然过了这么久才来找我。这么一个暴脾气的小孩,现在变成了暴脾气的男人。"

乔叹了一口气:"他说得不对。我没有杀死任何人。我救了一个人。"

在乔看来,那个变态的中尉布拉斯和自己的父亲简直相似至极。他从没有任何感情,相反,他固执而讨厌。不过,有一点值得称赞的是,他表里如一,一直都那么固执而讨厌。如果说乔从寄养家庭到军队的生活中缺少了什么东西的话,那就是一致性，而这也是他参军的原因。在军队中，他可以找到纪律，那里的人也许能控制他的脾气。而这也成了事实，因为那个中尉所拥有的，恰恰就是一致性。他们最后一次进军伊拉克时，在那里待了十个月，每天面对的都是死亡和尸骨，而那位中尉也越来越张狂。那一天，在巴格达的一处屋顶上，夏日的阳光肆虐，他终于疯了，他的大脑似乎被战火中野蛮的枪声炖煮了。

"他想让我打死一个小男孩，他冲着我的耳朵尖叫，让我扣动扳机，打死他。"乔现在回想起来还能感到枪压在他肩上的重量，准星将眼前的景物分割开来，而枪口的另一端是男孩的上嘴唇。"那个小男孩手无寸铁，所以我拒绝了，我不能打死他。中尉看到我在所有人面前无视他的指令，异常愤怒，他开始攻击我。"

巴伦朝地板上吐了一口棕色的痰。"一派胡言。你就是个畜生，应该被关在笼子里。你自打出生就是个畜生，从来不是我的儿子。"

"不，别相信他的话。"乔对瓦尔说，"我跟你说的都是真话。"

中尉狠狠地揍了乔一顿，把他的眼睛都打肿了。其他士兵就站在旁边，但他们没有任何办法，只是震惊地看着这一切。中尉从乔手中夺过手枪，瞄准了男孩。

枪砰的一声响了，好在乔及时推开了枪管。中尉气急败坏，把枪口对准了乔。

"我打了他。就那么一次。但这就够了。"乔说。中尉的枪掉了，乔反手抓住了他的双臂，中尉变成了一个被钳制住线绳的木偶。在中尉的眼中，乔看不到任何人类的感情。

男孩获救了，但中尉没有。乔看着这一切，就好像看着迷宫被烧毁一样，整个世界在几秒之内发生了翻天覆地的变化。从那时起他就知道，这件事会像鬼魂一样跟着他一辈子。

"你打死了他？"瓦尔问。

"没有，"乔说着眼眶湿润了，流下了泪水，"他还活着。"

"苟延残喘地活着。"巴伦说，"那个可怜的浑蛋，这些年不就像一棵白菜？轮椅上的植物人，只能用吸管喝流食。"

"我救了那个男孩，"乔说，"我救了那个男孩。"他说着啜泣起来。瓦尔走到他身旁，抱着他的头，用手指轻抚着他的脖子，乔产生了一种他之前从未有过的感觉。

"我没想伤害任何人。"

"我知道，"她说，"我知道。"

"哼，女人，别跟我说你会原谅他这一点。乔瑟夫，你是一个坏人，一个残忍的人。"巴伦说道，大腿上的金属气手枪让他感到一阵寒意。"你是一个在逃犯。我就知道把你送走是正确无比的选择。我从没为这件事感到愧疚。"这是假的，他很多次都因为愧疚而无法入睡，而现在，看着儿子在瓦尔的怀里哭泣，这种愧疚再次向他袭来。不过同时，他更加嫉妒，这种感觉不同于小孩子的嫉妒，更容易让他气急败坏。

"而你，你这个女人，只有像你这样的人，才会原谅像他这样的人。"

"闭嘴。"乔说。

"从父亲身边绑架了一个小男孩……"

"我说闭嘴!"乔十分愤怒,他停止了哭泣。尽管屋子里很冷,他脸上却满是汗水。

"就让鲍比傻乎乎地拿着那个大罐子吧,里面有他母亲的头发。别跟那个傻家伙说,他妈已经死了。"

"闭嘴!"乔大吼一声,愤怒地站了起来。要是现在能撕裂这个老家伙的喉咙,该有多爽!要是能亲手掐死这个老家伙,看着血从他软塌塌的皮肤上流下来,亲耳听着他咽气,该有多爽!

"杀了我吧。"巴伦说。

"我会的。"

"你该这么做的,乔瑟夫,你应该这么做。你一路走来就是为了这个。"乔想象着自己一把捏碎了父亲的老骨头,拳头中发出动听的声音。乔冲向巴伦,一把掐住了他的脖子。

"停下。"鲍比说。

乔停了下来,但并没有松手,他转过身看着鲍比。"为什么?"他说。

"巴伦不是你的父亲,因为你丝毫不像他。"

乔看着鲍比,瓦尔站在他身边。他又看了看罗莎和伯特。他们站在一起,以那样的顺序站在一起,就像壁炉上挂着的全家福,相框上镶着古色古香的金边。在他们身后,正好给他留了一个位置,一切恰如其分。这让这个巨人动容了,他一下子双膝跪地。

"我们走。"瓦尔说。

巴伦对此感到恶心。他又喝了一杯威士忌,但难以下咽。他站起身来，拿出口袋里的气手枪，对准了互相拥抱着的四个人。

罗莎的暴脾气毫无征兆地爆发了。她感到刚才那些争论让她气愤难忍，她刚刚在不断地掐嘴唇周围的肉，现在那里一片瘀青。这是她平生第一次试图控制自己的情绪，而她几乎就快成功了，直到最后一刻，在该爆发的时刻，她彻底爆发了。罗莎看到巴伦从身后走近乔，拿起手枪，枪口对准了他们。她一跃而起，冲向他的上腹，把巴伦整个人踢到了空中，又让他重重地落在了一堆报纸和停止流通的硬币上。

巴伦一阵眩晕，他扶着自己的肋骨，喘不上气。他眼睁睁地看着鹦鹉从屋檐上俯冲下来，停在了乔的肩膀上，然后被带出了房间，但他说不出一个字。

四十分钟后，警察终于到了，他们来的时候没有看到任何车辆，除了路上遇到的一辆白色卡车。巴伦的宅子并不好找，而在众多房间中找到巴伦，又花了三十分钟。现在，他一个人坐在那里，盯着天花板。

"你确定？"吉米·萨玛斯侦探来了，开始询问巴伦。鉴于这个老男人现在一脸沮丧，他觉得这也许不是现在最有用的线索。

被这样一个傲慢的人质问，巴伦无法假装自己很享受。"当然，我很确定。"

"他和其他人一起吗？"

"是的。还有移动图书馆的女人和孩子们，就是几周以来新闻上一直播的那个。你们要好好注意自己的工作啊。"

吉米·萨玛斯侦探已经习惯忍受长者的傲慢了。他开始觉得有些无聊。无聊，傲慢，他都可以忍受。他唯一不能忍受的是谎言。"这是怎么一回事儿？"

"这个问题应该我问你。你是侦探。"

萨玛斯此时本应该在家中陪着怀孕已久的女朋友看电视，两人的腿舒适地放在鹅绒被下。"那你没看到移动图书馆吗？"

"没有。"

"所以，他们都不再开那辆车了？"

"我所知道的就是，他们之前把车开到了堤坝那里。不能因为那个混账没有打我，就放过那个疯子。他们全都应该落网。你自己去找，撒网去找。"

萨玛斯侦探合上了他的记事板，扫了一眼屋子四周。他已经迫不及待地想要离开了，谢天谢地，只剩最后一个问题了。"您叫……"

"巴伦，叫我巴伦就好。"

"对对，巴伦。您和乔瑟夫·塞巴斯蒂安·威尔斯有什么关系吗？"

巴伦用舌头舔了一下他的后臼齿，发现那里有一块湿掉的发霉面包屑。"没有。"他说道，然后把面包屑吞了下去。

第十七章

机器人计划

- 第二部分 -

乔向南开着车,他已连续驾驶了二十四个小时。警察是不会找一个孤零零的卡车司机的,即使他们想找这么一个人,也要把他和其他成千上万的卡车司机区分开来,而在英国拥挤不堪的公路上,这样的司机有很多。这给了乔足够的时间去思考巴伦,而这也是人生第一次,他突然对这个人没了任何感觉。这种感觉并不是好像巴伦已经死了,而是他好像从来都没有存在过。巴伦变成了一片虚无,乔越要仔细看,就越是什么都看不到。在这片虚无里,爱和恨,所有的一切都不复存在。

他与瓦尔、罗莎和鲍比的所有交流都是通过对讲机进行的,他们藏在图书馆后部,等待,阅读。

伯特凝视着船长,船长在有关"动物学"的书架上筑了一个巢。如果瓦尔不了解情况的话,她会以为伯特已经没胃口吃东西了。

"这不科学,"乔的声音断断续续地传来,"狗怎么会谈恋爱呢?"

"可能不科学,但这就是事实。"瓦尔说,同时放下了手中吃了一半的三明治。他们一定会被逮捕，但这带给她的伤感已渐渐平息。她最担忧的是，他们刚刚进入彼此的生命，就又要分开了。她希望他们的故事可以在此时此刻结束，在大家还在一起的时候，就在移动图书馆里，相融为一。

每读完一本书，鲍比就会从洗手间上方的窗户缝中把书投出去，留在路面上，一个个故事就这样留下了一条轨迹，越过了苏格兰和英格兰的边界。瓦尔允许鲍比为母亲伤感，尽管看着这个孩子进入无限的伤感循环中令她心痛不已。伤感是一个移之不去的痛点，你只能远离，它不会消失。在这个世界上，没有足够的空间让你足够地远离它，但是随着一分一秒过去，一毫一厘过去，你终会把它甩在身后。每当路上有坑的时候，移动图书馆的金属车身就会摇晃起来，这时书架上的书本就像学习飞翔的小鸟一样，振翅欲飞。

罗莎赶走了鲍比身边的孤独。她坐在鲍比身边，胳膊下夹着一沓纸，手中握着一个装满蜡笔的盒子。

"你想和我玩儿吗？"她问。

"不。"他说。他又读了一遍膝盖上摊开的那本书的第一个段落。那是伊恩·弗莱明的《飞天万能车》。遇到交通堵塞时，卡拉克塔克斯·波特发明的飞天车会长出巨大的机械翅膀，飞离麻烦。鲍比希望移动图书馆也可以做一模一样的事。在空中，没有人能抓到他们。

"鲍比·努斯库，你想和我玩儿吗？"罗莎又问了一遍。鲍比转过身去，发现罗莎写下了他们的名字。鲍比·努斯库，罗莎·里德，瓦尔·里德，乔·乔，伯特。她的字明显有了进步，漂亮的花体整齐地排列在纸面上。这些名字不再一团团地缠在一起，而变成了一排漂亮的黑色墨水字迹。不过，在个别几处，笔迹好似拥抱在了一起，或背对背互抗着，就像为了求生一般。

"你想玩儿什么？"

她不知道。罗莎没有为接下来的事情做准备，她从不这么做，而这也是鲍比喜欢她的众多方面之一。她提醒着鲍比，冒险还没有结束。

"我知道我们能去哪儿了。"鲍比说。瓦尔之前一直在听乔随意地哼着小曲，她现在关掉了对讲机，转向鲍比。与第一次见面时相比，鲍比的身材变了很多，但她直到现在才发现这一点。他的身形更宽了，开始有了棱角。

"你说什么？"

"我知道我们能去哪儿了，我知道哪里能让我们安全。"瓦尔发现鲍比正在经历变声期，粗糙的嗓音是他将要成为男人的第一个荣耀信号。

"你真的知道吗？"

"没错。"鲍比说着咧开嘴笑了笑。他把手伸进了衣服的后口袋，拿出一张破烂的纸条递给瓦尔。要知道，他们现在没有太多选择，所以鲍比的想法也许是个好主意。

他们在晌午时到达了英格兰南岸，在那里，水鸥笨拙地哄抢着屋檐上的面包屑。镇边新开了一家大型商店，这使商业街的独立商店纷纷关了门。因此，当大型运货卡车在原本安静的街道上来来往往时，居民们不再惊奇。乔把移动图书馆停到了主干道旁的一排废弃的车库后。

对讲机响了。

"我们到了。"乔疲惫地喊了一声，随即沉沉地睡在了暖和的皮椅上。

移动图书馆的金属台阶降了下来，鲍比走了出来，阳光刺痛了他的双眼。

"等我一下，"他对瓦尔说，"我一会儿就回来。"他沿着长满杂草的便道走向街道，瞬间发现自己正独自一人走在人群之中，这是几个月来他第一次单独行动。他摇摆着自己的胳膊，希望这样可以让他看上去没那么在意自己期望的结果。他走过马路，来到一幢破旧不堪的房屋前，周围是一排同样破旧的住所。屋顶上少了好多块石板，整幢房屋看起来就像牙齿不齐的小人儿，摇摇晃晃的烟囱就像满是酒气的嘴巴中衔着的一根抽过的雪茄。他小心翼翼地走近房门，干脆利索地轻轻敲了三下门。

桑尼·克莱应门的时候，脸上没有任何表情，他让鲍比想起了图腾柱上刻好的面孔。但是鲍比知道桑尼现在有多么高兴，因为桑尼的声音高了一个八度，他们紧紧相拥在一起。

"我的天呢！"桑尼喊道，他关上了身后的门，以免母亲听到什么响动，然后又把声音降到了耳语的音量，"我的天，鲍比·努斯库。怎么回事儿，你怎么来了？"

"你让我来找你的呀。"

桑尼瞥了瞥路的一头,又扫了一眼路的另一头。"对,但那时你还不是世界上最有名的小孩。"

"那我现在是了?"

"其中之一。"

"能见到你太高兴了,桑尼!"

"我也是!"

"你有多高兴?"

"咱们现在先别讨论这个。"桑尼一把把鲍比拽了进去。他们迅速跑进了桑尼的卧室,那是一间破旧的房间,冰冷的砌砖暴露在外面。墙上歪歪斜斜地挂着几张破碎的海报,是动作明星互相厮打的画面。

鲍比从牛仔裤后面拿出一个包装好的礼物递给桑尼,桑尼连忙撕开了包装纸。里面是一本书,泰德·休斯的《铁巨人》。

"这是送你的礼物。"

"为什么送我礼物?"

"庆祝你成为半机器人。我知道这并不容易,但是亲爱的朋友,你做到了,你真的做到了。"

对桑尼来说,他刚刚度过了一个孤独的夏天,紧接着又是一个沉闷的秋天。在这个新的小镇,他没有朋友,而他无法微笑,这让他连讨好同学都无法做到。他觉得自己像一只蛹,无法挣脱身上厚厚的茧。最糟糕的是,他变形的结果非常不如人意。他一直在头痛,他的胳膊很脆弱,他的双腿疼痛难忍。最近几个月,他被迫面对了现实，他没有变成半机器人，他只是一个身体中装满金属的男孩。

而这一切最明显的证据就是，他极其想念鲍比。这让他每天都寝食难安，这种思念变成了一种疼痛，像电钻一样击穿了他。要知道，半机器人可是不会想念别人的，他们的程序里没有"渴望"这种情感。但现在，鲍比就站在他面前，诉说着自己的想念，而桑尼不仅仅是鲍比最好的朋友，更是他的保镖。他做出过承诺，现在，他正兑现着这个承诺。

"当然，我成功了。"桑尼说。

"感觉怎么样？"

"非常好。"

"更强大了？"

"没错。"

"你现在还需要吃饭吗？"

"有些时候，但只在紧急加料时才会。"

鲍比将手捏弄得咯咯响，他看不出来桑尼是在撒谎，桑尼的脸上丝毫没有撒谎的表情。

"太好了，"鲍比说，"我有一个任务给你。"

桑尼坐在床边的地板上，他扭动了一个机器人玩具上的发条，看着它在地板上走向门口。"有一个任务？是什么？"

"我有了一些新朋友，我们需要保护他们。"

"保护他们远离谁？"

"警察。"

"警察说你被绑架了。"

"我没有被绑架，我经历了一场冒险。"

"有很多人都在找你。"

鲍比坐在桑尼旁边，把一只胳膊环在他的肩上。现在，鲍比是两个人中比较强壮的那一个，他突然意识到自己长大了不少，这种感觉很奇怪，就好像他能回望过去一样。现在，他是那个可以保护别人的人，而不是桑尼。"我知道。"

桑尼母亲的吸尘器在嗡嗡作响，振动通过地板传了过来。

"所以，究竟发生了什么？"鲍比闭上了眼睛，以一种两人都理解的方式给桑尼讲起了故事。毕竟，故事的确会发生在像他这样的人身上。

第十八章

儿童故事

— 第一部分 —

有一个男孩想要施魔法，让母亲重新拥有生命。这就是为什么他的口袋里会有三十撮母亲的头发、十二种母亲的香水，还有二十五块从母亲裙子上剪下的布料。

然而，男孩最大的难题并不是如何施展法术。他住在一座孤岛上的一间小房子里，而要想到这里，只能通过一架摇摇晃晃的木桥。在木桥下，生活着食人魔和他的女朋友。他们不喜欢男孩，对他非常刻薄，每一天都如此。食人魔的刻薄害死了男孩的妈妈。如果食人魔发现男孩准备施展法术，他一定会大发雷霆。他已经害死男孩的母亲一次了，他不想再费力害死她一次。

为了保护自己免受食人魔的伤害，男孩要为自己建造一个机器人。这个机器人将会是世界上最强壮的机器人。首先，他要建造机器人的双腿，因为没有双腿的话，机器人就无法站立或行走。建造完双腿，他还要建造双臂，因为如果没有双臂，机器人就无法挑起或运携物品。最后，他要建造机器人的大脑，因为没有大脑的话，机器人什么都做不成。

建造机器人的大脑是最难的事情。这需要非常多的电线、开关和按钮。正是因为建造机器人的大脑太困难了，男孩出了一点儿小差错。当他把所有的零件都组装到一起时，机器人的眼睛没有闪光，这并不是他料想的结果。而就在他思考如何解决这个问题的时候，另一件糟糕的事情发生了。

他的机器人被偷了。

现在，没有人可以保护男孩免受食人魔的伤害了。男孩非常悲伤，而当一个人悲伤又孤单的时候，是不会想住在一个需要过食人魔桥才能到达的地方的。

男孩开始在街上闲逛，他逛遍了各个地方，不知道接下来该去哪里。于是，他在一丛巨大的绿灌木旁坐了下来，吃起了树上美味的莓果。

这时，他听到了一种之前从没有听过的声音，那就是马蹄的嗒嗒声。马匹停在了灌木丛边，这样它也可以吃些树上长着的莓果。之后鲍比看到，马背上驮着一位公主。不过，这位公主头上没有戴皇冠，也没有长长的鬈发需要梳理。总之，这位公主很特别。

当一只丑陋的三头狗冲公主吼叫时，男孩看着公主的眼睛，发现她也非常害怕。毕竟，她也没有那么不同。

他把公主带回了她的城堡，那里有她的妈妈，也就是女王。男孩觉得，女王是自己见过的最美丽的女人。她非常体贴，而最重要的是，她对公主的爱超过了其他任何两个人之间的爱。

女王是两只动物的主人。一只是懒惰的狗，它除了巧克力什么都不吃。另一只动物是一条巨大而友善的龙,她允许男孩骑在龙背上。

没过多久,男孩、女王和公主就开始每天一起坐在龙背上享受阳光,为彼此讲故事。

他们逃向山顶的小森林,决定就在那里休息,在那里没有人会发现他们。男孩现在非常高兴,因为他可以用所有的时间和女王、公主、狗以及龙待在一起,不再需要担心食人魔和三头狗。

有一天,他们遇到了一个洞穴人。他对男孩很好,女王想要回报洞穴人,于是同意让他蜷睡在龙温暖的肚皮旁边。

当猎人来寻找洞穴人的时候,洞穴人惊慌失措。于是大家全都伪装起来,骑着龙冲进了夜色。

他们要去找一座山,那需要走很长很长的路,但是途中他们并没有被发现,他们成功地抵达了山上的动物园,一个洞穴人从儿时起就印象深刻的动物园。他并不是生下来就是洞穴人的,他是后来变成这样的。而如果你有一个像动物园园长一样的父亲,你也会变成一个洞穴人的。

动物园园长是一个古怪的老家伙。他拥有世界上各种各样的奇珍异禽,但是他把这些动物锁在他的动物园里,不让别人欣赏它们。正相反,他开这个动物园完全是为了自己。他住在动物园旁边的一幢巨大的宅子中,那里有一百万间卧室,但是他不允许其他人住进去。而他最坏的一点就是,他假装不认识自己的儿子——洞穴人,即使洞穴人就站在他面前。

洞穴人想把动物园园长绑起来,但是他没有,因为就在那一瞬间，他意识到了一件非常重要的事情，而这也是一直以来，男孩试图教给他的事情。

心里的一家人，才是真正的一家人。

一个家不一定非要有父亲、母亲、儿子或女儿，充满爱的地方就是家。而对这些人来说，尽管你觉得难以置信，但他们的内心已经充满了爱……男孩、女王、公主和洞穴人。

他们骑在龙背上一起离开了，而动物园园长眼睁睁地看着他所有的动物都逃跑了，甚至包括那只他最爱的鸟。他现在是世界上最孤独的人。

他们以最快的速度飞翔着，因为他们需要寻找一个机器人。

第十九章
机器人计划
- 第三部分 -

桑尼用手指从上到下抚摸着移动图书馆的一侧。它看起来比电视新闻上要大得多,而且现在呈现出一种脏脏的白色,并不是他印象中的绿色。

几周前,吉米·萨玛斯侦探查访了桑尼的新家,因为庞德老师说桑尼是鲍比在学校唯一的朋友。桑尼的妈妈让年轻的侦探拿了三块她早上刚烤好的酥饼。侦探出于客气没有拒绝,尽管对他来说一块已经足够了。吃到第三块时,他感到一阵睡意袭来。当桑尼的妈妈解释她为什么搬向南方(为了离多病的父母更近一些)时,萨玛斯侦探足足闭了一秒钟的眼睛,这一秒太漫长了,差点儿让他睡过去。当他再次睁开眼睛的时候,桑尼的妈妈已经说完了。

"嗯?"萨玛斯侦探问。

"哦,我刚刚是说,搬到这里可能对桑尼也有好处。亲爱的侦探,你一定参加过战争吧?"

萨玛斯侦探看了看桑尼。之前没人跟他说过这个男孩的情况，他觉得自己面对的是一个异常严肃的小孩。他觉得自己有点儿坐立不安，像个小孩子似的。为了让气氛轻松点儿，他讲了两个笑话，不过一点儿也不好笑。尽管如此，桑尼还是愿意笑一下的，如果他能笑的话。他刚刚对这个侦探有了一点儿好感，不想让侦探太过尴尬。

"鲍比·努斯库有没有联系过你？"萨玛斯问。

"没有，警官。"

"他有没有跟你说过一个叫瓦莱丽·里德的女人？"

"没有，警官。"

"那他有没有跟你说过，他跟学校的几个男孩闹过矛盾？"

"没有，警官。"

这个案子让萨玛斯有些慌张不安，而且他刚刚和怀孕的女朋友吵了一架，因为他不在家的时间太长了。萨玛斯把笔记板摔在了自己的膝盖上。这是上一任侦探留给他的礼物，但萨玛斯并不太喜欢。他觉得这让他看起来像一个政客，会让别人在潜意识上觉得他惹人讨厌，并且不值得信任。毕竟，对他的工作来说，这些特征会不利于他获得有利的结果。不过，他还是用了这个笔记板，尽管上一任侦探并不在场，他还是不想有所冒犯。

"你知道鲍比·努斯库为什么要离家出走吗？"

桑尼想了好一阵，这段时间太长了，以致萨玛斯侦探已经想到了否定的答案。"你去过他家吗？"桑尼问。

萨玛斯侦探看了看他给桑尼准备的问题清单，而那个男孩，

_271

现在正坐在他脚边的地毯上。"不好意思?"

"你去过鲍比·努斯库的家里吗?"

"去过。"吉米·萨玛斯说着回想起了鲍比冰冷的房间和带着破洞的石膏板;回想起他那呼吸中带着辛辣酒气的父亲,以及他家里那台坏掉的电视机;回想起鲍比父亲的大手、缺失的手指和发炎的残肢。和鲍比父亲说话的时候,萨玛斯听出了一种出乎他意料的语调。后来他才辨认出来,那是一种放松的语调。鲍比走了,他父亲备感轻松。

"那你已经知道答案了。"

"我已经知道答案了?"

"没错。"

"答案是什么?"

"他并没有离家出走,因为他不可能离开他并没有的东西。"

萨玛斯拒绝了桑尼妈妈递来的另一块酥饼。他谢过桑尼的妈妈,锁上了公文包,决定再也不用那个写字板了。"最后一个问题。"萨玛斯说。

"可以,是什么?"

"鲍比可能来这里找你吗?"

桑尼摇了摇头,他很庆幸自己面无表情,不可能显露出任何撒谎的痕迹。"不可能,"桑尼说,"他连我的新地址都没有。"

鲍比坚持让桑尼按下移动图书馆后部的按键。桑尼震惊极了,机械阶梯旋转而出,展现在他面前。门开时,瓦尔出现在门口。她看起来和电视上完全不同,温柔,健康,美好。在桑尼说话之前,瓦尔拥抱了他。

"我听说了你的很多事情。"她说。

"我也是。"桑尼说。这段时间,瓦尔的名字几乎覆盖了所有的新闻。媒体给她定了性,说她是一个美丽的白人女嫌犯(除此之外,还是一个绑架者)。其他所有新闻都没有这条的影响力大。相比之下,就连那个在逃军事犯的新闻也没有那么令人印象深刻。而现在,桑尼看到那个军事犯爬出驾驶室,打了一个大大的哈欠。桑尼一脸震惊。

"这是乔。"鲍比说。

桑尼想起了鲍比给他讲的故事,和乔握了握手。他很想好好感谢乔,但同时他也知道,自己无论怎么做,都远远不够。

接下来他拥抱了罗莎。在他们互相拥抱的时候,他产生了一种不一样的感觉。这是他完全没有料想到的,甚至他之前都不知道这种感觉的存在,在它刚出现的一瞬间,他都不知道那是一种什么样的感觉。罗莎问桑尼他的名字是什么,之后把它写在了笔记本上。桑尼看着罗莎写字,她时不时还回头看看桑尼的脸,好像在画一幅肖像。渐渐地,他好像明白了那是一种什么感觉。罗莎并没有察觉到桑尼的紧张。她没有观察到桑尼半张着的嘴巴,以及像沙袋一样下垂的下嘴唇。她紧紧地拥抱着桑尼,用心拥抱着。她的纯真太过明显了,桑尼甚至可以感到这种纯真就压在自己的胸口。这种纯真可爱又温暖,就像辛苦的一天过后洗了热水澡的感觉。没有人看到,一滴眼泪正在他的眼中打转,然后顺着他的脸颊滑落,甚至他自己都没有感觉到。

最后,桑尼见到了伯特和船长。船长身体下部受伤的那部分皮肤已经痊愈了。

"游客!"船长叫道,它正跟着流行歌曲的节奏在木头上跳舞,子弹似的嘴巴还重重地啄着木头。

桑尼的邻居芒罗先生从楼上的浴室望了下来,他房间后面就是车库院子。这些天他大多数时间都待在那里。

粉色的晚霞染红了澈蓝的天边。等母亲去了祖父母家里后,桑尼把橱柜和冰箱里的食物搬了个精光。他把所有的东西都装到了一只旧睡袋里,然后拖着睡袋走过街道,朝移动图书馆走去。瓦尔计算了一下,如果他们省着点儿吃,这些食物足够他们支撑一个礼拜。

桑尼和鲍比穿过满是汽油痕迹的沙砾路,走到了远处的车库。现在已经没人会来这里了,即使是当地的不良少年,也能想到十个比这里更有趣的地方。以前这块地还有价值的时候,一些人买下了这里的车库,但现在他们只用它来放垃圾,或是干脆弃之不用。桑尼猜想,他们中的一些人或许已经过世了吧。整块地有半个足球场那么大,两边有一排排的瞭望台,街上的人无法完全看到里面的情况。这里又脏又乱,长满了杂草。砖型建筑倒塌了不少,下雨的时候,人们会闻到铁锈味。

桑尼找到了他藏在树林里的铁棍,撬开了一间废弃车库凹陷的门。在门后面,是他用旧洗衣机生锈的铁皮和床垫的弹簧支架秘密制成的小房间。屋里有一只破板凳，墙上钉着一张破旧的世界地图。此外还有一台发条收音机，只能收到一个古吉拉特语的电台，讲的内容都是关于烹饪技术的。

"欢迎来到总部。"桑尼说。

鲍比注意到，这里只有一把椅子孤独地对着地图，就像一位老人家里门廊中的场景。而这把椅子属于他最好的朋友，这让一切更悲伤了。

"棒极了。"

"这里有一些杂乱，但大体上可以凑合。之前，我一直在想，会不会有关于你们的消息传出来。一旦有消息传出，我就会用彩色的大头钉和线绳在地图上标出你们的路径。"

鲍比坐在一个底朝上的桶上，桶没能完全承受住他的体重，侧边裂开，塌了下来。鲍比和桑尼一起回忆起学校的时光。桑尼说起了自己对奥茨老师的印象（现在想起他那愤世嫉俗的样子，一切都变得更好笑了）。即使鲍比和桑尼分开了几个月，两个人之间仍然亲密无间，他们的友情没有像小朋友掉下的牙齿一样消失，也不需要用舌头在牙上舔一圈儿才能发现。

"在你给我讲的故事里，"桑尼说，"男孩最后找到机器人了吗？"

"当然，"鲍比说，"他找到了。"

桑尼擦了擦前额，他本希望听到另一个结果的。"我不是机器人，鲍比。我不是半机器人。我什么都不是。我只是一个男孩，胳膊和腿中钉着一些金属，脸部的肌肉已功能失调。我不知道该怎么跟你说，但是我没法成为故事的一部分。那种神奇的故事不会发生在我这种人身上。"

"你错了,"鲍比说,"听我说,你错了。"

在接下来的三个小时里,他们一直在清理车库。鲍比扫掉了墙上结着灰尘的蜘蛛网。他们一起清理了地板上的垃圾,搬走了那些人们刚开始觉得可能有用,但放在那儿之后就忘记了的旧家具——一台滚筒烘干机、一台冰箱和一台白色洗衣机。桑尼用透明胶带粘好了地图上的裂缝,鲍比拧紧了凳子下松垮的凳腿。乔也过来帮忙了,他从旧家具上拆下木头做了一个新的书架。瓦尔从移动图书馆中拿来了书,放满了书架。没过多久,桑尼就有了一套属于自己的书。罗莎告诉桑尼,他可能最喜欢看哪些书。

鲍比把眼睛调整成了夜间模式。他撬开了另一间废弃车库的门,想看看还有没有什么能用的家伙。桑尼很快就找到了一把磨损的皮质办公椅和一张大理石漆面有些划痕的橡木桌,还有一张只有五分之一的面积被蛾子吃掉的波斯毯。那张毯子闻起来霉味很重,但是在空中挂一会儿后,那种味道就会消散。角落里有一个球形的空酒架,旁边是一个真人大小的裁缝用塑料模特,那姿势就像在检阅印度次大陆。桑尼甚至还找到了一张沙发,它有好多地方都被磨坏了,不过,它很舒服,睡在上面简直完美。

他们完成打扫后,桑尼从他母亲的花园木屋上偷来挂锁,把车库锁上了。现在,车库已经脱胎换骨。巴伦的那个客厅有八十英尺宽,华丽的柱子支撑着绘有众神的天花板,但它没有灵魂。那里是冰冷的,那里的温情远比不上这个车库。

乔卷了一支完美的烟,烟草袋是桑尼从他母亲的手包里偷的。大家一起后退了一步，欣赏起自己完成的作品。伯特像验收官一样，绕着车库走了足足四圈儿，最后卧在了地毯上。船长栖在它的背上，用爪子按摩着它的筋骨。

夜幕降临，树林里的鸟都安静了下来。瓦尔做的可可太烫了，大家的舌头都被烫到了，嘴里的饼干也充满了烧焦的糖味。一盏孤独的街灯时亮时灭，街灯下的移动图书馆泛着橘黄色的光。这里太昏暗了。大家坐在台阶上，头顶是杯中吐出的阵阵蒸气，但是没有一个人注意到，芒罗先生正朝分隔开车库和街道的这面墙看过来。他的髋部患了严重的关节炎，所以他回家花的时间比自己料想的还要长许多。终于，他以非常缓慢的速度走到了家门口，但是他搜遍身上的口袋都没有找到钥匙，这时他才意识到，自己被锁在外面了。他唯一的希望是给警察打电话，但那也要翻过摇晃的后院篱笆、走到电话旁才能达成。不过，要是能拿到赏金，他可以换一个新的篱笆。

桑尼之前度过了几个月的孤独时光，现在和新老朋友在一起，他备感开心。他看到鲍比对乔、瓦尔和罗莎的感情这么深，也看到大家都全心全意地回报鲍比，便明白这些人和电视上描述的不一样。他们是洞穴人、女王和公主。

大家一起坐在移动图书馆外面。乔仍旧没从长途驱车的疲倦中缓过来。他紧紧地抱着瓦尔，亲吻着她，说如果自己再不睡觉，他就要倒下了。

"晚安，亲爱的。"她说。

"晚安,亲爱的。"他说。

听着乔均匀的鼾声,瓦尔不禁想到,有一天他终将回到监狱中。她不想这么悲伤,于是转移了注意力,看两个男孩在沙砾路上玩战斗游戏,罗莎是他们的裁判。

"小心点儿,不要伤到对方。"她说。

"我们不会的,"桑尼说,"我们是好孩子。"

"噢,你们当然是。"瓦尔朝罗莎眨眨眼睛,说,"就像汤姆·索亚和哈克贝利·费恩一样。"

鲍比突然停下了。他蹦蹦跳跳地跑进移动图书馆,出来的时候面带微笑,手里拿着一本书。书的精装封面已经磨损了,书脊开裂着,可能已经有一千双眼睛读过这本书了。

"就是它了。"他说着把书放到了瓦尔的手里。这本是马克·吐温的《汤姆·索亚历险记》,已经很旧了。

"你想让我再给你讲一遍这个故事?"瓦尔问。

鲍比很无语。书就在她的膝盖上,她怎么就没看到字里行间的答案?要知道,这本书他们已经一起读过至少三遍了。他为瓦尔翻开书页,找到了他想找的那段话。陈旧的书页在瓦尔的皮肤上反射出温暖的金光。

"看!"鲍比说,瓦尔朝他指的地方看去。汤姆和哈克逃跑了,在密西西比的一个岛上玩起了海盗游戏。鲍比想象着,宽阔的河道中水流湍急,浪花撞击在河岸的岩石上,而他正在水中嬉戏。

"嗯?"瓦尔问,"你希望我们变成海盗?在一个移动图书馆里,在七大洋上?"

罗莎笑了起来。

"不是,"鲍比说,"为什么他们可以自由来去,做什么事情都可以?"

"为什么?"瓦尔问。

"因为镇子上的人都以为他们在河中溺死了。"

瓦尔想象着移动图书馆停在海边,在一座悬崖顶端,车门开着,在微风中轻轻地摇晃。在沙滩上,四双鞋半掩在沙中。衣服漂浮在爬满螃蟹的潮水中,警察们着急地追赶着这些衣服。警察们会等在水边,希望能得到答案,但潮水会打破他们的幻想。警察们会好奇,乔瑟夫·塞巴斯蒂安·威尔斯是怎么遇到瓦莱丽、罗莎和鲍比的。他们还会好奇,这些人为什么会走进大海,口袋里还装满了石头。而在另一个遥远的地方,大家将会团聚,只有狗和金刚鹦鹉知道他们还活着,安然无恙。

瓦尔觉得这是一个荒谬的计划,他们还不如真的跳进密西比河呢。但这不就是生活?湍急的河流把你拉向各个方向,有时你被冲向远方,有时你被拍向岩石,没人在乎你撞得有多疼。过去的几个月,她明白了一件事,在生活的大河中,最重要的不是会游泳,而是你抓住了谁,因为那是同你一起走向最后的人。她必须抓紧。

明天乔休息好的时候,她会把这个想法告诉他,然后两人一起制订一个计划,让别人以为他们已经死了。但是现在,她很满意罗莎和鲍比就在自己的身边,他们早该这样了。

一道蓝色闪电亮起，天空瞬间变了颜色。鲍比觉得那应该是远处的闪电，他等着一声惊雷传来，但是并没有打雷。无论这蓝光是什么，伯特都被惊吓到了，它开始绕着车库之间的空地不断地奔跑，朝着云朵吠叫。而这突如其来的一幕又惊到了船长，它飞离狗背，冲向黑暗的移动图书馆中，用羽毛惊醒了桑尼。大家一起等待着，但是夜晚又恢复了宁静。

"那是什么？"鲍比问。桑尼耸了耸肩。他们一起走到后墙，那里可以清楚地看到方圆十英里的道路。这些道路分散向四处，又岔出许多小路，就像大海的众多支流。但是，除了窗户上偶尔闪着深夜电视台的光线外，并没有人的踪迹。鲍比还仔细地检查了最黑的小路，以确保万无一失。一切都很正常，月下夜色中，一条郊区的街道无比正常。

桑尼领着鲍比走向车库旁一条遍布荆棘的窄路。鲍比背靠着鹅卵石墙横跨了四步，又绕着黑莓枝跨了十八大步，用五秒钟冲到了一个大门前。然后，他蹲在一根篱笆柱后，和桑尼一起看向街道的另一头，那里车辆拥挤，道路简直变成了停车场。乔之前用砖块和圆木在那里建了一个坚实的阻碍墙，他的手艺太棒了。尽管这堵围栏并不是十分完美，但是一般没有车能通过。而且，从这儿望去，那里的状况清晰可见。

"等等，"鲍比说，"看那里。"他指向桑尼家旁边的那幢屋子，指向一楼浴室的窗户。

"那是芒罗先生的房子。"桑尼说，"他只是一个孤独的老家伙，坐在那里，整日看着人潮来来往往。"

"但是现在已经过午夜了。"

"所以呢?"

"但是他还在那里。"

桑尼惊讶地发现,鲍比是对的。那里,在黑暗之中,他能看清芒罗先生的轮廓,他的光头偶尔还泛着星光。

"你怎么能看清这个?"桑尼问道,但是鲍比只顾顺着芒罗先生的目光看向街道。他穿过另一丛荆棘,尽管红疹又出现在了他的胳膊上。最终,他清楚地看到了芒罗先生在看什么。一辆警车在那里待命。第二辆、第三辆,没过多久,已有七辆警车停在了街头,每一辆警车里都有一名司机,副驾驶座上也坐着一个人,听着对讲机中断断续续传来的指令,悄悄准备就位。就在这时,鲍比和桑尼跑向了瓦尔和罗莎。她们正准备睡觉,看到两人快速跑来,知道出了大事。

"他们到了。"鲍比说。

瓦尔听到这话一跃而起。"我们必须离开了。"她说。

"我们要叫醒乔吗?"

"不,"她说着从外面锁上了移动图书馆的后部,然后催罗莎和伯特赶紧进入驾驶室,"来不及了。"

发动机咆哮了起来,好像能理解他们现在的情况有多么紧急,瓦尔转动了点火器里的钥匙。她转过身,发现鲍比和桑尼站在卡车旁边。

"和我们一起走吧。"鲍比说。

"不,"桑尼说,"我不能。"

"为什么?"

"因为我现在是一个机器人了。"

他们最后一次紧紧地拥抱在了一起,彼此的脸颊都湿了。桑尼确定,那是鲍比的眼泪,之前他已经很久没有感觉到过什么了。移动图书馆将要开动,它巨大的机械双翼准备就绪。

一听到移动图书馆的发动机声,几名警官首先准备摧毁乔建造的围堵。他们喊着号子,把砖块和木头扔到了两边的树林中。因为人手很多,他们没多久就拆除了围堵,清理了路障,开辟出一条足够宽的路。警车飞速开了过来,成群结队。进入车库间的空地后,他们发现了搜寻已久的东西。移动图书馆现在被漆成了白色,头灯全开,冲破了周围的漆黑。

瓦尔加大油门,骤起的振动传到了警车的挡风玻璃上,移动图书馆的方向盘也振动起来,甚至振痛了瓦尔的双手。这辆大卡车的后轮胎扬起一阵沙尘暴,沙砾聚集到警车的引擎盖上,破坏力巨大。警车被困住了,或者至少看起来是这样的。移动图书馆继续向前,一头冲向前面的高墙。砖墙开始分裂蹦碎,继而轰然倒塌。移动图书馆缓慢地穿过碎掉的残迹,碾轧着砖块,砖块瞬间变为红色的烟雾。车继续开下斜坡,开上了畅通的道路,车后是一片断壁,还有一整个警队。

空中的尘土刚刚落下,一个躺着的人形出现在地上。他身上盖着厚厚的骨头一般的灰白色尘土和沙砾。仔细看去,那像是一个男孩的尸体。

第二十章

追　捕

一位新警察从最近的警车上跳了下来,冲到男孩身边。她之前从没见过尸体,但是有人提醒过她,尸体是不会动弹的,看上去非常宁静,像是在睡觉一样。她想,"宁静"这个词可以很贴切地描述男孩现在的状态。尽管他看上去不过十二三岁(尘土太厚,没办法清楚判断年龄),但这个死亡的男孩好像在酣睡一般。

"是不是鲍比·努斯库?"她胸前口袋里的对讲机响了。

"我觉得应该是,警官,现在还很难判断。"新警察说。

"那他是不是死了?"

"对,我觉得他死了。"

她把胳膊放到男孩的身体下面,一只手托着男孩的脖子,另一只托着男孩的膝盖,准备把他抬起来。

"不!"桑尼大叫一声睁开了眼睛,他的脸又干又脏,湿润的眼睛像是沙漠里的一口井。"你需要操控我。"

新警察失声尖叫起来,迅速扔下了男孩。

她冲进警车里,砰的一声摔上了门,尖叫仍没有停止。

另一个有经验的警察发现自己也无法搬动桑尼。他搬桑尼的时候,这个男孩直起胳膊在空中旋转起来,一下撞到了他的左眼窝,撞出了瘀青。

"我是一个机器人!操控我!"桑尼喊道,"操控我!"那个警察又试了一次。桑尼胳膊上的金属板划破了他的鼻梁,鲜血滴落下来,弄脏了他白衬衫的衣领。"你们是无法搬动我的!你们必须操控我!"桑尼喊道,"我是机器人!我是机器人!"喧闹的声音被对讲机里的另一个声音盖过,两种声音叠在一起,噼里啪啦。

"搬开他!"警察们照做了,他们试了大概五分钟后终于成功了。两个警察的夹克翻领被划破了,一个巡警的下巴被割出了血。最终,一个警察拽着四肢,另一个警察拽着头,终于抬起了桑尼,把他抬到了车库门旁,逮捕了他。在桑尼终于停止抵抗后,移动图书馆已经把追赶它的警车甩出了很远。

鲍尼·努斯库是对的,桑尼一边想一边抑制不住地笑了起来。故事是会发生在自己身上的。

"我们必须想办法去海岸边。"瓦尔说,"我们只要去海岸边就可以了。"

"去海边吗?"罗莎问。

"没错,去大海边上。"

移动图书馆似乎比之前更好开了。它好像是瓦尔的延伸,轮子是瓦尔的脚,窗户是瓦尔的眼睛。后面车厢里的书是她做过的

_285

事、她去过的地方，以及她遇到的人。对于车里的所有人来说，都是这样的。移动图书馆像是上天赠予他们的一个礼物，记载着人类点点滴滴的经验，而这些经验已经融入他们的血液。他们做的每一个决定都借鉴了书中上千个角色的智慧，这些决定早已在书中被做出。他们所遇到的每一个问题都已经在书中的下一章中被解决。爱情，失去，生命，死亡，这些生活中难以克服的考验都已经被纸页上的人物经历了千遍，所以，他们并不是在独自面对这些考验。

"我们经历了一场冒险，不是吗？"鲍比说。尽管车子转弯的速度很快，车厢巨大的身躯折断了从树上垂下的树枝，但瓦尔还是能清楚地看到在自己身边、在驾驶室里坐着的那个男孩——鲍比·努斯库，改变了她一生的人。

"冒险还没有结束呢。"她说。

移动图书馆车体上薄薄的一层白漆现在已经完全剥落，露出了一片一片的绿色，从远处看去，就像是海市蜃楼在微风中移动，飞驰过乡间的田野。

罗莎摇下玻璃，让窗外的疾风鞭打着自己的头发，她的发型像是一窝小蛇。鲍比抱着她的腰，这样她就可以把身子再向外探一点儿，在移动图书馆离树足够近的时候，用指尖轻抚树叶。

瓦尔踩下油门，好像要把日出逼回天边。在夜晚消失是很容易的，毕竟夜晚就是为消失而准备的。移动图书馆比之前振动得更猛烈了，车的下盘摇晃着，好像瞬间回到了过去。过去所经历的一切历历在目，移动图书馆仿佛活了过来，在等待着最后的结局。

路越来越窄了，移动图书馆被迫减速。他们看到了大海，但也就是在这时，警车出现在了他们的后视镜中，而他们的头上盘旋着一架直升机。他们难以逃脱了。

"我们失败了。"瓦尔说。鲍比亲吻着她柔嫩的皮肤。一滴泪从瓦尔的脸颊落下来，鲍比接住了这滴泪，让它在手中打转，仿佛它是一只皿蛛科蜘蛛。

"我们并没有失败。"他说。

警队追上了移动图书馆，但是路太窄，他们没法超车。瓦尔减慢了车速，引着他们穿过了悬崖顶上寂静的村庄，好像一队在清晨前往海边的送葬者。

多亏了对讲机里充满肯定的指令，吉米·萨玛斯侦探才得以把车开到了警队前面。要知道，对讲机里的指令一般可没这么肯定。在移动图书馆到达悬崖边的时候，侦探给这场追逐画上了句号。警车离他们搜捕的人还有一段距离，而侦探在睡梦中都在进行搜捕。他又靠近了一点儿，同时在担心他们的出现会不会惊吓到那个女人。脚下是三百英尺的悬崖，他不想仓促地做出任何决定。很明显，这个女人很敏感，并且好久没有睡觉了，而与她的谈判将检验出他高分通过的谈判课究竟有没有教给他真才实学。他需要和她说话，看着她的眼睛说话。直升机报告说，驾驶室中有一个女人和两个小孩，但是没看到男人。侦探命令直升机降落。喧闹的螺旋桨发出令人不安的声音，谁知道这会让小孩产生什么反应。直升机降落后,警车上的警笛安静了下来,天色刚刚亮起来。这个清晨就像其他所有清晨一样安静,但它着实非同寻常。

"所有的枪都对准车厢,"侦探对着对讲机说,"不要对准驾驶室里的人。这里的危险人物是乔瑟夫·塞巴斯蒂安·威尔斯。"

第二十一章
全剧终

双唇,黏湿的双唇,不同于母亲的亲吻。

"我们有麻烦了?"鲍比问。

"不,"瓦尔说,"不会再有了。"

瓦尔看着后视镜,罗莎和鲍比一起经过了年轻的侦探,走向冰激凌车。伯特跟在他们后面,屁股一摇一摆地走着。空气中充满了海水的咸味,瓦尔的喉咙中结了一层膜,她吞咽了一下。鲍比曾和她说过,他母亲曾计划从海边逃走。她很荣幸,自己可以与鲍比的母亲一起,为他们的儿子完成这个计划。

侦探走近了,双手深深地插在口袋里。靠近车门的时候,他紧张地在脑中想了一遍,大概可以用几种方式介绍自己。其实,他大可不必这样做,因为毕竟他对这个女人的了解比其他任何人都要多,尽管两人未曾谋面。

"你好,"他对着打开的车门说,"我叫吉米·萨玛斯。"

"你好,吉米。"她说,"我叫瓦尔。"

"哦,"萨玛斯侦探笑着说,"我已经知道了。"

她坐在方向盘后面没动,不过她转动了双腿,好面向侦探。他现在正站在地上,抬头看着她。瓦尔的高度是他的两倍。早晨的阳光透过挡风玻璃直射到他的双眼上,他伸出一只颤抖的手挡住了阳光。他注意到两件事,第一件比第二件要重要得多。第一件事是,她很镇定;而第二件事是,她本人非常美丽。

"您知道有多少人正在找您吗,里德小姐?"他说。

"请叫我瓦尔就好。"

"您看起来不太像巨型卡车里的女人,不是吗?"

"现在一切都结束了,不是吗?"

"没错,我想您说得对。"他注意到,瓦尔说这话的时候,声音很轻,所以他揣测,这也许是因为她不想让卡车后部的乔瑟夫·塞巴斯蒂安·威尔斯听到。

"瓦尔,如果您允许我这样做的话,我想镇静地结束这件事,配合您的节奏。罗莎和鲍比现在在我的同事身边,非常安全。我觉得这是一个很好的起点。"

瓦尔朝小山上看去,在警戒线外,冰激凌车旁,两个小孩子正手拉着手,决定吃什么口味的冰激凌。

"好的。"

"很好。"侦探开始向移动图书馆的后部走去。"瓦尔,"他轻声说,"有人在里面吗?"

"嗯。"瓦尔说。

"您介意告诉我,是谁在里面吗?"

"里面的那个人就是你们要找的乔瑟夫·塞巴斯蒂安·威尔斯。"

侦探对着对讲机咕哝了几句,瓦尔没有听清他说了些什么。在警戒线后,聚集的警察听到指令后确定了自己的目标,一致把武器对准了移动图书馆的后部。侦探向瓦尔道歉,瓦尔觉得大可不必。悬崖下,海浪撞击着岩石,发出阵阵巨响,一时让两人都分了神。

"我想从车里下来。"瓦尔说。

"那,请。"他把手伸向她,试图与她握手,但事实上,握着瓦尔的手,就好像抓着一枝橄榄枝。

"但首先我想解释一下。"她说,"我想请您明白,我们起初只想出去一天,并没有想到后面的事情。"

"我理解。"

"鲍比·努斯库来找我。他全身都是瘀青。尊敬的警官,您去过他家吗?"

吉米·萨玛斯想到了鲍比父亲的大手,还有那缺掉的指头。"是的,"他说,"我去过。"

"那您一定见过他的父亲。我只是想带着鲍比远离他的父亲,去到一个安全的地方。而移动图书馆是我唯一能使用的东西。"

"嗯,听起来有道理。但是,我能不能问您一个问题……为什么您不直接来警察局报警?"

瓦尔拨开眼前的一缕头发。"因为,吉米,在这件事情发生的大概一个月前,我曾向警察局投诉过。是关于有人袭击了我的女儿,您还记得吗?"

侦探现在想起来这件事了,万分愧疚,他在记录上清楚地看到过这个投诉案件。

"没有人逮捕那些坏孩子。而这次,我需要确定警察会采取一些行动。我认为鲍比的生活非常危险,所以我想做一些事吸引您的注意,告诉您这件事有多么严重。"

"所以,您绑架了他?"

"我认为这不是绑架。正如我之前跟您说的,本来我们只想出去一天。"在瓦尔讲话的时候,侦探正在不断地重估这件事的危险性。站在悬崖顶端,他觉得有些眩晕,天旋地转,之前他从没有这种感觉,每一次他看向脚边的草地时,都觉得它们离自己更远了。尽管他非常想让这一切马上结束,但他不愿让瓦尔知道这一点。

"我们开向了树林,准备在那里露营,就一晚。"

"然后……"

"我们发现那里藏着一个人。那个人就是乔瑟夫·塞巴斯蒂安·威尔斯。"

"威尔斯在那里做什么?"

"躲避,躲避您。他说自己之前因为打残了一个士兵而进了监狱。"

"没错。他是一个非常暴力、非常危险的男人。"

"他说他逃跑了。"

"确实是这样。"

"我希望他这么做没有伤到任何人。我们总是会在新闻上听到不好的事情,比如暴乱这种事,或是狱警被挟持作人质。"

侦探用笔刮了刮耳朵后面,他不得不承认这是事实。"事实上,他逃跑之后没有伤害任何人。乔瑟夫·塞巴斯蒂安·威尔斯之所以会走出军事监狱,完全是因为办事员的一个错误。他们错把他当作了另一个人。赶巧的是,他们认为另一个人的档案是他的,于是他们就打开门,让他就那样走了出去。他也就这么做了,非常镇定,非常平和,就像一个无罪的人那样。等到有人意识到这个错误时,他已经消失了,就这样迅速地消失了。"

瓦尔努力抑制着自己的笑,想象着一个巨人自由自在地走了出去,还向狱警点了点头。"他让我们听他的,"瓦尔说,"他让我们扮演他的家人,这样就更容易躲过警察。"

"他伤害你们了吗?"

"他带我们去了苏格兰,去找他的父亲。他让我和他走在一起,就像一对夫妇那样,这样就可以让别人相信这一点了。那个老人遗弃了他,您知道的。"

他父亲?这对侦探来说倒是个新信息,尽管他不愿承认,但自己之前确实并不知道这一点。他在脑中记下之后要逮捕巴伦,因为他对警察说谎了。"那你就照做了?"

"对,我别无选择。我并不是一个绑架者。我很害怕,怕他会伤害我们,最怕他会伤害孩子们。"

"现在您不用再害怕了。"

"我会害怕你们对我的惩罚。您觉得我是坏人,对吗?"

"里德小姐,我没有权利判断您是什么样的人。"

"我不是坏人,我一点儿都不坏。我是一名母亲。我现在只求您一件事,就是向我保证,不要让鲍比·努斯库再回到他父亲身边。"

"我理解,当然,如果您刚刚讲的都是事实,那么我们会答应您的请求。我们会跟鲍比说这件事。"

"太好了,我希望他能及时回到我身边。"

"那是将来的事了。"

"这就是为什么我把威尔斯锁在移动图书馆后部。"

"非常感谢您这么做。您为了帮我们抓捕他,付出了努力,我们会考虑这一点,对您从轻处理,减罪量刑。"侦探认为,两人的谈判到此就结束了。他从口袋里拿出一张纸巾,递给了瓦尔。

"谢谢您。"瓦尔一边说,一边用纸巾拭去眼角的泪水。她说话的声音很好听,就像美酒一样醇香。

"我必须再问您一个问题……"

"请问是什么问题?"

"移动图书馆锁着吗?"

"嗯,没错。"

"所以,他不可能逃跑。"

"对,没有钥匙,他无法逃跑。"

"那钥匙在哪里?"

"就在我的手包里。"

"那请您从驾驶室下来,这样我们就能从您手包里取出钥匙了。"

"当然没问题,尊敬的侦探……"

"吉米。"他说。

"等我一下,我收拾一下东西。"

侦探转过身去,点燃一支烟庆祝自己的胜利。从本质上来说,谈判是非常复杂的,每一次谈判都截然不同。但是,这件传遍了欧洲和北美的案子,最终有了一个好结局。

但是,对于萨玛斯侦探来说,这是他在整个调查中所犯的第二个错误,也是最大的一个错误。谈判还没有结束,调查还没有完成,故事什么时候结束,并不是由他来决定的。在他工作的第一天,别人就教给了他这一点——那是很久以前的事了,他并没有看上去的那么年轻。

瓦尔坐在驾驶室的皮椅上,闭上双眼,把头抵在仪表盘上,默默向移动图书馆告别。她从脚边拿起手包,把包带调到最长,绕了一个圈儿,把它套在手刹上。然后,她按动了那个红色的小按钮,解锁了手刹。

"我来了,吉米。"瓦尔说,"整个移动图书馆都是您的了。"

侦探及时转过身来,他看到瓦尔从驾驶室跳了下来,在她身后,包带突然绷紧,离开了手刹。瓦尔失声尖叫,她放开手包,冲向了吉米·萨玛斯。吉米把瓦尔拉到了一个安全的地方,难以置信地看着这一切。悬崖顶端的斜坡助长了重力的作用,而早晨的露珠让草地更加湿滑。移动图书馆开始移动,下滑,翻滚,像一头巨鲸,最终滚下了悬崖。

第二十二章

儿童故事

- 第二部分 -

机器人在电视上看到了巨龙,它有史以来第一次喷出了火焰,而这也是最后一次。广播员和其他所有人一样,都颇为吃惊。电视上播放了龙喷火后的镜头,烟雾笼罩着海面,充斥天际,绵延数英里而不断绝。机器人对此感到非常震惊,他的双眼开始闪光,像其他机器人吃惊时的反应一样。

他做的第一件事,就是扭紧胳膊和腿上的螺栓。

他做的第二件事,就是一路冲向他最近刚建成的工作坊,那里有很多地图、椅子和人类用的物品。

他做的第三件事,就是告诉了洞穴人这个新闻,而洞穴人之前正在他的工作坊中呼呼大睡。洞穴人听了这个消息感到非常开心,因为既然龙喷火了,就没人再会去关注一个无关紧要的洞穴人了。事实上,这意味着,人们会觉得他不复存在了;而最棒的是,人们不会去搜寻一个不存在的人。他放松地坐着,等着他的家人归来。男孩,公主,女王。无论他们要过多久才能回来,他都会一直等待。

图书在版编目（CIP）数据

流浪图书馆 /（英）大卫·怀特豪斯著；刘敏译
. — 北京：北京联合出版公司，2019.11
ISBN 978-7-5596-3451-1

Ⅰ.①流… Ⅱ.①大… ②刘… Ⅲ.①长篇小说－英国－现代 Ⅳ.①I561.45

中国版本图书馆CIP数据核字（2019）第151816号

Copyright © 2015 by Slow Down Ltd.

流浪图书馆

作　　者：（英）大卫·怀特豪斯　　　　译　者：刘　敏
责任编辑：昝亚会　夏应鹏　　　　　　　特约编辑：郭　梅
产品经理：贾　楠　　　　　　　　　　　版权支持：张　婧
封面设计：熊　琼　　　　　　　　　　　内文排版：任尚洁

北京联合出版公司出版
（北京市西城区德外大街83号楼9层　100088）
北京联合天畅文化传播公司发行
天津光之彩印刷有限公司印刷　新华书店经销
字数 195千字　880毫米×1230毫米　1/32　9.5印张
2019年11月第1版　2019年11月第1次印刷
ISBN 978-7-5596-3451-1
定价：49.80元

版权所有，侵权必究
未经许可，不得以任何方式复制或抄袭本书部分或全部内容
如发现图书质量问题，可联系调换。质量投诉电话：010-57933435/64258472-800